科幻乌托邦

迈向乌托邦诗学

王峰　陈丹——著

北京大学出版社

图书在版编目（CIP）数据

科幻乌托邦：迈向乌托邦诗学 / 王峰，陈丹著 . —北京：北京大学出版社，2023.8
（诗学与美学研究丛书）
ISBN 978-7-301-34204-6

Ⅰ.①科⋯ Ⅱ.①王⋯ ②陈⋯ Ⅲ.①科幻小说–小说研究–世界–现代 ②幻想片–研究–世界–现代 Ⅳ.① I106.4 ② J905.1

中国国家版本馆 CIP 数据核字（2023）第 128932 号

书　　　名	科幻乌托邦：迈向乌托邦诗学 KEHUAN WUTUOBANG: MAIXIANG WUTUOBANG SHIXUE
著作责任者	王　峰　陈　丹　著
责 任 编 辑	张文礼
标 准 书 号	ISBN 978-7-301-34204-6
出 版 发 行	北京大学出版社
地　　　址	北京市海淀区成府路 205 号　100871
网　　　址	http://www.pup.cn　　新浪微博 @ 北京大学出版社
电 子 邮 箱	编辑部 wsz@pup.cn　　总编室 zpup@pup.cn
电　　　话	邮购部 010-62752015　　发行部 010-62750672 编辑部 010-62767315
印　刷　者	大厂回族自治县彩虹印刷有限公司
经　销　者	新华书店
	650 毫米 ×965 毫米　16 开本　17.75 印张　268 千字 2023 年 8 月第 1 版　2023 年 8 月第 1 次印刷
定　　　价	88.00 元

未经许可，不得以任何方式复制或抄袭本书之部分或全部内容。
版权所有，侵权必究
举报电话：010-62752024　电子信箱：fd@pup.pku.edu.cn
图书如有印装质量问题，请与出版部联系，电话：010-62756370

目 录

导　言　从政治乌托邦迈向乌托邦诗学 / 001

　　一、乌托邦的叙事性转变 / 001

　　二、从封闭到敞开：孤岛乌托邦转化为开放的乌托邦 / 003

　　三、角色的转变：探访者与科学家 / 006

　　四、乌托邦能量的转移 / 009

　　五、文本冒险与乌托邦愿望满足的新形式 / 013

　　六、迈向乌托邦诗学 / 019

第一部分
科幻文学：新的乌托邦精神

第一章　科幻文学作为一种乌托邦文体 / 023

　　一、乌托邦是科幻文学的亚类 / 023

　　二、未来阐释学：乌托邦形式的考古学 / 027

　　三、文类批评：解放乌托邦的力量 / 030

第二章　科幻叙事与乌托邦能量 / 034

　　一、科幻叙事与心理能量的转变 / 034

　　二、想象性跨越 / 037

　　三、现实与未来的隐喻性关系 / 040

　　四、乌托邦叙事奇点或小对体 / 042

　　五、叙事能量的多层套叠及复杂的科幻乌托邦 / 045

第三章　未来解释学的理论来源 / 047

　　一、愿望满足及其匮乏 / 047

　　二、布洛赫："尚未"的希望 / 052

　　三、认知原则及其演变 / 056

第四章　乌托邦批评的辩证张力 / 061

　　一、形式批评与政治阐释的双重结合 / 062

　　二、否定解释学与肯定解释学的双重视角 / 064

　　三、后现代文化与历史再现的辩证关联 / 069

第二部分
科幻乌托邦辩证法

第五章　愿望与文本：刘慈欣《三体》 / 079

　　一、作为整体的未来 / 080

　　二、恐惧而不是希望 / 083

　　三、在描绘中解释未来 / 086

　　四、乌托邦欲望 / 089

第六章　文学真实的幽灵结构：迪克《高城堡里的人》 / 093

　　一、科幻文学文本中历史的非真实性 / 095

　　二、真实与虚构的纽结 / 097

　　三、真实：一个迷惑性的文本幽灵 / 100

　　四、文学真实的幽灵结构 / 105

第七章　乌托邦想象的解构：莱姆《索拉里斯星》 / 110

　　一、乌托邦叙事及其矛盾 / 111

　　二、"双重书写"：作为一种形式策略 / 113

三、莱姆的怀疑论：乌托邦是可能的吗？/ 118

小结：想象乌托邦的一种方式 / 124

第八章 故事如何成为判断：《降临》与"未来"语言学想象 / 126

一、老套的故事背景与新的叙事元素 / 127

二、善良愿望如何可知？/ 130

三、（穿越）语言之障 / 132

四、时间的语言之花 / 134

五、未来故事的判断形式 / 137

六、故事作为综合事理判断 / 140

小结：语言内外转合造就的惊异感 / 143

第九章 乌托邦还是恶托邦：《西部世界》的正与反 / 145

一、乌托邦＝恶托邦？/ 145

二、虚假的"时间"与所谓的"生活" / 148

三、偶发性的崩溃与时间连续性的中止 / 151

四、反抗的伦理与不死者的未来 / 154

第三部分
科幻乌托邦的时空形式

第十章 作为时间中介的乌托邦"踪迹" / 161

一、科幻时间的多重嵌套 / 162

二、未来成为"踪迹" / 164

三、多重复杂的科幻时间"踪迹" / 166

第十一章　乌托邦的认知空间与测绘 / 172
　　　　一、"空间优位"与"认知测绘" / 172
　　　　二、《索拉里斯星》与乌托邦孤岛 / 175
　　　　三、《尤比克》与空间辩证法 / 178

第十二章　具象复杂性：乌托邦的时空认知逻辑 / 187
　　　　一、作为典范的《尤比克》 / 187
　　　　二、超越生死边界 / 190
　　　　三、突破现实因果逻辑 / 194
　　　　四、真实的幻觉：文本辩证法 / 199

第四部分
乌托邦叙事与伦理锻造

第十三章　科幻乌托邦的超限人性：《西部世界》的
　　　　叙事"套路"与价值系统 / 205
　　　　一、关于"套路"的概念说明 / 205
　　　　二、两种"套路"：叙事程式与价值系统 / 206
　　　　三、溢出的"套路"：不死者与重生 / 211
　　　　四、后人类的超限人性 / 214

第十四章　仿生人伦理与赤裸生命：从《仿生人会
　　　　梦见电子羊吗？》到《银翼杀手2049》 / 218
　　　　一、文本中的仿生人状况 / 218
　　　　二、且喜又惧的关系 / 221
　　　　三、超越人类中心主义：伦理视点的位移 / 224
　　　　四、叙事伦理与赤裸生命 / 226

第十五章　人工智能形象与成为"我们"的他者 / 230
　　一、人工智能的影像形式 / 231
　　二、形象与人格认同的意义 / 233
　　三、人工智能是一个大他者吗？/ 237
　　四、人工智能作为大他者的剩余 / 240
　　五、人工智能成为"我们" / 243

结语　科幻乌托邦作为复杂对应物 / 246
　　一、科幻乌托邦：乌托邦思想的当代发展 / 246
　　二、基本图形与考察的起点：单纯对象的试探性描画 / 247
　　三、映射图形：基本图形与文本的单纯反射关系 / 249
　　四、组合图形：变换的要素位置与基本关联的翻转 / 252
　　四、复杂坐标图形 / 258
　　五、科幻对应物的文化机制与功能 / 263

参考文献 / 266
后　记 / 274

导言　从政治乌托邦迈向乌托邦诗学

一、乌托邦的叙事性转变

一般来说，乌托邦思想的兴起以托马斯·莫尔（Thomas More，1478—1535）的《乌托邦》（*Utopia*，1516）为标志，这部作品借鉴了柏拉图（Plato，公元前427—公元前347）《理想国》（*The Republic*，约公元前375）的一些思想，因而，也有观点认为《理想国》是最早的乌托邦作品。但从政治思想来看，莫尔的《乌托邦》才是真正开创性的，影响了其后一系列政治乌托邦作品的创作，比如康帕内拉（Tommas Campanella，1568—1639）的《太阳城》（*The City of the Sun*，1623）、莫里斯（William Morris，1834—1896）的《乌有乡消息》（*News from Nowhere*，1890）等。从乌托邦历史的角度看，我们可以观察到16世纪以来政治乌托邦作品的繁盛，但进入20世纪之后，充满乐观精神的政治乌托邦忽然衰落，恶托邦开始兴起，同时，乐观精神的乌托邦在科幻作品中不断显现踪迹。为什么会出现这种情况？科幻作品如何承接了传统的政治乌托邦，并将这一乌托邦精神变化发扬？

对于这一情况，西方学者已经有所阐述。西方马克思主义学者恩斯特·布洛赫（Ernst Bloch，1885—1977）指出，"我不确定，但可能是我们的时代出现了乌托邦的'升级版'——只是它不再被称为乌托邦了。它在技术上被称为'科幻小说'"[1]。在这一方面，科幻研究者

---

[1] Ernst Bloch, *The Utopian Function of Art and Literature*, Cambridge, Mass.: MIT Press, 1988, pp.1-2.

明显要更确定一些，达科·苏文[1]（Darko Suvin，1930— ）也有类似的看法，他在《科幻小说面面观》（Positions and Presuppositions in Science Fiction，1988）中指出科幻小说与乌托邦小说的相似性，"何谓乌托邦小说？首先，它是一种依据完全不同的人物关系定位而获得定义的文学类型。同样，科幻小说亦是如此"[2]。值得注意的是，与布洛赫关心乌托邦不同，苏文关心的是文本形式，因而，他把乌托邦直接看作一种想象性小说（fiction），这一转变是至关重要的，只有从文本形态角度，而不从内容陈述角度，我们才能达成乌托邦与科幻小说的一致性的判断。苏文的观念看来对詹姆逊[3]（Fredrick Jameson，1934— ）产生了比较大的影响。他指出，"达科·苏文认为科幻小说是'认知间异'（cognitive estrangement）的著名观点，强调了科幻小说文本对科学理性的承诺。它似乎承接了自亚里士多德以降……批判地强调逼真性的悠久传统。因此，认知在科幻小说中的角色从一开始就利用了理性和现世的科学时代的确定性和推测；苏文对这个概念的创新用法预设了今天的知识……包括了社会知识，因此，科幻小说也就最终包括了乌托邦文学"[4]。

从文学史上看，科幻文学是一个不太崇高的文类，它看起来无关伟大精神的追求，更多的是新奇的刺激。在中国当代文学分类当中，科幻文学隶属于儿童文学，这就说明它不属于成人文学，它的幻想性质只能让儿童信以为真，它太不真实，与我们这个世界离得太远，明显属于怪力乱神一类。如果说它还有些正面价值的话，完全在于它能够引导少年儿童探索未来世界的好奇心，一旦他们成年，这一好奇心就可能泯灭了，如果不能从科学幻想发展到对科学理论和实验的兴趣，科幻所引起的好奇心就再也没有多少用处，剩下的大约只有引发猎奇兴趣了。科幻

---

[1] Darko Suvin 国内有两种译名，一种译为达科·苏文，另一种译为达科·苏恩文，本书取达科·苏文这一译名，在注释中，为尊重原译，采用原译名。

[2] 达科·苏恩文：《科幻小说面面观》，郝琳等译，安徽文艺出版社，2011年，第153页。

[3] Fredric Jameson 国内有多种译名，一般以詹姆逊、詹明信居多，本书取詹姆逊这一译名，在注释中，为尊重原译，采用原译名。

[4] 詹姆逊：《未来考古学：乌托邦欲望和其他科幻小说》，吴静译，译林出版社，2014年，第88—89页。根据英文版略作改译。下引书简作：《未来考古学》，其他书同样处理。

文学的命运在美国和欧洲要好得多，科幻（包括奇幻）的作者来自各个社会阶层，而且在消费社会中，只要小说故事足够精彩，就能吸引足够多的读者，科幻虽然还不是主流文学的中坚力量，但它毕竟属于一种对当代文化产生影响的重要的文学类型，尤其当这一文学类型与电影相结合时，就产生了强有力的当代文化影响。

一旦乌托邦与科幻小说达成合流的关系，乌托邦内涵就开始融入科幻小说之中，这不仅改变了乌托邦的范围，使之扩大到更广泛的叙事文本领域，也改变了科幻小说的内涵，使之承载乌托邦，并且通过文本叙事，将乌托邦从政治理念转化为文本的革命，从而增强了科幻小说的深度，也为科幻小说这一文类增添更重大的文化价值和意义。

任何一种乌托邦都包含着某种观念质素，无论政治乌托邦还是科幻乌托邦，其中既存在着基础性的关联，也存在着不同的区分，"对乌托邦的理解以这样的观念为基础：乌托邦是我们这个世界的替换，其中还包括了某些特殊的质素，以表明这一替换的不同"[1]。重要的是，这些乌托邦质素是怎样从政治乌托邦向科幻乌托邦转换的。下面试剖析之。

二、从封闭到敞开：孤岛乌托邦转化为开放的乌托邦

早期政治乌托邦从地理上讲是一种孤岛形态。詹姆逊指出："乌托邦空间是社会真实空间中的一块假想的飞地，换句话说，乌托邦空间的可能性正是空间分化和社会分化的一个结果。……在动荡不安的社会变革力量中的这一块静止区域，也许可以被认为是一个孤岛（enclave），一个乌托邦幻想可以运行在其中的孤岛。"[2] 所谓的孤岛并不是指一个实际的地理，它是一种想象的地理，而之所以这样想象，是有其文化历史和政治形态要求的。首先，这一孤岛不是无源之水，而是从柏拉图《理想国》设想中受到启发。其次，社会政治形态允许出现一个可以与现实政治相对抗的乌托邦政体，而当时的政治地理也允许存在尚未发现之

---

[1] Peter Stockwell, *The Poetics of Science Fiction*, London and New York: Routledge, 2014, p.206.

[2] 詹姆逊：《未来考古学》，第28页。

地，这就为孤岛乌托邦留下了现实的可能性，而这一可能性的作用是双面的，"这种孤岛就像是社会机体中的一个外来体；在这些孤岛中，分化过程暂时地停止了，因此它们在社会所能影响到的范围之外暂时保留了它们原来的形态，并见证了其在政治上的无力；也正因为这样，它们同时提供了一个空间，使得关于社会的新的希望图景可以在其中被详细阐述和试验"[1]。

空间不仅仅是一片地理位置，实际上，空间位置的不同可能导致不同的政治、经济和文化状况。尤其值得注意的是，这里的空间还不是实际空间位置，而是想象中的空间，在这一想象空间中，某些政治和文化元素得到了强化，而某些看起来普遍性的元素被弱化成了背景，这可以说是匮乏－补充机制，这在政治乌托邦中如此，在科幻乌托邦中同样如此。因而，当我们面对这样的乌托邦空间系统的时候，必须把空间这一通常背景化的元素凸显出来，使它的结构意义显现出来。这样，我们才容易将乌托邦的整体结构拿出来作为考察的对象，而不会受到具体乌托邦文本的牵制，单纯围绕着内容做文章，这是入乎其内，而不能出乎其外了。

关于孤岛乌托邦与科幻乌托邦之不同，我们首先关注到空间上的差别，孤岛乌托邦是一个被限定的地理空间，而科幻乌托邦是以地球为起点的广阔太空。孤岛乌托邦是从哪里来的呢？它处于地球很难发现的一个角落，但是它必须有所起因，否则就显得子虚乌有，比如它可能是一群逃难的人自主建立起来的一个合乎规则的社会，也可能是自然生长在那里的一群人依据自然地形建立了一个合乎理想的社会制度，也可能是逃亡者依靠某种特殊的方式建立了一个理想的国度。这一孤岛形态甚至是主动隔离形成的，比如《乌托邦》中的描绘：

　　根据传说以及地势证明，这个岛当初并非四面环海。征服这个岛（在此以前叫做阿布拉克萨岛）而给它命名的乌托普国王使岛上

---

[1] 詹姆逊：《未来考古学》，第29页。

未开化的淳朴居民成为高度有文化和教养的人，今天高出几乎其他所有的人。乌托普一登上本岛，就取得胜利。然后他下令在本岛联接大陆的一面掘开十五哩，让海水流入，将岛围住。[1]

就其偏居一隅而言，此岛不足以对地球上其他政体产生实际影响，因为它与世隔绝，是个孤岛，同时体量较小，不是庞大国度，不会征服外界，最多是以德政为尚、怀柔远人。科幻乌托邦则探索一种普遍化，这种普遍化充斥在任何一个科幻文本当中，因为这样的普遍化实际昭示着人类社会的可能出路。孤岛乌托邦更多是人类政治体制的特例，它像一个面对而立的镜子，反照出地球上所有政体的不足，因而成为一种可供参照的政治愿景，从而显示出它是现实的理想化的一面。而科幻乌托邦则把这一愿景树立为普遍的规则。它远远超过了对立的镜像，进而成为人类所有政体的政治体制以及行为方式的想象性立法者。

相比于孤岛乌托邦，科幻小说所描绘的世界显然更广阔，无论是地下世界还是外部星空，科幻乌托邦在空间地理上明显是开放性和扩张性的，当然这两个特性哪怕孤岛乌托邦也是具备的，但孤岛乌托邦的空间扩张表现在地球上的某个并置空间上，而科幻乌托邦则扩展到无穷的外部空间中，它甚至可以表征为无穷的宇宙，比如《银河帝国》（*Galactic Empire*，1950—1952）中，人类建立的帝国已经扩张到整个银河系，人类居住在银河系的任意一个星球上。中国科幻作家刘慈欣的《三体》（2008—2010）在地理方面更加恢宏，人类的足迹遍布整个宇宙，直到宇宙最终毁灭。

乌托邦的地理想象具有多方面的来源，但从社会文化角度来看，地理大发现之后，关于地球剩余空间的想象已经基本被耗尽，已经很难设想地球上存在一块地理飞地，而且这一飞地竟然还具有比现实政治优越的制度。到达资本主义发展阶段后，只有资本主义才具有占据整个地球的能量，如果地球上真的存在一块乌托邦飞地，那么，从现实的可能性

---

[1] 托马斯·莫尔：《乌托邦》，戴镏龄译，商务印书馆，1982年，第50页。

来看，它也一定会被资本主义征服，而不是反过来。而这样一来，乌托邦就不再具有政治上的优越性，它已经被现实的政治实践取代。同时，20世纪以来，人类科技的大发展，将乌托邦视野从狭窄的地球带向无限广阔的外部宇宙，与之对应，外太空的乌托邦叙事兴起，取代了狭窄的孤岛乌托邦叙事——关于乌托邦空间的文化想象已经在形式上摆脱了孤立状况，如果一种乌托邦是可能的，它就不是一种孤立形态的，而必须是普遍性的，至少是局部普遍性的，只有这样，乌托邦才得以建立起来，并且成为可能现实的实践。

三、角色的转变：探访者与科学家

传统的乌托邦往往设定一个探访者的角色。《乌托邦》第一部的子标题是"杰出人物拉斐尔·希斯拉德关于某一个国家理想盛世的谈话，由英国名城伦敦的公民和行政司法长官、知名人士托马斯·莫尔转述"。在《乌托邦》中，莫尔成为这一探访的转述者，乌托邦亲历者被设定为一个叫希斯拉德的人；《太阳城》的子标题是"朝圣香客招待所管理员和一位热那亚的航海家的对话"，航海家无疑是乌托邦的讲述者。因而这一乌托邦实际上是转述的乌托邦。我们在前面已经说过了，它是一种孤岛式的乌托邦。进入乌托邦的人往往具有这样的性质：他属于某个政治体，这一政治体本身遭遇种种政治不幸，乌托邦其实是一个替代品，它是与现行政治体制对照而产生出来的，是一种政治上的理想政体。另外，这一理想政体往往是通过道听途说的传播方式才得以表达的。进入乌托邦的人一般是具有冒险精神的探险家，或者是人类学者。他们本来就相信一个美好政体的存在。他们讲述的故事更多的是验证其自身的信念。传统乌托邦的探险者其实是唯一回来报信的那个人，他是一个信使，传达了乌托邦的消息，但由于乌托邦是一个隔绝之地，如果没有探险者的引导，就不可能重新回去，甚至像《桃花源记》那样，连探险者也寻不着来路，所以它更像隐秘之地。

由于传统乌托邦本质是一个孤岛，它与其他政体在空间上是隔开的，不会与现实政治产生直接冲突，因而在观念上是可以忍受的。而科幻乌托邦则是对新世界的发现，这一新世界具有普遍性，它不是在某个孤立之地发生的革命，而是这个世界普遍发生的变化，哪怕这一变化导致了旧世界——地球的毁灭，因而，在想象层面上，科幻乌托邦是一种政治上的彻底革新，这一革新是极其古怪的，它其实不关心政治，不关心地球上的任何政体，无论它们之间有多么对立，它视地球上既有的政治体制为无物，它只关心更具有抽象意义的地球人类存亡问题。

传统乌托邦是一种对照，也就是说，人生活的那个世界依然存在，而他所向往的这个世界，只能是与他所居留的那个世界形成对比，他是一个新世界的寻访者或偶遇者，终究要回到旧世界当中去。从情感上说，他对旧世界充满了痛恨，对新世界充满了向往，而且在新世界当中看出旧世界的所有的丑恶。但最重要的是，他不属于那个新世界，新世界很快就会关闭，他不是那个世界的一分子，他属于旧世界。这更像是一面文化照妖镜，在其中我们注意到自身的丑陋，而看到镜中虚像之完美。镜中的虚像是一种理想，我们什么时候能像镜中虚像那样完美呢，这几乎是一种先天否定的可能性。我们永远也穿不过镜子，因此我们永远也不能与虚像结为一体，这是政治乌托邦所无法逃避的结局。一个可以设想的结果是寻访者留在乌托邦里边，从此享受美妙人生。但不要忘了，我们这些人才是乌托邦这个文本的受众，"我们"这些读者才是一个探险故事的接受者，没有"我们"，就没有乌托邦。因而，必须设定一个游历乌托邦的人，他要回来报信，诉说这一传奇经历。这一角色非常奇妙，他可能是亲历者，也可能是旁观者，他往往扮演中立的角色，只是陈述了事实，但他的表达语气，却必然是无限惆怅的，仿佛他不断思念那段美妙的奇遇。

乌托邦作品中的讲述人能否准确地复述经历者的故事，这是一个叙事学的问题，但乌托邦研究中似可以不用过度纠结，因为无论从哪个角度讲，乌托邦故事本身就包含虚构，它从来不是实际存在物，但作为一种虚构的文化之物，却成为社会文化整体的一个有机构成部分，它可以被视为理想在叙事中的显形，并为社会实践提供具体的指引。任何一理想主义叙事文本中都存在叙事技巧，这是故事文本本身的需要，在此处，这一叙事性质暂时可以忽略不计。

科幻乌托邦与之不同。异星代表着新世界，人们是新世界的寻访者，甚至就是创造者。太空漫游系列的科幻作品特别代表了这一方向，其典范就是艾萨克·阿西莫夫（Isaac Asimov，1920—1992）的《基地》（Foundation，1951）。故事开始时，银河帝国已有一万二千年悠久历史，但很快，帝国就解体了，几乎没有任何征兆。一个不太起眼的数学家谢顿发明了一种计算未来的数学模型，起了一个很奇特的名字——心理史学，并做出预言：帝国即将土崩瓦解，整个银河注定化为一片废墟，黑暗时期将会持续整整三万年。谢顿不断完善他的心理史学，并制定一个计划，在银河中"两个遥相对峙的端点"上分别建立第一和第二基地，保存人类文明火种，将三万年的黑暗时期缩短为一千年。其中在端点星上建立的基地，就全部由科学家组成。阿瑟·克拉克（Arthur Charles Clarke，1917—2008）的《拉玛》（Rama）系列（由《与拉玛相会》[Rendezvous with Rama，1973]、《拉玛 2 号》[Rama II，1989]、《拉玛迷境》[The Garden of Rama，1991]、《拉玛真相》[Rama Revealed，1993] 四部作品组成）与此相近。小说一开头就描写科学家探险外星飞船拉玛，不断发现拉玛真相，最终走向包含复杂情感的某种"理想"未来。当然，未来并不一定代表美好的结局，从乌托邦发展而来的恶托邦已经成为乌托邦这一大类的重要部分，科幻作品也并不回避这一点。其实乌托邦本身就包含恶托邦，只是我们倾向于忘记这一点。刘慈欣的《三体》可算是一部含糊的恶托邦小说。小说从地球与三体星的冲突开始，表明宇宙是一个充满邪恶的"黑暗丛林"，宇宙原则就是早期人类社会学中的"黑暗丛林法则"，最终，三体星和地球都被其他更强大的异星人所灭，地球人类只幸存了几个人，在宇宙中流亡，虽然从结尾来看，宇宙最终由归零者重启，重新开始新生命，但这一结局却不能不是一种含泪的完满。

科幻乌托邦的新能量在于它有效地建立起"新异"的寻找机制。几乎每一部优秀而富有野心的科幻作品都在创建一个新世界，在这一世界中，主要的一种或几种质素得以改变，因而造成了整个世界的改变，政治仅仅是这个世界变化中一个质素，还有其他的、更广泛的质素值得我们去探索，比如时间（时间跨越或时间旅行）、历史（逆转历史的写作）、速度（太空旅行）、空间（异星探险、异空间）、生物等等，任何一种质素的具体改变都将带来世界的整体性变化，而处于这一变化中的人如何回应世界，生成怎样的文化和心理，则是一场有意义的思想实验。

四、乌托邦能量的转移

在詹姆逊看来，"对于莫尔最早的作品，我们最好提出两条不同的继承脉络：一条是希望实现乌托邦计划，另一条则是在不同的表现形态和实践中找出略显隐晦但却无所不在的乌托邦冲动。第一条脉络是系统性的，当它旨在建立一个全新的社会时，它包括了革命性的政治实践以及文学形式中的书面操练。……另一条继承脉络更加晦涩也更加不同……应该在象征的意义上思考乌托邦冲动及其解释学"[1]。所谓的第二条线索，指的就是布洛赫式的日常生活批判，从日常的文化碎片中发现乌托邦遗存和新的乌托邦可能性，而第一条线索就涉及从政治乌托邦到文本乌托邦的转化问题。

只有不断走向宏大乌托邦才能保证乌托邦的能量。布洛赫在《希望的原理》（*The Principle of Hope*，1954，1955，1959）中总结了乌托邦的机制，认为只有愿望充实的时刻，才是真正乌托邦实现的时刻，而"新异"必须是乌托邦的动力，"新异"就是乌托邦能量。布洛赫提出了这个特殊的乌托邦概念——"新异"（Novum），也就是"尚未意识到的东西"，同时也是尚未现实化的东西。

> 要想意识到尚未被意识到的东西，并将尚未形成的东西加以形态化，这一点只有在某种具体的预先推定这一空间中才是可能的，只有

---

[1] 詹姆逊：《未来考古学》，第13—14页。

在具体地预先规定更美好的生活的地方才耸立着创造性的火山，并喷发其熊熊火焰。只有作为新异（Novum）的现象，天才作品中的高超才能，亦即为习以为常的形成物所陌生的东西才是可理解的。[1]

因而，"新异"是一个乌托邦的动力因，一个作品之中，只有不断提供"新异"这一驱动力，才能将乌托邦能量不断充满，因为乌托邦是一种特殊的存在物，它从来不固化自身，而是永远在追寻"新异"，塑造"新异"，一直处于趋向"新异"的路上，如果既有的乌托邦描绘成了一种固化的东西，那么，"新异"也就变成了"旧"，我们必然打破它，寻找另外的"新异"。然而，这样一来，我们必然要面对一个指责，乌托邦之不断追逐"新异"，可能是没有事实根据的，为此，布洛赫辩护道："只要现实尚未完全得到确定，只要在新的萌芽核心的形态中，现实还占有尚未完结的可能性，我们就不能从单纯的事实性的现实出发对乌托邦横加指责，提出绝对异议。"[2] 所谓的"绝对异议"，其实是彻底否定的意思。乌托邦并不是不可否定，我们实际上可以对具体的乌托邦进行批判，但乌托邦之"新异"从尚未实现这一点来说就是其价值所在，单纯的事实不能否定它。

苏文将"新异"运用到科幻小说研究中，他承认这一术语来自布洛赫，"指的是与作者和隐含的接受者的现实标准相偏离的总体性现象或关系"[3]，他认为，"从描述上说，科幻小说被认知逻辑所支持的虚构的'新异'（新奇、创新）所主导，这意味着两个现实之间的反馈振荡。科幻叙事实践了一个不同的——虽然是历史性的，而不是先验的——世界，它回应不同的人际关系和文化规范"[4]。从这个角度来讲，苏文更

---

[1] 恩斯特·布洛赫：《希望的原理》第 1 卷，梦海译，上海译文出版社，2012 年，第 136 页。中文译本将 Novum 翻译为"新东西"，这里将其译为"新异"，以表示一种普遍的性质，当然，这一普遍性质需要表现在具体的事物上面。

[2] 布洛赫：《希望的原理》第 1 卷，第 230 页。

[3] Suvin, Darko. *Positions and Presuppositions in Science Fiction*. Springer, 1988, p.76. 参见达科·苏恩文：《科幻小说面面观》，第 198 页，译文有修改。

[4] Darko Suvin, *Positions and Presuppositions in Science Fiction*, p.37.

愿意从可能世界的角度来理解"新异",而不是像布洛赫一样从现实的政治批判角度将"新异"树立为乌托邦动力。

相对来说,詹姆逊更接近布洛赫的设想,但他明显把乌托邦的"新异"质素更有力地推进到科幻叙事之中,他认为,"如布洛赫所做的那样,在所有地方都发现乌托邦冲动的踪迹,实际上是将乌托邦冲动普遍化,并且也意味着它是某种根植于人类本性中的东西"[1]。苏文对这一点也有相同的看法,"从逻辑上它只能是布洛赫的,"因而,他得出一个颇具锋芒的判断,"严格而准确地说,乌托邦并不是一种类型,而是科幻小说的社会政治性的亚类型"。[2] 这一点启发了詹姆逊,他进一步论证道,"最有趣的肯定是弄清楚为什么乌托邦会在一个时期内繁荣兴旺,而在另一个时期却销声匿迹。如果你们像我一样跟随达科·苏文的思路,相信乌托邦是科幻小说这一更宽泛的文学形式中的一个社会经济的子类型,那么上述的问题就必须扩展到将科幻小说包含在内"[3]。他给出的解释是苏文的"认知间异"(cognitive estrangement)原则,强调从想象中剥离出认知性因素,如果科幻小说包含乌托邦,那么,我们就能从科幻小说当中发现乌托邦质素的延续。而在科幻小说这一大类下,我们发现一种普遍的性质,那么,这一普遍性质既存在于政治乌托邦中,也存在于科幻小说之中,它们具有一致之处。因而,那些在政治乌托邦中消散的实践,在科幻小说中,依然还存在着强大的生命力。

我们依然可以对"新异"这一变革的内在力量进行说明。"新异"既是布洛赫创造的一个阐释性概念,同时,也是对乌托邦力量进行转换的解释性概念和推动力量,乌托邦必然是追逐"新异"的,因为从本性来说,乌托邦是叙事文本,它是一个特殊的叙事类型,只有以彻底新的东西为内容,才能成为一个叙事性乌托邦成立的理由,从而,追逐"新异"和展现"新异"本身成为乌托邦转换的力量。当政治乌托邦的能

---

[1] 詹姆逊:《未来考古学》,第 21 页。
[2] 达科·苏恩文:《科幻小说变形记:科幻小说的诗学和文学类型史》,丁素萍等译,安徽文艺出版社,2011 年,第 68 页。
[3] 詹姆逊:《未来考古学》,第 6—7 页。

量在现实政治实践中不断被证明或证伪,它的叙事空间就变得越来越狭窄,它的政治能量被现实的政治实践所消解。曾几何时,关于乌托邦的叙事包含着激动人心的能量,但在19世纪以来的现实政治中仅有部分得到实现,其余部分则被击得粉碎,政治乌托邦越来越缺乏存在的空间。然而,幸运的是,我们毕竟还有一种形式来承接这一乌托邦精神,这就是科幻小说。

"新异"是一种系统性的当量,它不是解决某个小的因素,而是更宏大的形式性因素,它解决的是乌托邦意识中不断变革这一要素。"新异"不是部分性的,而是整体性的。对于每一个优秀的乌托邦文本而言,它都提出一种新的尚未出现的东西,从而造成一种系统性的变迁。"在科幻小说当中,新的天堂与地狱的设想已经随处可见。"[1]我们已经在政治性的孤岛乌托邦著作中看到了对乌托邦的系统性描述,包括地理形势、政治制度、军事制度和战术、外交、婚姻与性、文化等等,其中最主要的三条是地理、政治、性。乌托邦人民具有明显的优点,比如人民好学、知识渊博,首领明智、仁慈、富有智慧,战士勇敢战无不胜、心灵纯洁、不以私产为荣,等等。所有这些都是最基本的系统性问题,解决了这些问题,才能谈得上完美的乌托邦社会。而几百年来,乌托邦文本正是由于其政治上的前瞻性和理想性,才引来无数的关注目光。然而政治性突出对孤岛乌托邦而言是正面的吗?如果我们细致考察文本,就会发现孤岛乌托邦中隐藏着一种地理学的政治论,政治形态与地理因素是密不可分的,虽然我们知道地理决定论有局限,但是对于文化起源阶段,地理政治学有其天然的合理性,政治必然与地理形态相结合。而乌托邦文本总是一种原初地理学的探索,无论孤岛乌托邦还是科幻乌托邦,总隐含着地理性质的原初决定性,比如在《三体》中,三体文明历经一千多次兴起和毁灭,其地理或者星系的基本样貌决定了基本文明形态或政治形态,即必须向外侵略,占领新的宜居星球,才能保全整个文明。这就决定了任何政治、文化形态必须与基本的地理形态相结合,地

---

[1] Raymond Williams, "Utopia and Science Fiction," *Science Fiction Studies*, Vol. 5, No. 3 (Nov,1978), pp. 203-214: 212.

理政治学以地理为基础的基础倾向。

从原初地理学上看，最初的原始状态虽然在时间上最漫长，但在关键的时间变化上却只占据比较短的位置，大约只有起点这一设置才与原始状态直接相关，而这又是最困难的阶段。人类社会的资本主义扩张期在原初地理学上才具有一种转折性的借鉴意义。它依赖于从起点发展到高峰再由于地理或星系局限过渡到扩张的合理性。只有某种根本性的贫瘠才能产生向外探索的冲动，而任何探索其实就是殖民，星际殖民与地球上最初的殖民一样，并不包含任何伦理重负，因为另一块大陆或另一个星系的居民被认为是与我们有异的，只有当地理空间辐射到足够大，把此前的有异空间和有异居民演化为我们的邻居的时候，才可能产生伦理的责任感。从最近几个世纪的殖民历史到现代的文明史发展中，我们也能看到这样的伦理变化。

五、文本冒险与乌托邦愿望满足的新形式

相对于科幻乌托邦而言，政治乌托邦范围较为狭窄，这不仅表现在空间地理和时间延展上，还表现在内容框架上，科幻乌托邦是极其广泛的，它涉及科技、社会、心理、文化、战争、个体等很多方面，而政治乌托邦则更多地集中在政治经济制度和两性伦理关系上。

"人文主义"自由乌托邦是一种乌托邦；后现代自由乌托邦是一种真正的无政府，一种异托邦。异托邦模式是块茎式的，它充满修辞，是符号互文性的，而异托邦式的迂回空间则充满矛盾，自我叠替，它明显是后结构性的。块茎空间不能用古典的、启蒙的、浪漫的或人文主义的模式来概念化，所有这些都预设了一些不可避免的基础，一个建立乌托邦大厦的特定基础。只有无政府主义才能实现块茎。[1]

孤岛乌托邦的狭隘地理决定了它只是一个偏安性质的地理存在，它

---

[1] 参见 Neil Easterbrook, "State, Heterotopia: The Political Imagination in Heinlein, Le Guin, and Delany," *Political Science Fiction*, Donald Hassler and Clyde Wilcox, eds., Columbia: University of South Carolina Press,1997, pp.44-45。

只能在比较小的地理范围内获得优势，这也让我们怀疑，这种孤岛乌托邦一旦被纳入广阔的全球地理之后，它是否还能获得各种政治、军事上的优势。更进一步，现代性已经达到了全球化的地步，任何孤岛乌托邦都丧失了原有的神秘性，失去了地理上存在的可能性，它再不能成为一种政治上的实存对照，只能成为文学上的修辞。这一时代变换所产生的时空背景转换使其政治性质被大大削减，它的功能尚不如纯文学性质的科幻乌托邦来得直接，而且孤岛乌托邦已经丧失了实在的可能，而科幻乌托邦则保持着未来的可能性，这是乌托邦最重要的性质。从目前所见，这一未来可能性是可能延续相当长的时间的。可以说，乌托邦的"新异"能量已经从孤岛乌托邦中转运到科幻乌托邦中，这一转运包含着接受者维度上的时间变化和文本描绘的空间变化两个元素。从接受者的时间维度上讲，地理大发现以及科学技术发展所导致的对地球空间的全面勘测已经使地理上的隐藏空间变得完全不可能，接受者观念也从乌托邦的异域实在性观念转变为只留存于文本中的修辞观念。从文本空间观念上看，孤岛地理的实在性消解与地球外空间的实在性增长形成此消彼长的关系，作为修辞存在的孤岛乌托邦只是作为一种精神形态留存在文本中，通过文本描绘将这一精神内涵转运到科幻小说当中，并且使乌托邦精神在修辞意义上重新焕发出实存性的可能。这是两种乌托邦形态通过文本描绘所达到的内在精神的关联，因此，从内在精神转运的角度看，现代科幻小说已经达成对传统乌托邦的吸纳，进而将两种看似不一样的文本归结为一个文类，并以科幻小说为主要表现形式，传统的政治经济乌托邦成为一种附属性的形式，可视为科幻小说的前身。

政治乌托邦预设了与现实政治制度的对立，莫尔《乌托邦》的第一部分充满了冗长的政治辩论，讨论现实政治的缺陷，第二部分才从对照乃至对立的角度提出乌托邦这一新政治理想。这一政治倾向影响了整个政治乌托邦叙述。空想社会主义（utopian socialism）这一概念引向了现实的政治实践，但实践本身会压缩空想的空间，而这一空想的能量只有回转到叙事文本中才得以保存。

政治上幸福的生活与公有制有关，政治乌托邦往往关心制度性问题，认为财产私有是罪恶的来源，一旦财产公有，就可以消除基本罪恶。

> 航海家：这个民族来自印度，他们是在祖国遭受蒙古的掠夺者和暴徒的破坏后逃出来的，因此他们决定过严肃的公社生活。虽然生活在他们这个地区的其他居民中并未规定公妻制度，但太阳城的居民却在一切公有的基础上采用这种制度。一切产品和财富都由公职人员来进行分配；而且，因为大家都能掌握知识，享有荣誉和过幸福生活，所以谁也不会把任何东西攫为己有。[1]

但是且慢，并不是说公有制就完全没有问题，人的私心很可能还存在，那么怎么办？必须采取严密监视的方式，"负责人员严密地监视着，不让任何人获取超过他所应得的东西，但也不会不给他所必需的东西"。监视的初衷是好的，因为严密的监视可以保护它的人民，"有负责人员严密地监视着，在这个集体中谁也不能欺负别人"。[2] 当然，这样的监视如果无所不在，也可能发展为《我们》（We，1921）、《1984》（1949）那样的恶托邦。

在某些带有政治意味的科幻作品中，政治乌托邦的政治制度设计时常被承继下来。海因莱因（Robert A. Heinlein，1907—1998）的月球自由邦[3]是一个"理性无政府状态"，是一个自由主义系统。厄休拉·勒古恩（Ursula K. Le Guin，1929—2018）的阿纳瑞斯[4]是无政府职能主义。从泰坦到海卫一[5]，德莱尼（Samuel R. Delany，1942— ）的外空卫星提供了无数的政治选择，一个模糊的序列不仅消除了左与右，而且最重要的是，消除了政治制度通常具有的共同点。第一个服膺于资本主义、自

---

[1] 托马斯·康帕内拉:《太阳城》，陈大维等译，商务印书馆，1997年，第9—10页。
[2] 托马斯·康帕内拉:《太阳城》，第11页。
[3] 出自《严厉的月亮》(The Moon Is a Harsh Mistress，1966)。
[4] 出自《一无所有》(The Dispossessed，1974) 中的一个无政府星球。
[5] 出自《海卫一难题：一个模糊的异托邦》(Trouble on Triton: An Ambiguous Heterotopia，1976)。

由市场、托马斯·马尔萨斯和（含蓄地赞美）艾恩·兰德。第二个似乎受到各种19世纪乌托邦运动的启发，如保罗·古德曼，以及潜在地受到赫伯特·马尔库塞和尤尔根·哈贝马斯的启发。第三个影响主要来自米歇尔·福柯，通过他，吉尔斯·德勒兹和菲利克斯·瓜塔里也发挥了影响力。[1]

勒古恩的著名科幻作品《一无所有》设计了一个名叫"阿纳瑞斯"的星球，这是一个统一的无政府星球，她的人民几百年前自愿从另一个星球放逐而来，建立了一个完全无私产的公有制制度。与莫尔的《乌托邦》有些类似，人们集体生活，废除婚姻，生产、生活都按需调配，放弃国家，只进行必要的管理。但是相比乌托邦的监视构想，《一无所有》中的人们自愿选择这样的生活，他们不反悔，而是自愿奉献自己。因而，他们主动节制自己的欲望，听从管理和安排。

乌托邦当中包含着征服，这是最初的乌托邦中不可避免地掺杂着的。对于孤岛乌托邦来说，如何在军事上抵御外部进攻是一个必须考虑的因素，而孤岛本身就容易形成比较强有力的防御。

> 港口出入处甚是险要，布满浅滩和暗礁。约当正中，有岩石矗立，清楚可见，因而不造成危险，其上筑有堡垒，由一支卫戍部队据守。……
>
> 岛的外侧也是港湾重重。可是到处天然的或工程的防御极佳，少数守兵可以阻遏强敌近岸。[2]

比如，太阳城的建造是这样的：

> 这个城大部分位于这个广阔平原的一座高高的小山上；它四周

---

[1] 参见 Neil Easterbrook, "State, Heterotopia: The Political Imagination in Heinlein, Le Guin, and Delany," *Political Science Fiction*, Donald Hassler and Clyde Wilcox, eds., Columbia: University of South Carolina Press, 1997, pp.44-45。

[2] 托马斯·莫尔：《乌托邦》，第48页。

的许多建筑物在远远超过山脚的地方,这个小山的面积,也和城市差不多,直径为两英里多,圆周为七英里。而且,由于它建筑在山脊上,所以,它的面积大于建筑在平原上的面积。这个城分为七个广阔的地带,即七个同心圆的城区,并以七大行星的名字命名。由一个城区到另一个城区,要通过四条铺石块的街道,并穿过各区东南西北所开的四座城门。这样建城的优点是,假如第一个城区被攻占,必须以加倍的兵力才能攻占第二个,攻占第三个时又要用加倍的兵力;要攻到这个城池的中心,每次势必使用加倍的兵力。因此,谁要想占领这个城池,他就得进攻七次。但是,在我看来,由于它四周的围墙是那样辽阔并以那样多的棱堡、塔楼、以石球为弹的大炮和沟壕来设防,所以占领第一个城区都是不可能的。[1]

而对于科幻乌托邦来说,地球如何在浩瀚的太空之中保持独立地位,不被其他星球的高级文明所奴役,这是一个必须解决的问题。从整体的层面看,军事是乌托邦必然保留的元素,孤岛乌托邦在科学技术上的优势是被预设的,如果缺乏这一点,孤岛乌托邦是不可能成立的。在科幻乌托邦中,这直接表现为科学技术的先进,只有在科学技术上有远远超出现有程度的进展,才能保障地球作为一个整体去开拓新的星际空间,并且在与其他星球的他者遭遇的时候,不至于处于弱势地位。当然,科幻文本不自觉地继承了某种殖民主义的观念,这是要批判和警惕的,但也是其作为一种最初的探索所不可避免的,

陌生之域无论是空的还是住着陌生人、他者,都是殖民目标的核心,陌生人或他者被视作野蛮人,他们的生活被认为是缺失的,他们的文化被看作粗略而畸形的,他们在后殖民主义和科幻小说的奇异性中引人注目,对他们的驱逐同样是后殖民主义的核心。[2]

就整体政治文化而言,在孤岛乌托邦中,现实政治是一种有缺陷的形态,乌托邦则是一种理想的形态;而在科幻乌托邦中,未来的星际和

---

[1] 托马斯·康帕内拉:《太阳城》,第3—4页。
[2] 参见 Jessica Langer, *Postcolonialism and Science Fiction*, NY: Palgrave Macmillan, 2011, p.3-4。

宇宙对地球到底意味着什么，谁也不知道，它可能意味着美好的未来，也可能意味着奴役或者整体性的毁灭。相对而言，地球文明无论内在的政治体制具有什么样的缺陷，它都充满了温情的内涵，这是母体所自然具有的属性。在科幻作品中，地球被赋予"母星"的称号，在《银河帝国》中被称为盖亚，而盖亚在哪里，却已经是一个谜，寻找盖亚成为解开银河帝国混乱死结的一把钥匙。

科幻作品向未来无限敞开，一旦人类将目光转向宇宙，外星的挑战就不可避免。人类在宇宙中的命运如何？这并不存在某种预定的完满结尾，所以科幻乌托邦是更宏大、更具有乌托邦精神实践的力量。它可能具有政治意味，也可能彻底放弃政治，而转向地球人类生存整体。毕竟，无论政治多么重要，都只是地球内部的冲突，而人类一旦被放入与异星冲突的情境下，与整体人类生存危机相比，政治这一内部冲突无疑变得微不足道。

对于未来，我们一无所知，只有依赖想象性的文本去开拓道路。放在这个语境当中，批判其军事思维和威权思维是比较苍白的，因为开拓本来就是一种探险，是一种军事化的行动。所谓的人权性思考只有在新世界出现细节性结构的时候，简单地说，细节足够多，足够为整体构造赋予血肉时，我们才有可能去思考人性和伦理问题。比如勒古恩的《世界的语词是森林》(*The Word for World Is Forest*，1972)，在故事情节上，对星际间的军事冲突的描写相对较为简单，而对星球内的星际种族冲突的刻画则集中了绝大部分笔墨，某种星际人性和伦理在冲突之中不断显示出其独特面貌。但是如果我们只是抽象地谈论某种人性的光辉，以便在找不到冲突解决途径时使用出来，这只能算作作者的无能——任何一种情节以及它所包含的伦理问题，都必须放在它所设置的情境当中，而不能单纯脱离出来进行抽象式的批评，那只是一种无法击中靶心的批评，也不是一种客观的研究态度。

六、迈向乌托邦诗学

从政治乌托邦到科幻乌托邦,现实政治能量不断衰减,文化能量却不断增强。公开的乌托邦文本或话语已经被当作一般性科幻小说的一个子变种。而令人感到矛盾的是,在乌托邦被认为应当寿终正寝的关头,在上文所提到的乌托邦冲动的窒息在各处都越来越真实的时候,科幻小说近年来已经重新发现了它自己的乌托邦使命,这导致了一系列强有力的新作品的出现,包括乌托邦文学和科幻小说。[1]

从乌托邦发展史就可以看到这一点:如果乌托邦仅仅与政治相连,那么对于已经实现的社会政治来说,它完全是"空想的"(utopian),但如果从它的精神内核(乌托邦能量)来说,它却只有保持为空想才能存续下去,并且只有通过叙事作品的展示,才真正成为一块文化"飞地",进而与人类文化整体形成千丝万缕的联系,共同塑造既有的文化观念,从而成为文化中不可或缺的部分。

因而,我们看到,在乌托邦能量不断消耗于现实政治实践之中的时候,我们找到了新的更广阔的范围,以承载这一人类文化的实践,它可能并不那样"实际",但正是这一"不实际",却成为保存人类理想的沃土,并不断向未来开放自身。我们也注意到,乌托邦既是观念性的,又有其基本知觉内涵,也就是说,乌托邦是一种理念建造,但同时,这一理念的支撑基石都来自我们这个世界,"科幻文学将其想象建基于人的故事当中,这一故事中所描画的环境取自我们这个星球,因而,我们意识到这个世界还在起着巨大作用"[2]。从两个方面来讲,乌托邦与我们这个世界紧密缝合在一起,一是乌托邦来自我们这个世界,它以现实世界为基础进行变形性取材,任何一种乌托邦变形都只有面对现实世界才有意义;二是,反过来,这一看来过于大胆的想象却塑造了我们对未来的"认知",并且在某种程度上成为整体性实践的推动力。这

---

[1] 詹姆逊:《未来考古学》,第 380 页。

[2] Albert Wendland, *Science, Myth, and the Fictional Creation of Alien Worlds*, Michigan: UMI Research Press,1985, p.63.

种乌托邦想象与现实实践之间的辩证关联正是乌托邦能量展现自身的方式。

只有从乌托邦政治学转向乌托邦诗学才能完成乌托邦能量的转换，也就是说，当代乌托邦的存身之处并不在政治叙事中，而在科幻叙事中，随着政治乌托邦叙事的逐渐枯萎，科幻乌托邦叙事将政治乌托邦叙事吸纳进自身也就顺理成章。这一转向既是现实实践的一种"无奈"产物，同时，也是乌托邦蕴涵的内在驱动力——它本身就是文本性的，也必将在文本中保存自身。这也是乌托邦诗学得以展开的真正基础。

第一部分
科幻文学：新的乌托邦精神

　　科幻乌托邦批评的兴起以政治乌托邦的衰落为前提。20世纪以来，随着后现代主义的不断推进，对终极理想社会的政治寻求逐渐丧失活力，但其曾经包孕的乌托邦精神并未消失，而是转换进入科幻文类及其文本叙事中。科幻文类经由苏文、詹姆逊等学者与乌托邦精神的对接，形成了富有活力的科幻乌托邦观念。本部分主要讨论科幻文学如何继承政治乌托邦，成为一种新的乌托邦形式，试图厘清科幻乌托邦与政治乌托邦的关系，指出未来时间性在两种乌托邦中的关键地位。

第一章　科幻文学作为一种乌托邦文体

科幻批评的乌托邦转向主要由三位西方马克思主义者促成。恩斯特·布洛赫把科幻小说指认为乌托邦的升级版。这显然是一种试图将科幻文学吸纳到更大的文学传统的努力，它使得科幻文学具有了代表性。达科·苏文从俄国形式主义理论借鉴颇多，他把"认知间异"和"新异"确立为科幻文类的两大特征，并把科幻批评纳入了正统学术研究的视野，开启了科幻批评与马克思主义批判相结合的路径。弗雷德里克·詹姆逊的未来阐释学理论则借鉴苏文关于乌托邦是科幻文学的一个社会经济的子类型的观点，将科幻文学的出现与后现代社会联系在一起，强调了文类批评的历史主义维度，同时也赋予了科幻文学以新的文类品格，把文类的规定性功能转化为阐释性功能。此外，詹姆逊提醒我们，乌托邦文类有它自己的形式历史，研究科幻小说首先就要把它作为一种形式上和历史上的事件来进行研究，把整个体裁理解成后现代社会历史性变化的一个表征和反映，文类批评由此具有了历史的向度。换句话说，未来阐释学从文类与历史内在关联的角度，把文类概念改造成为文学文本与社会历史之间的中介，将文类改造为一种辩证批评的工具。

一、乌托邦是科幻文学的亚类

文类是文学理论中最古老同时也最富于挑战性的议题之一。文类的划分伴随着一系列的基础理论问题，它首先关联着文类的传统。长期以来，关于科幻小说在文学中的定位众说纷纭。科幻小说似乎天然是一种杂糅的文体，它常常从推理小说、冒险故事、游记故事等其他类型小说中汲取情节结构，比如玛丽·雪莱（Mary Shelley, 1797—1851）的《弗兰肯斯坦：或现代普罗米修斯》(*Frankenstein, or, The Modern Prometheus*, 1818) 本身是哥特小说的典范之作，同时杂糅冒险故事和侦探小说的基本情节，儒勒·凡尔纳（Jules Gabriel Verne, 1828—1905）擅长冒险故事，赫伯特·乔治·威尔斯（Herbert George Wells, 1866—1946）的《时间机器》(*Time Machine*, 1895) 是时间旅行故事，柯南·道尔（Arthur Conan Doyle, 1859—1930）是横跨侦探和科幻两个门类的大家，艾萨克·阿西莫夫的《钢窟》(*The Caves of Steel*, 1991) 和《赤裸的太阳》(*The Naked Sun*, 1991) 是科幻推理小说等。在雨果·根斯巴克（Hugo Gernsback, 1884—1967）于1929年确定"科幻小说"（science fiction）这一名称之前，科幻小说就曾有过"科学传奇"（scientific romance）、"科学幻想"（science fantasy）、"科学性小说"（scientifiction）、"惊异故事"（astounding story）等诸多名目。简言之，科幻小说史正验证了巴赫金所言：文类"过着现今的生活，却总在记着自己的过去，自己的开端"，虽然文类总是在历史演变的过程中不断地发生位移和变迁，却一直承续历史，保持某种形式上的连续性，巴赫金称之为一种"创造性记忆"。[1] 无独有偶，詹姆逊也反复提醒我们科幻文学所具有的显著的互文性特质及其所承载的文学传统。[2]

科幻小说以制造"惊异感"为核心。从1926年根斯巴克创建第一本科幻杂志《惊奇故事》(*Amazing Stories*) 开始，美国科幻杂志的大部分标题都含有"惊奇""惊异"这样的字眼，影响较大的有：《恐怖惊

---

[1] 米哈伊尔·巴赫金：《陀思妥耶夫斯基诗学问题》，白春仁、顾亚铃译，生活·读书·新知三联书店，1988年，第156页。

[2] 原文为："这种文学形式最独具一格的特点在于其显而易见的互文性：很少有其他文学形式敢如此大胆地断言自己既是正论又是反论。也很少有其他文学形式在其每一种新变化中都如此坦率地要求互相参考和争论……每一个单独的文本事实上都负载了整个传统，并以加入的每一点新内容不断地重组和修改着传统本身。同时，每一个文本也都将成为这一巨大高级有机体中一个微小的代码，就像史德普顿笔下那些有感觉的外星生物所形成的有思想的集合体一样。"参见詹姆逊：《未来考古学》，第11页。

奇故事》(1929年创刊时名为 Wonder Stories，后改名为 Thrilling Wonder Stories)、《惊人的超级科学故事》(Astounding Stories of Super Science，1930年创刊)、《惊异科幻》(1931年创刊时名为 Astonishing Stories，1938年由约翰·W. 坎贝尔改名为 Astounding Science-Fiction)、《惊奇科学故事》(Marvel Science Stories，1938年创刊)、《惊奇故事》(Startling Stories，1944年创刊) 等等。[1] 这种"惊异感"显然来源于科幻小说突出的他异性（alterity）追求。科幻小说内在地含有一种探索未知和他者的欲望，具有一种向外扩张的想象潜能，反言之，如果科幻小说的虚构世界与我们的生活世界无异，那将是毫无意义的。这虽与乌托邦小说对理想世界的追索同宗同源，却也使得科幻小说甫一开始就与幻想小说（Fantasy，或译为奇幻小说）交织在一起，被归入"类文学"（paraliterature）范畴。

在20世纪科幻文学（同时也是科技）的中心美国，科幻小说通过通俗杂志培养了大批职业作家、职业编辑、职业出版商、职业评论家和读者，成了一种强劲的流行文学形式。然而，与20世纪20年代起就已蔚为大观的科幻创作、生产和消费相对应，科幻批评和理论建构却是晚近才发生的事情。詹姆斯·冈恩（James Gunn，1923—2020）等学者提醒我们，对科幻的学术讨论始于20世纪60年代，而直到1971年，科幻研究仍"几乎没有任何学术工具、参考文献、索引、历史、百科全书、研究和准则"[2]。学术研究首先介入科幻，是从文类辨析入手的，而科幻小说真正得到理论话语的规范，得以从类文学范畴跃入学术视野之内，获得文类的独立性，这个转变要等到20世纪70年代由美国学者

---

[1] 科幻小说杂志史研究成果很多，此处主要参考 Mike Ashley, *The Time Machines: The Story of the Science Fiction Pulp Magazine from the Beginning to 1950*, Liverpool, Liverpool University Press, 1995。

[2] 如果考察科幻学术研究初创时期的历史，那么我们可以像唐纳德·M. 哈斯勒在《科幻批评的学术先驱1940—1980》一文中所做的那样，把20世纪30年代尼克尔森、戈夫、贝利等人所出版论著中相关的批评片段也列入其中，见罗伯特·斯科尔斯：《科幻文学的批评与建构》，王逢振等译，安徽文艺出版社，2011年，第239—264页。但戴米安·布罗德里克认为对科幻的学术讨论始于1960年英国小说家兼学者金斯利·艾米斯在普林斯顿大学的科幻讲座"新地狱地图"。詹姆斯·冈恩提及，直到1971年科幻小说研究会召开第一次会议时，"一些科幻迷甚至认为科幻靠近学术无异于死亡之吻"。参见爱德华·詹姆斯、法拉·门德尔松主编：《剑桥科幻文学史》，穆从军译，百花文艺出版社，2018年，第136—137页、第15页。

达科·苏文来完成。而科幻研究的首要任务，就是将科幻小说与幻想小说区分开来。

苏文自20世纪70年代就提出并逐渐完善了一种新的具有独立品格的科幻小说文类概念，并确立了沿用至今的认知间异和新异两大科幻基本准则。按照苏文的界定，科幻文类的主要形式策略是替换作者经验环境的想象性框架，它的区别性特征是一个具有认知逻辑的虚构的"新异"（或新颖、创新），而乌托邦则是科幻小说这一更宽泛的文学形式中的一个社会经济的子类型。[1] 这一概念的界定在科幻文学和科幻文学研究史上具有重大的理论意义和实践意义。苏文认为文类传统的合法性是在回溯中确立的[2]，虽然从最严格的角度讲，现代意义上的第一部科幻小说是玛丽·雪莱出版于1818年的《弗兰肯斯坦》，但科幻小说史可以追溯至柏拉图和古希腊的航海故事与乌托邦故事，从而在科幻小说与乌托邦之间建立起渊源关系。他在1972年相继发表了《认知与陌生化：通往科幻诗学的一种途径》与《论科幻文类的诗学》两篇论文，开启了一条崭新的、将科幻批评与马克思主义批判相结合的路径。他写于1979年的集大成之作《科幻的变形：一种文学文类的诗学与历史》解开了作为大众读物的科幻与其亲缘性最强的幻想故事之间的扭结，转而把科幻与乌托邦结合起来探讨。而在1994年的一篇论文中，苏文又进一步将认知性发展为"人类一切创造力都具有的潜能"[3]，推进了科幻文学研究的乌托邦转向。

这一转向在弗里德里克·詹姆逊的未来阐释学理论中得到了进一步的拓展。作为美国最重要的西方马克思主义批评家，詹姆逊对马克思主义的继承既有对德国哲学、法国政治和英国经济学知识传统的继承，也有在广泛的历史学、社会学等人文社会科学领域的符码转换，还有对在不同学科中发挥作用的各种方法论范式的翻译与编码，如结构主义、精神分析和解构主义。有学者指出，詹姆逊思想所具有的广度和连贯性，

---

[1] 参见苏恩文：《科幻小说变形记》，第70—93页。
[2] 参见苏恩文：《科幻小说面面观》，第196页。
[3] 苏恩文：《科幻小说变形记》，第9页。

在当代美国很难有人能望其项背。[1]

詹姆逊对乌托邦的考察是一种形式研究。在对晚期资本主义文化逻辑的敏锐洞察中，詹姆逊认为，人不可能脱离现实世界的情境性，作为一种社会计划的乌托邦已无存身之处，而只有在科幻小说中，那种关于根本性差异的想象才具有形式上的可能性，反过来，科幻小说所兼具的认知功能和实验功能，能够为我们提供认识后现代社会的一种途径，在这一意义上，詹姆逊将科幻小说确立为继历史小说之后表达乌托邦未来的重镇。由于乌托邦变成了一种未来的尚未存在和当下的文本性存在的混合体，因此乌托邦研究只能是一种形式研究，是对其形式固有矛盾的揭露，而不是对其内容真实性的考察。

一旦将"如何想象乌托邦"的命题转化为"乌托邦的想象如何被书写出来"的问题，想象乌托邦所可能发生的危险，就变成了写作乌托邦文本本身的危险。[2] 这种对乌托邦叙事潜能及其局限的研究，涉及乌托邦形式、结构在实现意义中的功能问题。经过形式转换，乌托邦研究不再关注对乌托邦质素组合建构过程的讨论，转而重视对其寓言性结构的揭示及消解。这种对形式主义技术分析的借鉴，使得他的未来阐释学理论呈现出一种复杂的分析模式，把社会历史研究、意识形态分析与语言、形式、符号分析综合在一起。这一理论建构和批评实践浓缩为他在 2005 年出版的《未来考古学：乌托邦欲望和其他科幻小说》（*Archaeologies of the Future: The Desire Called Utopia and Other Science Fiction*）一书，并与他的其他著作形成一种互文式的呼应，对于他的未来阐释学的研究也自然带出或者说补充了对其马克思主义阐释学的整体坐标的讨论。

二、未来阐释学：乌托邦形式的考古学

未来阐释学将具有未来指向的乌托邦冲动视为改变世界的原动力，

---

[1] Fredric Jameson, *The Jameson Reader*, Blackwell Publishers, 2000, p.6.
[2] 参见詹姆逊：《未来考古学》，第 386 页。

这不仅是对由达科·苏文开启的科幻批评的乌托邦转向的延续，同时也是对恩斯特·布洛赫"希望哲学"理论（或称乌托邦解释学）中对乌托邦肯定性的强调的继承。乌托邦作为指向未来的欲望的隐蔽能指无所不在，因此，铭刻于乌托邦文本中的是乌托邦冲动，而不是乌托邦总体。就其理论内涵而言，詹姆逊所谓的"未来考古学"是一种观念考古，它的对象是那种将未来的尚未存在与当下的文本存在结合为一体的乌托邦，由此过去、现在、未来的时间维度呈现为一种折叠状态，而未来阐释学恰恰着力于将现实的当下变成某种即将到来的未来的决定性的过去，也即当作一种陌生化的、遗留性的历史，来使得我们与我们对于当下的体验剥离开来。这与其说是一种考古，不如说是一种再塑造。

这种塑造体现为两个互相呼应的过程。一方面，科幻小说复兴了乌托邦精神。西方社会自20世纪60年代末以来出现了经济社会的急速转型、宗教哲学的回归、马克思主义的边缘化、自由主义思潮的泛化等状况，它们都在一定程度上使得传统的乌托邦精神陷入被过度批判和自我迷失之中，造成了"乌托邦想象的萎缩"的社会表征和"反乌托邦"的文艺主潮。乌托邦想象的无能宣告了意识形态的全面胜利，詹姆逊敏锐地指出："在一个衰落或阶级的社会里，科学、乌托邦思想以及实际上有价值的一切事物，也必须总是同时作为一种意识形态发生作用。"[1]此时一定不能把乌托邦视作一种社会计划或蓝图，而应该看到它的形式功能："事实上它包含着首先寻找一种方法的努力，即如何开始对乌托邦进行想象。……新的乌托邦过程的突然出现是一种对欲望的渴求，一种对欲望的了解，是对最初称作乌托邦的欲望的创造……或是一套在我们从前的文学机制里没有先例的规则。"[2]这种萎缩时代的乌托邦冲动和欲望只能在科幻小说中得以安身，而科幻文类独特的结构性寓言形式[3]，为它们提供了表征后现代时代精神的一块飞地，通过恢复乌托邦的即时性及其未来向度，使得乌托邦重新焕发出新的生命力。于是，乌

---

[1] 詹姆逊：《时间的种子》，王逢振等译，江苏教育出版社，2006年，第66页。
[2] 詹姆逊：《时间的种子》，第78页。
[3] 参见罗伯特·斯科尔斯：《科幻文学的批评与建构》，第33页。

托邦在科幻批评中就演化为一种终极视域，未来具有了历史性，科幻以未来之名超越了当下，并因此能够批判性地图绘当下。

另一方面，科幻小说经过了乌托邦维度的再塑造，具有了独立的文类品格。如前所述，未来阐释学也不是漫天撒网式地考察所有科幻小说，而是以表达乌托邦幻想的科幻小说为对象，既包括那些公开设定了乌托邦主题的小说，也包括那些流露出乌托邦冲动的作品。它所采取的分析模式是将整个体裁理解成历史性变化的一个表征或反映，从而考察这种新文类的文学性变迁和其历史的、理论的意义。它所选取的突破口不是宏观的乌托邦总体，而是铭刻于乌托邦文本中的乌托邦冲动，后者作为指向未来的欲望的隐蔽能指，总是以伪装的、歪曲的、隐蔽的、碎片的形式呈现，不仅在表现上，而且在结构上形成了对其乌托邦总体的否定与反动。科幻乌托邦"作为乌托邦愿望和乌托邦冲动的一种被动的中介载体，它所指向的是一种未知的东西却囿于过于熟悉的日常经验之物，从而出人意料地变成了对于我们自己的绝对极限和意识形态困境的思考"[1]。在乌托邦冲动的特殊变异和文学叙事的突然中断中，乌托邦未来的远古幽灵被召回，那种试图将绝对差异性文本化的乌托邦转变为掩盖其自身意识形态的叙事行为，因而对它们的考古性发掘就是一种为意识形态祛魅的过程。这个工作揭示出乌托邦的使命不在于一种现实的可能性，而是通过迂回的、隐蔽的形式，证明我们无法逃脱现实的情境性。当乌托邦冲动的多样性和差异性被揭示为确定性的、可知的意识形态价值系统，阐释就变成了一种寓言行为，它必须认识到文本生产的意识形态背景的多元复杂性，并超越乌托邦与意识形态的传统对立，历史地把握二者的辩证关系。如此，科幻小说就在乌托邦中得到了一种历史性的再塑造，被赋予了广阔的政治伦理学阐释维度。

就其方法论而言，未来阐释学采用的是一种乌托邦形式的辩证法，詹姆逊一如既往地注重在文本层面进行理论操练。他从20世纪70年代开始，写出了许多关于科幻小说和乌托邦文学的重量级论文，包括对夏

---

[1]　詹姆逊：《未来考古学》，第386页。

尔·傅立叶（Charles Fourier，1772—1837）、布莱恩·奥尔迪斯（Brian Aldiss，1925—2017）、厄休拉·勒古恩、菲利普·K. 迪克（Philip K. Dick，1928—1982）等科幻大师及其作品的个案研究。究其论题而言，这些论文首先充当了一个实验基地的作用，如"体裁的不连续性""世界缩影""认知测绘"等核心概念在这里与批评实践紧密结合，展现了对后现代文学和文化的阐释力，所运用的技术包括格雷马斯的符号学矩阵和形式主义的陌生化理论等。因此，未来阐释学综合了对形式主义的技术借鉴和马克思主义的社会历史批评，不仅在实践层面上证明了其理论的有效性，深化了詹姆逊乌托邦思想的整体架构，而且有助于对马克思主义总体性工程进行一种重新创造，使得它能够更有效地回应后冷战时期晚期资本主义的历史原创性（主要是控制论和全球化）问题以及后现代社会对马克思主义的时代吁求。由此，对形式主义的技术借鉴和马克思主义的社会历史批评二者的结合成为未来阐释学的方法论机制。

三、文类批评：解放乌托邦的力量

在文类批评方面，詹姆逊吸收了马克思主义将文类视作文本与社会历史生活的中介的观念[1]，将文类看成是一种社会－象征的信息，无论文类形态如何变迁，其内在的意识形态是稳定的、可被验证的，"文类基本上是文学的'机制'，或作家与特定公众之间的社会契约，其功能是具体说明一种特殊文化制品的适当运用"[2]。正如近代小说的兴起宣告了传统的文类契约的失效，19世纪的小说是与资本主义社会相伴而生、共同发展的新文类，科幻乌托邦的兴起也是与新型的社会生活和经济秩序的出现联系在一起的。我们得把聚焦点从是什么构成了科幻文类的区别性特征这一问题转移开来，进入文类变迁的历史语境，关注科幻文类

---

[1] 詹姆逊：《政治无意识》，王逢振等译，北京：中国社会科学出版社，1999年，第127页。

[2] 詹姆逊：《政治无意识》，第93页。

的历史化这一更高层级的问题，即关注科幻小说是如何被确立为一种独立文类的问题。

传统的文类区分法可分为两种倾向，一种是"语义的"批评倾向，它的研究对象不是单个文本，而是以寻求命名和归类为旨归的文本集合，"不管其内容如何，目的都是重构一种想象的实体说明一个给定文本的本质或意义……仿佛它是单个文本背后一般化的存在的经验"[1]。文类（genre）基本上被理解为"模式"（mode），如弗莱（Northrop Frye，1912—1991）在《批判的剖析》（Anatomy of Criticism，1957）中根据基本的叙事模式，建立起与四季轮回互相平行的文类循环系统：喜剧－春天，传奇－夏天，悲剧－秋天，讽刺作品－冬天。另一种为"句法的"或结构的批评倾向，主要研究文类的机制和结构，目的不是要发现意义，而在于建构和确立文类的规则和限制。比如普罗普（Vladimir Propp，1895—1970）在《故事形态学》（Morphology of the Tale，1928）中归纳出31种行动功能、7种叙事角色以及4个通则，这已经被普遍作为叙事本身的范式。

无论是"语义的"还是"结构的"文类分析，都反映了一种对于普适化规范的追求。为了从纷繁的社会情境中寻求意义和规则的稳定性，它们以主题、功能、形式、规则等试图固定住某种一般化的标准范畴，同时自动筛除过滤掉那些变动的因子。一些文学程式就被发掘（乃至发明）出来，用于命名那些在经典作品中反复出现的要素，文学被视作由这些程序组合而成的复合体，享有高度自治权。文学的形式世界有其内部的历史逻辑和程式系统，与其说是对自然和历史的模仿，不如说是语言与逻辑的结果。如果文学创作不再与时代和历史情境相关，那么文学批评就必然驱逐经验，转而从文学的结构形式（即文学程式的复合体）中寻找中心。文学批评对中心的追寻和对普遍性的要求，不可避免地掩盖了矛盾、压制了差异，从这个层面看，这种建构文学乌托邦的努力必然导致一种新的审美意识形态的产生。

---

[1] 詹姆逊：《政治无意识》，第94页。

詹姆逊主张扬弃传统文类批评中的类型化倾向，转而提倡一种文类形式的共时性模式，即关注文类的历史性变迁过程及其审美表现形式的特殊性。任何一种文类总是同时包含了多种其他文类形式中的主导性因素，其文本具有结构上的含混性，文类理论则折射出它们之间的共存或张力模式。其意义倾向于一种拉康式象征性能指的无止境的滑动。因此，不可能存在某种一劳永逸的文类分析方法，能够适用于全部的文学作品；也不可能用任何一种传统的文类范畴对其中一部作品进行总括式分类。这就破除了那种前资本主义阶段的想象的、封闭的完满，而导向了一种无法得到真正满足的布洛赫式的匮乏。具体来说，詹姆逊使用马克思主义阐释模式的主符码即"生产模式"概念，来对文类的共时结构进行解码：每一种文类都在结构上内含所有其他的文类形式（过去的和未来的），同时也或公开或隐晦地同它们相区别；而早期的文类形式沉淀在现存的文类之中，并为后者所压制。因此，在近代小说的外部，旧的文类形式并没有消失，它们携带了大量的意识形态信息，以隐晦的、潜伏的方式进入新的社会历史语境之中，新的意识形态因为本质上的亲缘性重新吸纳它们，并在形式上重新占用它们，将它们改造成新文类的素材。

在近代小说的形式内部，首先要解决的就是上述由历史积淀下来的不同文类的共存问题。任何文本都不可能单一地显现出某一种文类特征，各种文类特征也不可能均衡地表现在任一文学文本中，同时，这些异质的叙事范式各有自己独特的意识形态意义，并都将以自身的形式抵抗新文类的主导意识形态，呈现出一种巴赫金所说的复调性。这种观念的综合体被詹姆逊命名为"意识形态素"（ideologeme），不仅指某个社会阶级的集体话语的综合，而且指其多元的审美表现性的综合。因此，小说通常采用文类的不连续性来处理文本的层次和纹理结构，来使这些异质元素能够在文本内部实现统一化和总体化。在这一意义上，对小说进行的文类分析其实是相对任意性的批评行为，在这个领域里，文类是为文本提供特定实验性用途的"脚手架"，一旦完成分析工作，就将被历史地解构和抛弃。[1] 当认识到文类的历史是一个持续变动的过程时，文类概念就卸下了规定性和系统化的面具，成为一种因地制宜的发明物，它的功能从静态的分类与界定，转向动态的互文性阐释。"文类"由是成了马克思主义的辩证性的批评工具。

通过文类的协调和阐释作用，文本成了一个共时的封闭的实验空间，那些异质的意识形态信息在此得到不同程度的恢复，"通过策略性地建构自己的看法而掩盖自己的矛盾，压制自己的历史性，从而删去否定、缺失、矛盾、压制、未说出或未想到的东西"[2]，从而为它们之间的种种纠纷找到一种叙事的解决。小说于是被读作一种象征行为，是对历史困境作出的形式上的反应，就这一点而言，小说超越了形式，显示为一种叙事解决的过程。由此可以得出结论：文类边界的收缩或扩张说明了文学结构的不稳定性，更与现实社会历史攸关，它不仅是关于文学形式的替代、适应、占用和更新的历史，而且也是关于意识形态素的世俗化和历史化的实践过程。[3] 说到底，文类的出现是为了生产意义，文类阐释的作用就是成为二者之间进行符码转换的"中介"，将单个文本的形式分析放置在文类历史的演变过程之中，关注作品的文类联系，在共时性系统中讨论新形式的偶发意义及其必然，同时唤起一切时代意识，恢复那些被删去和被压抑的东西，使得历史本身成了文本化的活跃因素，并以一种根本的差异性对我们当下的日常生活和存在经验提出疑问和批判。文类阐释成为一种寓言行为，并导致了一种意识形态效果。这就是马克思主义文论区别于其他文学批评理论的根本所在。

---

[1] 詹姆逊：《政治无意识》，第 131 页。
[2] 詹姆逊：《政治无意识》，第 96 页。
[3] 詹姆逊：《政治无意识》，第 119 页。

第二章　科幻叙事与乌托邦能量

科幻小说是一种结合现代科学理论发展的叙事形式,在叙事中所展现的未来世界往往具有一种特殊的乌托邦能量。它表现在以下三个方面:第一,科幻乌托邦是对现在凡俗生活的想象性超越,在科幻叙事中直接呈现着我们想象未来的欲望,只是在不同的科幻文本中,这一欲望是复杂的,它往往在恐惧的战栗中寻找超越恐惧的希望,无论是乐观的结局还是悲观的结局,科幻叙事都告诉我们,未来不是想象中的伊甸园,而是充满恐惧的异托邦;第二,在科幻文本的想象性跨界中留有现实生活的残片,在文本与残片之间是一种隐喻性的关系,而隐喻关系不是建立在现实与文本的一一对应上,而是建立在整个乌托邦文本的叙事风格和叙事技巧上。第三,科幻叙事在乌托邦呈现与现实的乌托邦欲望之间起到"小对体"(objet petit a)的作用,正是在"小对体"的欲望与阐释、主体与对象的转换中,科幻叙事裹挟着巨大的乌托邦能量,为我们建造了一个不同于政治乌托邦的异托邦。

一、科幻叙事与心理能量的转变

如果将科幻小说与早期的科幻雏形即政治乌托邦进行对照[1],我们

---

[1]　需要注意的是,一般观念认为科幻与乌托邦是两种文类,科幻是科学幻想,而乌托邦是一种政治愿望,科幻可被视为乌托邦的一种延伸,但苏文和詹姆逊却都认为,科幻是标准的乌托邦,而社会经济乌托邦不过是科幻的一种雏形,并且最终成为科幻乌托邦的子类。参见苏恩文:《科幻小说变形记》,第68页;詹姆逊:《未来考古学》,第7页。此处采用这样的划分标准。

就会发现一个有趣的对立，社会经济乌托邦往往假定在一个未被人发现的国度里，存在着让人极其向往的社会经济制度，这些制度反衬了现实的制度缺陷，形成一种"完美"的制度，比如《桃花源记》中的先秦古制，莫尔《乌托邦》中的小岛共和制，康帕内拉《太阳城》中的封闭城堡的神学共和制，等等。

科幻小说一个特别触目的特征就是它往往与我们的现实生活形成各种折射关系。在早期的乌托邦叙事当中，即使完全是一种政治经济的叙事方式，其中也蕴含着巨大的心理期待能量。比如说，早期乌托邦叙事往往假设一个封闭的孤岛乌托邦，这一封闭首先是地理上的，其次才是社会组织上的。比如，莫尔的《乌托邦》假设了一个小岛上的乌托邦社会，康帕内拉的《太阳城》假设了一个七层防卫的山城堡垒，如此等等。这种地理上的隔绝是意味深长的，因为在那个时代，我们不能够想象一种超出地理隔绝的乌托邦实体，我们在其他地方见到的都是不完美的社会制度，也没办法想象一种与自己生活息息相关的完美乌托邦制度，所以乌托邦应该是这个世界的一个独特的地方，比如《乌托邦》和《太阳城》的故事中心都在赤道附近，这样的乌托邦想象在地理上是有其合理性，它难以到达，只有陈述者才出于某种偶然的机缘发现了这一去处，在里面生活一段时间，可以有效地观察整个社会文化制度，而其他人就无法发现这一地点。"既出，得其船，便扶向路，处处志之。及郡下，诣太守，说如此。太守即遣人随其往，寻向所志，遂迷，不复得路。"（陶渊明《桃花源记》）就是说，乌托邦社会根本不可能普遍化，这种孤岛乌托邦在社会组织上也受到那个时代的限制，这表现为社会现状的对抗能量：乌托邦只能是一小部分人所能抱有的观念，它是理想化的，是对现实缺陷的对立化构想。

事实上，政治经济乌托邦的假设基本都属于孤岛乌托邦，因为乌托邦在政治和现实中是如此难以达到，所以，它只能是一小部分的人所保有的政治观念，如果我们再回到柏拉图的《理想国》，就会发现它虽然设计的是一个普遍的城邦理想，但是这种城邦理想与现实形成了激烈的冲撞，它只能设想某一个城邦率先实现这一乌托邦的政治设想，进而有可能形成某几个理想乌托邦社会的联合。《乌托邦》《太阳城》都明确地受到《理想国》的影响。[1]

科幻小说建造的乌托邦与政治经济乌托邦完全不同。凭借现代科学技术的发展，我们在心理上拥有的能量是巨大的。在近200年的时间里，科学技术给人类社会带来巨大变化，凭借这样的一种变化趋势建立起不断战胜外物的心理势能，我们获得了面对未来的极度自信，相信通过科学技术可以实现更进一步的飞跃，与此对应，科幻叙事的基础是科学带给世界（这里要把世界变换为宇宙）的普遍变化，它包含了世界的整体形态的变化。比如在刘慈欣的《三体》中，三体世界试图占领地球，并围绕这一基本矛盾引出了整体宇宙的规则和基本形态，在浩瀚的宇宙文明中，地球和三体文明只是整个宇宙文明的一小部分而已。我们曾经以为地球是整个天地，在这样的设想当中不过缩小为宇宙一粟，从中可以看到宇宙之大与人类的渺小和无奈。王晋康的《逃离母宇宙》（2014）设想了一个人类地球所面临的困难情况，即整个宇宙将发生灾难性的变化，这一变化是所有人都要面对的，它超出了人类的科学能力，这样一来，根本不存在地理上孤岛式的隔绝，地球上生存的所有人以及所有地点都囊括在内，这是一种普适的乌托邦。在《银河帝国》中，阿西莫夫为我们创造了一种银河统一的图景。银河系存在着一个地球人后裔建立起来的庞大银河帝国，这个银河帝国以超级强大的宇宙航行能力和星际军事力量为基础，银河中所有星系都臣服于这个强大帝国，可以想见，离银河帝国的统治中心最近的是中心星系，而最远的星系将是一个偏僻所在。故事一开始，就预设了银河帝国的衰落，而未来重新兴起的种子就种在最偏僻的星系上，名字叫基地星。从地缘上看，基地星看起来像是孤岛乌托邦，这一偏僻星系也的确具有一些孤岛乌托邦的形式，但是它毕竟属于整个银河帝国，并且是未来新帝国的发源地，与孤岛乌托邦所蕴含的政治隔绝状态是完全不同的，而且它也不是地点上的隔绝，它包含在整个银河帝国当中，政治体上也隶属于银河帝国。

---

[1] 参见乔·奥·赫茨勒：《乌托邦思想史》，张兆麟等译，商务印书馆，1990年。

科幻叙事基本上都是宏大叙事，这种叙事风格与孤岛式乌托邦的封闭风格（同时也是针对现实的对抗风格）完全不同，它是一种宏大能量，要将地球乃至整个宇宙都包罗在内，它要为科学意义上的天地立法，而不局限于一个文化天地——地球，所以它所指向的未来能量是极其巨大的，同时又是非常复杂的，我们可以看到各种描绘未来世界的科幻文本，如果做一个大致的区分，可以将其分为正面的乌托邦即积极的乌托邦，或者负面的恶托邦即消极的乌托邦，不同的乌托邦会产生不同的叙事能量，在这两大分支之上，还衍生出各种具体的未来乌托邦，这样的细致考察暂时不是本章的任务。

二、想象性跨越

科幻小说几乎无一例外的是宏大叙事，也只有宏大叙事如建立一个新世界、宇宙变形、人的世界出现危机等，才能为科幻小说搭建一个展开叙事的平台。科幻小说往往预设一个具有一定时间跨度的未来，这一未来依赖于叙事展现于我们面前。在阅读者看来，未来从几百或上千年后一下子带到眼前，在时间上形成一种依赖于作家想象力的跨越。《三体》从中国的"文革"开始，一直跨越了宇宙时间的尽头，如果我们将主要情节限定在太阳系被彻底毁灭前，这一时间跨越也有 400 多年的长短。我们在文本中发现，未来世界的基本存在元素与我们这个世界的基本元素往往形成错位，根本原因在于我们这个世界隐含的危机在未来世界被发现了，由此，这一危机彻底改变了世界的基础元素搭配。以人类历史为例，战争年代的生存逻辑与和平年代的生存逻辑完全是两回事。战争时代一切以战胜对方为主，所以杀死敌对者是合法的，杀人者甚至是英雄，而和平年代任何一个人都没有权利杀死别人。如此等等。危机，特别是关于整个世界的不可逆转的危机，它将导致世界的文化和伦理观念转向一个特异于现在的形态。科幻文本的一个重要意义就是通过阅读将两个世界并置在一起，一个世界是读者在文本中读到的，一个世界是读者身处其中的，我们习惯于将书中世界称为虚构世界，而将身处其中的世界称为真实世界，将两个世界区分开的前提就是必须存在阅读行为。正是在科幻小说的阅读中，叙事的虚构世界与阅读者的真实世界形成交叉，读者一方面沉浸在科幻世界当中，（天真地）相信一个未来世界的存在，一方面不断摆脱这个世界，与身处其中的真实世界进行对照，在这种跳荡的并置当中，时间跨度凸显出来，一种广阔的宇宙宏图出现在我们面前。

我们一向从作者创作的角度来思考想象性跨越，认为是作者建造了这个虚构的世界，他领有发明权，也握有解释权，他带领着读者跨越到未来，看到一个不同于现在的世界，因此，想象性跨越是形成两个世界对照的动力。这的确是对的。但这只是事情的一面，其实它还有更重要的一面，即想象性跨越不仅仅是两个世界对照的动力，在阅读那里，这一动力转变为两个世界对照的结果。这看起来是一个循环的过程，但其实这个过程的两个部分存在着根本性的差异。想象性跨越从创作过程与阅读过程来看是两种性质的过程。

我们一般从最初发生即开头来假设一个过程，但我们能够直接进入的都是公开的过程。写作就其性质来说不是一个公开的过程，我们可以认识这个作家，也可以不认识这个作家，或者作家是否还活着都不是我们关心的事情。我们只关心阅读，这是公开的社会性行为。在阅读中，我们看到两个世界的并置，这是在公开的活动中出现的，而作家的创作却是在阅读中被预设的。只有阅读存在，创作才有依托，我们才能有道理地预设在阅读之前存在着一个作家的想象性创作过程，正是依赖这一过程，才创作出一个充满想象力的文本——这是一种回溯性的推论，它与作家的文本创作是一正一反的双向文本阅读激发过程，缺一不可。阅读是一个实际发生的活动，创作是一个必然存在的活动，它实际发生在过去的某个时刻，但它并不因为时间在前就可以提高为基础作用和奠基意义，没有阅读，创作的意义是展现不出来的。但我们平时往往只重视前半部，忽视后半部。

《逃离母宇宙》以一种相当含糊的未来来衬托人类所面对的不定性，对于未来宇宙是否会塌陷，地球上的人类只能按照自己掌握的科学理论进行预测，而理论又是不足的，往往只看到事情的一个方面，没有注意到另一个方面，对未来的预测会不断发生变化。这是人类预测所面对的实情。可以说，未来与不确定性几乎就是同义词。但人类的命运只能如此：必须预测，这样才能对未来有所把握，同时也要不断根据新情况改变预测，但这样一来，整个人类社会就要承受巨大的精神压力，乃至出现崩溃。未来不断发生变化这一点与我们对未来的感受是一致的。的确，除了在文本中提前看到未来以外，我们其实是没有任何机会看到未来的。而且，人类历史上从未面临来自地球以外的力量的侵犯，作为一种类型的科幻文学的"现实意义"是提示我们这种可能性，但我们知道，未来如何是不可预知的，我们只能知道一种可能性，如果说它能具有一些"现实性"因素的话，也只能是一种文本的现实性。这一现实性是从阅读中得到的。想象性跨越是在阅读中被填补进两个世界当中的。当然，由于现实世界与未来世界的对照是如此栩栩如生，我们也惊叹于作者的创造力。

想象性跨越的中介是时间。只有时间才构成两个世界的并列，并且在两个世界当中树立起一个平台，只有在这个平台之上，两个世界才能成立。其实时间到底有多长不是根本性的，在《三体》中，地球末日的到来是 400 多年后，在《银河帝国》中，银河帝国的成立是在距今 1 万年后，而在《时间机器》中，时间旅行者跨越的是 8 万年的时间距离，如此等等。具体的时间并不重要，一般来说，超过 100 年的距离对于阅读者而言不会产生急迫感，如果科幻作品的时间设在未来 100 年之内，就可能产生一种时间上的急迫性。这是阅读中产生的，因为科幻无论怎样都有一种预言未来的成分，阅读者会在有意无意之间将这一时间与现在时间相对照，从而产生一种未来将至的命运感。这一时间错觉是科幻作品所利用的一个工具。科幻的时间与日常时间性质完全不同，它是一种叙事的需要，甚至同样是叙事作品，现实主义作品的时间也与科幻时间完全不同。现实主义作品的时间主要是对日常时间的模仿，其中有时间中介的成分，但科幻小说中的时间往往是一种设计，是一种未来对现在的间隔，它仿佛提供了一种未来的场景，其实是过去、现在和未来三重时间维度的纠缠，未来看似一种时间，其实不过是一种现在和过去的变形，它是文本的一个构件，以达成某种阅读效果。

三、现实与未来的隐喻性关系

在正面乌托邦中，未来主要是对现在的一种改善，而在负面乌托邦（恶托邦）中，未来是对现在某种状态的极恶性发展，以致未来是不可救药的。从整体来看，无论是正面乌托邦还是负面乌托邦，对未来都抱有一种潜在的恐惧感，即使在充满冒险精神的正面乌托邦小说中，未来到底是什么也往往不取决于我们，而取决于面对的未知力量，可以说，这是有些侥幸的。如果这一未知力量是友善的，那么未来就是正面的，如果这一未知力量是凶恶的，那么未来就是负面的。好莱坞式的科幻电影比如《异形》（Alien，1979年至今）、《终结者》（The Terminator，1984年至今）、《2012》（2009）等就是负面乌托邦电影。《1984》《美丽新世界》《三体》等是负面乌托邦小说，相对来说《地心游记》（Journey to the Center of the Earth，1864）、《银河帝国》等是正面乌托邦小说。还有一些小说预设的星球与地球的距离太远，所以与我们的对照关系显得不太强，比如《索拉里斯星》（Solaris，1961）中作为婴儿上帝的大海，显示出一种观念探索的单纯性。无论是哪一种情况，对外星或地球的未来描绘，都与现在的某种情况形成整体性或断片式的隐喻关系。

我们在《时间机器》当中，能够明显看到未来的世界与我们这个世界的关联，时间旅行者从现代出发，乘坐一台明显具有20世纪初机械特征的时间机器穿越时空，到达8万年以后，发现那个世界上的人们生活在一种奇特的状态当中，他们分成两种人：埃洛伊人（the Elois）和莫洛克人（the Morlocks）。埃洛伊人生活在地上，他们优雅文弱，富有爱心，但是身材瘦弱，手无缚鸡之力。莫洛克人生活在黑暗的地下，见不得阳光，他们强壮冷血，异常野蛮，以地面上的埃洛伊人为食物。看起来埃洛伊人必须得反抗莫洛克人才行，真实情况却并非如此。埃洛伊人只知游戏玩乐，根本不懂得生产，莫洛克人生产食物，供养埃洛伊人。这种奇特的社会与 19 世纪末期的社会结构有很多相似之处,在资本主义社会当中存在着资产者和无产者的对立,资产者智力出众、举止得体、行为友善,无产者为他们服务,但无产者也控制着整个社会命脉,因为只有他们才是真正的生产者,所以无产者才掌握了社会的根本力量,并且由于他们所处的社会和文化环境极端恶劣,很自然地培养起敌对阶级的仇恨。在威尔斯所处的早期资本主义阶段,这种阶段分裂是相当明显的,直接造成两极对立。

勒古恩《黑暗的左手》(*The Left Hand of Darkness*,1969)描绘的是一个外星故事,主人公是地球后裔,在这个时代,地球后裔已经分散到宇宙的各个角落。主人公作为星际联盟的使者被派往一个未发展出星际旅行的落后星球冬星,这个星球上依然存在着两个大国间的战争。这一点与现在的地球有些相似。但特异之处在于这个星球天气极度寒冷,人种发展出双性同体的形态,正常人总是一段时间是男性,一段时间是女性,只有一部分人一生保持为单一性别,他们认为这是性变态。《黑暗的左手》在性别上的设计相当出人意表,而小说对性别的思考和展现也同样细腻、深刻,充满浓烈的爱意与离别的感伤,让阅读者看到在性别变化的情况下深沉爱情存在的必然性。这是否让我们想起现代社会对同性恋与变性的接受呢?毕竟,在此之前,这种性别的变化并没有出现过。阿西莫夫的《银河帝国》描写过双性同体的索拉利人,但他们都是孤独的个体,并不涉及社会性的爱情主题。

勒古恩的《一无所有》看起来更像是现代社会的翻版。未来的两颗相距不远的行星上生活着不同社会结构的人类,但他们具有相同的祖先。其中一颗星阿纳瑞斯的人类 150 年前从另一星迁移过去,自愿废除星际旅行的能力,结成互助式清贫社会。而他们的母星乌拉斯则一直陷于两国敌对状态,人民长于欺骗,缺乏真诚。一颗看起来是资本主义社会的模型,而另一颗星则具有社会主义的模型,当然两种模型都是简化的,因为跟生活的复杂性相比,文本中设计的任何一种社会结构都是简单的,缺乏事实上的说服力,我们只能选择相信或不相信,而不能用细节的可信或不可信来判断它——这是科幻小说作为一种文类的独特力量：它指示某种未来，描画某种景观，这种景观与我们现在的文化社会景观相似度或高或低，但不管怎样，它总是与我们的社会图景形成整体或断片式的隐喻对照关系，也正是这样，我们才可以运用自己的感受去补充或填充那些结构性描绘所形成的各种或大或小的空隙。可以说，这种隐喻关系不需要由作者来说明，只要我们把科幻作品放入阅读中，就会发现，这种隐喻关系是事先被预设的，如果没有这种关系，我们就无法完成对作品的填充。但这也并不表明隐喻是主导的，在科幻作品类型的不同区分中，这一隐喻关联总是或明或暗，根据不同的描绘起着不同的作用。

四、乌托邦叙事奇点或小对体

想象性跨越是为了建立起未来性文本与现实境况的反冲关系。如果我们单纯比较乌托邦文本与现实，就会发现一种单向度的隐喻关联，但是如果我们暂时悬置文本与现实的比较，把乌托邦文本放回到阅读中，这时文本中就形成一种零度现实的乌托邦，它只关涉自身的表述，只在文本中形成交互关联，它通过与现实的差异区分，让读者发现这种乌托邦是难以平移到当下的，所以它只是一种对照。当然，纯粹的零度乌托邦是少见的，与现实发生牵涉是必然之理。

奇点即小对体。奇点指零度空间和时间，物理学上的奇点是宇宙的起点，而文本奇点却是一个在阅读中展开的起点，我们往往把它假定为叙述的起点——当然，常见的叙事理论观念会把作者的创造当作一个叙述的起点，但这种观念不好处理的问题是，作者创造只是叙述的动力源，而不能假定作者创造了叙述的实际次序，作者写作的次序与文本中故事的实际次序并不一致，这一点很容易观察到，但在理论阐述中却容易被忽视。叙述奇点是文本建构的，但它不是物理奇点那样一个零度时间空间，而是一个叙述体，它在文本中搭建了一个现实中没有的世界。这个世界集中了我们的愿望和需要，从义本上讲，它是一种通过文本建构而实现的对象，它只有结构，没有事实，或者说，事实是一种模型事实，它实际是一些叙事结构，在阅读中，我们在这些结构上挂上世界的事实，并从中折射我们的愿望。因此，从愿望的角度讲，它汇集着我们的意向，而这一构造的世界当中存在着诸多现实中存在或不存在的事物，都与现实事物构成复杂而多向的关联。阿西莫夫在《银河帝国》机器人三部曲中，建立了"机器人三定律"，这三个定律几乎成为现在机器人设计的努力方向，虽然我们现在离阿西莫夫所设想的技术高度还比较遥远，但那种技术观念却让现代人认同，并且认为它应该如此。在机器人三部曲中，我们看到机器人一步步走向成熟，并在万年的时间长度中，不断为人类服务，甚至成为人类的保护者。这种愿景也是我们愿意看到，并且成为机器人设计的动力。

从未来的科技发展读出我们现在的痕迹，这是一种读法。只有在这种读法中，愿望才公开出来，成为共享的愿望。愿望在文本中建构起来，我们在阅读中愿意把它当作事实，这才成其为愿望。我们之所以能够把《银河帝国》中的机器人当作未来发展的模型，就是因为文本中的描绘合情合理，既有实现的可能，又有比较大的距离，这两者之间的填充物正好是以时间为中介的愿望，在愿望的未来一端（其实是文本端）所展示的情景，我们称之为乌托邦。乌托邦、文本与愿望、当下世界情况，其实是一种缠绕的关系，互相包裹在一起，形成复杂的愿望体，也可以称作乌托邦容器。

从外部来观看这一乌托邦容器，我们就会发现，它实行了齐泽克所说的小对体的功能。这个"小对体"的概念是从拉康的"客体 à"概念发展得来的，"晚年的拉康将关注转移到主体本身所充当的客体，他所关注的是确保主体的存在维持最低限度的幻想上的一致性的混合体，那一'秘密宝藏'。也就是说，小对体，作为幻想的客体，'存在于我之内，又超出我之外'。正因为它的存在，我才能视自己'值得他者的欲望'"。[1] 从中可以看到，必须具有以下几个要素，才能成为一种主体建构起来的客体。一、必须有愿望，拉康说这是欲望，如果把对未来的

---

[1] 斯拉沃热·齐泽克：《幻想的瘟疫》，胡雨谭、叶肖译，江苏人民出版社，2006年，第9页。同时可参考雅克·拉康：《拉康选集》，褚孝泉译，上海三联书店，2001年，第47页。

欲望算作一种欲望的话，那么我们就会发现这个欲望不是私人的，不是私欲，而是一种公共的未来世界的设想，这样一来，我们就得为这一欲望打上引号，因为欲望总是有些私人化，甚至有些见不得人，而这个愿望却是可以公开讨论的东西，甚至打上崇高的印记。二、必须有承载愿望的容器。在拉康那里是一种精神性想象，而在科幻小说这里不仅仅是想象，它更多的是文本，是与其他历史和同类型的文本形成各种折射关系的混合体，好在拉康那种精神性想象也是一种欲望的混合体，我们在此还能把科幻文本当作一个文化、科学、未来、幻想等等公共情感混杂在一起的混合体。三、这一容器不能是事实，只能是一种愿望的呈现体，文本恰好可以承担这一任务。四、但它必须是类事实，可以让我们以此为基，进行进一步的符号性阐释。科幻文本呈现的是一种未来的可能性，它建造了一个世界，这个世界看起来像是真的，但其实只是搭建了一个整体的构架而已，我们将自己的愿望和对生活的理解一一挂在上面，就形成了一个丰富的立体世界，它的好处是无论把它当作真实的存在还是虚幻的存在，它都可以作为一种存在物来对待，进行理解、阐释和评论，这些工作会更进一步将这一世界落实为类事实。这一类事实是一种愿望与文本相结合的小对体，或者说，小对体只会在愿望与文本中出现，二者缺一不可，从不同的侧面，会看到愿望与文本（或事实）以不同的样式呈现出来，愿望这一侧呈现出来的是文本中的愿望，而从文本这一侧呈现出来的是愿望中的对象（文本）。所以齐泽克说，"究竟在怎样的意义上小对体才成为欲望的客体－起因呢？小对体并不是我们欲求和追寻之物，而是规定了我们的欲望如何运动的因素，是一种形式框架，赋予我们的欲望连贯性。当然，欲望具有换喻的特性，它不断从一件事物跳到另一件事物上，然而在所有这些跳跃中，欲望保持了最低限度的形式连贯性。所有的欲望都具有一套幻想特征，当我们在某个物体上见到这些特征，我们的欲望就会被激发出来。作为欲望的起因，小对体也无非就是一种具有连贯性的形式框架"[1]。

---

[1] 齐泽克：《幻想的瘟疫》，第 50 页。

五、叙事能量的多层套叠及复杂的科幻乌托邦

我们常常以为科幻叙事当中描绘的未来世界只是幻想，其作用是满足我们现在的心理要求，但是，这一幻想并不简单。虽然幻想与我们现在的心理需求有关，或者说乌托邦叙事满足了某些现在的愿望和要求，但是，乌托邦叙事其实还包含了建构一种新的可能性的维度，它源自某种现在的社会存在，但在文本叙事中通过文本表述技巧上的链接，变形为新的社会形式，它不仅仅是一种乌托邦的心理愿望，还是一种在文本中进行的社会和心理结构的实验。

在布洛赫看来，我们所处的社会不仅仅是由现实事务所构成的，还包含着各种形式的乌托邦观念，社会建制观念甚至包括某些实际的质性东西都隐藏着我们对未来的渴望，包括对未来的乌托邦式想象，细小的日常事物都隐含着乌托邦。由此我们可以看到，生活中也包含着丰富的乌托邦质素，它们可能成为社会文化生活的结构性要素，而乌托邦叙事一旦达到一定的程度或能量，将同样会对现实事务形成影响。乌托邦叙事形成某种势能的时候，或者说它在现实阅读中形成了某种影响的时候，这一叙事所产生的能量必将反过来影响我们的现实生活的建制。这种反转可以由叙事符码堆积的理论来解释，即符码堆积达到一定程度，小对体形成的拟客体的能量会达到一定的强度，它会在一定的文化生活中形成现实的参照作用，对我们的现实生活的符码进行冲击，并起到重新建构的作用。这一反转虽然不是一种狂欢化的反转，但是通过潜移默化地转化，最终达到最后关头的冲毁。这是愿望作为符码反作用于现实之后产生的政治性能量，这也是为什么早期的乌托邦是一种政治经济乌托邦的原因，在这个层面上，叙事所产生的小对体成为一种应该存在的客体，被当作某种现实的（往往是政治性实践）对照物或指引标志。

但科幻叙事比单纯的政治经济叙事要复杂得多，它是一种多层套叠的能量场，政治经济叙事只是一种单纯的心理能量场，它凭借一种整体性的隐喻力量达成对未来的期望，但乌托邦不仅仅是整体性的，还存在各种断片式乌托邦，我们可以从中窥见对技术、身体、心理、性别、健

康、文化等等各种具体情况的向往。更重要的是，我们在科幻叙事中还会发现多种叙事方向的分布以及分层情况。时间跨度所产生的能量场间离作用，它会弱化这种政治经济乌托邦的单纯政治性，转向对未来科学和技术的思考；而未来的社会结构以及生态环境和人的形态的改变，会带来整个伦理情况的巨变；如此等等。只要我们愿意在阅读中抱有开放的心态不断去发现，科幻叙事的层次就会不断变得丰富，而且充满辩证的能量。最终在阅读中完成的科幻小对体成为所有这些层面的结合体：作为一种愿望，它发现了叙事的支配作用；作为一种叙事，它的功能却是达成一种客体；而作为一种客体，它却指向阅读主体自身的愿望。

最终不要忘记的是，这里所做的是一种反思性分析。对于科幻文本阅读者，科幻叙事能量是不分主次、不分先后共同作用于阅读意识的，阅读中作为对象的小对体虽然是无时不在的，但如果没有反思分析，小对体也是潜藏未知的。但它作为一个结合的整体，却在各种层面的不断折返动荡中改变自己的面目。这也正是科幻叙事的魅力所在。

第三章　未来解释学的理论来源

一、愿望满足及其匮乏

愿望（desire）是从精神分析学说中借来的术语。精神分析理论对于科幻创作及批评的重要性不言而喻，西格蒙德·弗洛伊德（Sigmund Freud，1856—1939）被视为"科幻的灵感机器"（an SF idea-machine）[1]。文学如同作家的白日梦，科幻的梦境显得与我们所经验的现实格外不同，甚至出现了极端的差异性，如《索拉里斯星》中的大洋，《三体》中的三体世界。就其表现形式而言，乌托邦愿望的文本实现充满困难，似乎只有通过建构差异，在时空距离、地理生态、科技量级、伦理共识等方面与经验现实拉开绝对差距，才能满足那些为我们所熟知的诸如长生不老、共同富裕等古老的愿望。詹姆逊认为，精神分析的基本逻辑是普泛化，它"把愿望满足（或者其更玄奥的当代变体：欲望）的逻辑视为一切人类思想和行为的组织原则"[2]。愿望能否得到满足首先在于愿望本身的性质，即它是个人的还是普遍的，这个问题并不关涉道德或伦理层面，而是将我们带入弗洛伊德关于特殊与普遍的讨论上。而到了拉康，愿望被结构主义语言学二次改造，其悖论性得到凸显。拉康认为，愿望的产生来源于能指的过剩以及对象的匮乏，产生于后现代的语符裂缝是无法弥补的，而满足欲望的过程同时也是批量生产匮乏的过

---

[1] D. Hailan Wilson, *Alfred Bester's The Stars My Destination*, NY: Palgrave Macmillan, 2022, p.76.
[2] 詹明信：《晚期资本主义的文化逻辑》，陈清侨译，生活·读书·新知三联书店，2013年，第160页。

程，愿望的悖论性决定了愿望满足的机制只能是寓言性质的，乌托邦幻想的对象不是个体的经历，而是历史的和集体的愿望满足。[1]在形式批评的层面上，阐释学对乌托邦愿望满足及其匮乏的讨论，主要就是关于乌托邦虚构何以可能及它的形式策略的讨论，就是关于想象力及其极限的讨论。

1. 弗洛伊德：白日梦的愿望满足

长期以来，弗洛伊德关于愿望本质及其心理运作的理论都是文学创作和文学研究的沃土。弗洛伊德认为，愿望的基本状态是匮乏，它被现实原则压抑在无意识状态之中，无时无刻不在寻求满足，这恰与幻想的结构相似。从儿童期的游戏到成人的白日梦，再到文学艺术创作，弗洛伊德认为，"幻想的原动力是没有得到满足的愿望，每一次幻想是一个愿望的满足，就是对令人不满意的现实作了一次改正"[2]。因此，同样都是对现实矛盾的一种想象性的解决形式，文学与幻想在愿望的本质层面达成一致。然而，作为人类行为和生活的两大内驱力，意识和无意识的对立在弗洛伊德看来并非如其所显示的那么简单。在著名的《创造性作家与白日梦》中，他将意识与无意识的界限直接放置于白日梦内部，认为梦经过做梦过程的修饰、伪装乃至歪曲，可以隐藏起那些人们羞于启齿的愿望（它们通常是力比多性质的）。也就是说，白日梦的结构是自我中心的，它的形成是私人性的，表达的是与现实原则最冲突的愿望，人们对此感到羞耻，因此小心翼翼地把它隐藏起来。在此，精神分析将研究兴趣从作为客体的梦本身转向研究作为主体的人的愿望表达及其满足。

白日梦的愿望满足机制与文学创作机制在结构上具有同质性，一部创造性作品就像白日梦一样，产生于个人性的愿望满足。"诗艺的精华在于克服我们心中反感的艺术技巧，而我们的反感无疑是由于每一单个

---

[1] 詹姆逊：《未来考古学》，第6页。
[2] 西·弗洛伊德：《创造性作家与白日梦》，黄宏煦译，收录于戴维·洛奇编：《二十世纪文学评论》（上册），葛林等译，上海译文出版社，1987年，第68页。

的自我与其他自我之间出现隔膜和障碍的缘故。"[1] 换句话说，作家为了掩盖或淡化无意识白日梦的自我中心特征，而进行形式上的修改和伪装，来放大幻想游戏的愉悦，同时遮掩愿望的私人属性，进而消除读者的紧张和自责，使得愿望满足更加公开化和集体化。

文化表象（包括文学文本）就是依靠梦的形成来获得的愿望的满足，而形成表象的伪饰物毋宁说是集体愿望的一种特殊伪装，它们在本质上是个人的、无意识的，在形式上则通常伪装成无关紧要的装饰物，被视为次要的。这是乌托邦愿望寻求自我表达不得已采用的狡猾策略。这并非表明幻想主体能自动觉察到无意识的潜抑作用，并自主地组织反抗。詹姆逊提醒我们，在马克思主义的系统里，只有集体的统一才能达到这种澄明状态，意识形态本身虽然投射了个体性的力比多冲动，但是意识形态叙事，"甚至我们所说的想象的、白日梦的或愿望达成的文本——在其素材和形式上都同样必然是集体的"[2]。个别主体总是被置于社会总体之中的，在历史演进中，那种对内在主体性的自信显然只能是一种幻想：永远不存在绝对独立的个别主体，后者不仅完全无法意识到其自身的阶级决定，而且将永远消弭于巨大的集体性或总体性的力场之中。

2. 拉康：无意识欲望的悖论

詹姆逊把拉康主义称为"欲望的地形学和类型学及其具体化"[3]，可以用索绪尔关于能指 S（signifer）与所指 s（signified）的任意性关系公式标示出来。经过拉康的语言学改造，愿望，或者用更后现代的说法——欲望，变成了他者的话语，并因此获得了一种文化性，可以超越弗洛伊德研究的生物学层面，而在结构语言学领域得到重塑。在这一层面上，精神分析学说和马克思主义在话题上实现了显明的对接。

传统的语言学关注的是能指与所指上下项（$\frac{S}{s}$）的一一对应关系，

---

[1] 弗洛伊德：《创造性作家与白日梦》，收录于戴维·洛奇编：《二十世纪文学评论》（上册），第 74 页。

[2] 詹姆逊：《政治无意识》，第 171 页。

[3] 詹明信：《晚期资本主义的文化逻辑》，第 186 页。

能指与所指是平行存在的，比如，中文里"树"这个字的象形和读音就是关于树的能指，它对应的是树在物理世界的客观存在，能指代表了所指。这种词与物一一对应的命名关系，显然是在抽象的概念层面讨论意义问题，而在实际操作中必然遭遇层出不穷的匹配障碍，比如，"树"在英文中的能指是"tree"，在中文语境中还包括橡树、木棉树、铃木等子集。为了解决这一问题，能指的范围必须被无限拓展，于是讨论走入了唯名论的歧途，也陷入对"意义的意义"的无休止的逻辑实证求索中。[1]拉康认为解决的关键在于对"'树'的意义如何产生"这一问题的探讨。换句话说，在能指与所指上下项$\frac{S}{s}$的公式中，应当引起关注的是，能指如何进入所指，应关注中间的横线对二者位置关系所做出的区分。在拉康看来，横线"−"实际上表明了能指与所指之间一条不可弥合的裂缝，"它们是两个在一开始就由一个抵拒着指称的界限分开的不同的领域"[2]。能指漂浮于所指之上，它们之间的关系是任意性的，从"−"的一边到另一边的跨越并不产生任何意义，因此，这个公式本身只是能指的函数式，只能表现在这个转移中的能指的结构。[3]换言之，只需要拣出能指链中两个意义互补而相连的名词并排，意义就产生了，比如，"男／女"。意义的产生于是转移到了能指链的差异性滑动之上，能指先于主体而存在，主体是被置入能指秩序的东西，它不断地从一个固定位置（作为名词）变换到另一个位置（作为代词），任由众能指对其进行建构和分解，在能指替换的换喻和隐喻的意义游戏中，作为主体的划分的结果派生出了"真实的主体"（意义），仿佛它是一种隐蔽的东西。[4]

符号体系或者能指体系于是变成了主体的进一步异化。同时它也表明索绪尔公式中的"S"和"s"之间并不存在一条所谓的共同轴线，也就是说"我"作为能指的主体所占据的中心位置和"我"作为所指的主

---

[1] 参见拉康：《拉康选集》，第427—428页。
[2] 拉康：《拉康选集》，第427—428页。
[3] 拉康：《拉康选集》，第435页。
[4] 参见拉康：《拉康选集》，第181页。

体所占据的中心位置并不在同一水准线上——主体在能指与所指的游戏里是不存在的。拉康举了一个"我思故我在"的例子，于是这个关于主体位置的思考就变成"在我是我的思想的玩物的地方我并不存在；在我并不以为在思想的地方，我在想我的自身"[1]。用镜像阶段作比喻，詹姆逊认为，"我们可以很恰当地把这镜子阶段的原始竞争指定为一种他者关系"[2]，主体不断与它的异化了的镜中形象相结合，反而揭示出主体自身的不在场。同理，人不能欲望自己所拥有的东西，因此主体所有的欲望也是对他者的欲望，这种欲望无可避免地被引向了一种永恒的现实的匮乏。因此，成为主体意味着对他者的持续的认同，在詹姆逊那里，这个后现代的大他者显然就是所谓晚期资本主义的本性所在，后者利用资本和媒介制造幻想，以满足欲望不间断进行再生产的需要。"我们的欲望在某种程度上也总是从'他者'那里得到的……而欲望的产生只是因为我们被卷入欲望的语言关系、性关系和社会关系——'他者'的全部领域——之中。"[3]

与主体的虚无本质相对应，无意识所欲望的客体也是不可到达的。这种匮乏性正是乌托邦欲望生产的根本动力，反过来看，满足欲望的过程也是批量生产匮乏的过程，这就是无意识欲望的悖论。它意味乌托邦终究是难以令人满意的，它们不仅是被深刻社会化了的乌托邦，而且是私人性的——"或事实上，它们都是乌托邦式的替代物"[4]。根据詹姆逊的界定，乌托邦形式是"形诸文字的书面文本或文学形式"，而乌托邦愿望则是"日常生活中所察觉到的乌托邦冲动及由特定的解释或说明的方式所实现的乌托邦实践"[5] 乌托邦冲动需要通过寓言（allegorical）的作用进入文本，乌托邦欲望也要借此才得以表达。同时，阐释也是一种"寓言行为"，寓言性阐释的方法是用否定的阐释来联系肯定的阐释，

---

[1] 拉康：《拉康选集》，第449页。
[2] 詹明信：《晚期资本主义的文化逻辑》，第175页。
[3] 伊格尔顿语，转引自王先霈、王又平主编：《文学批评术语词典》，上海文艺出版社，1999年，第510页。
[4] 苏恩文：《科幻小说面面观》，第376页。
[5] 詹姆逊：《未来考古学》，第10页。

辩证地解决矛盾，并在去除文本的政治工具性的同时，保有革命性的一面，从而在这一过程中，使得乌托邦文本从对意识形态的表达转变成对意识形态的含蓄的批判。这种研究就成为一种真正意义上的乌托邦实践活动。

二、布洛赫："尚未"的希望

乌托邦既是"乌有之乡"又是"希望所在"，本身就构成了语义矛盾。传统的马克思主义通常认为，乌托邦意味着空想主义，具有麻痹和干扰政治革命的负面效应。但是这种概念的二重性反过来又呈现了乌托邦现象内部具有的辩证方面，凸显了理论的修辞张力。詹姆逊借用布洛赫的"希望哲学"重新阐释乌托邦精神，把乌托邦解释为一种"尚未"的希望，突出强调乌托邦冲动所具有的批判性潜能和积极的实践意义。相应地，乌托邦文本形式自身能否激发读者新的乌托邦想象的能力，也成为我们评价其文学价值的核心指标。

"希望"（Hoffung）意味着某种期待，它与未知的未来事实相联系。在消极的意义上，"希望"常常被等同于盲目、空想、非理性、不切实际等，基督教的末世论又为这一倾向增加了超越的、彼岸的神学色彩，故而备受现代哲学的贬斥。[1] 但在积极的意义上，"希望"却是乌托邦的基本原理，能够引领人们展望未来，并转化为一种能动地变革世界的物质力量。布洛赫的希望哲学正是这种积极乌托邦的本体论。在他那里，"希望"不仅是一种意识特征，而且是植根于人类的基本需要的结构。与传统形而上存在论不同，布洛赫摒弃了那种认为存在等于事物本质的观点，而将存在设定为处于运动的、开放式的历史过程之中的"趋势－潜势"。从此论点出发，布洛赫抛弃了那种抽象的乌托邦，倡导一种具体的乌托邦。抽象的乌托邦指的是马克思主义以前的乌托邦思想，是静态的、非辩证的，它根据某种形而上学理想或者观念得出，仅仅是

---

[1] 参见梦海：《一个更好生活的梦——恩斯特·布洛赫〈希望的原理〉》，第4—5页，收录于布洛赫：《希望的原理》第1卷，中译本序。

一种空想。具体的乌托邦则指马克思主义的乌托邦思想，它不仅仅是一种空想，它是理论与实践相结合的，指明了一种真实的可能性，它既是主观期望，又是客观趋势。[1] 布洛赫所指的乌托邦的本质就在于真实可能性中。真实可能性首先是一个不断运动的过程，这个过程就是"源初""终极""新异"三个主要因素的循环运动，它们时刻发展着，随着"新异"而变。所以，真实的可能性是敞开的、未完成的以及未决定的可能性，任何固定的形式化存在只能是暂时性的。与之相应，艺术因其用审美的方式使实存具有乌托邦的未来维度，也使未来能够以真实可能性的方式先期到达，而成为希望显现自身的当下存在。艺术不等于实存，而是不断变更的"新异"，但它又能维持世界的和谐之美，以克服此在世界的异化。"在伟大的艺术和宗教的明显的空想结构里，这个尚未到来的东西被在心中描画和想象了出来；它在我们的前面，是仍然未实现的东西。"[2] 因此，艺术可以被视为不断面向未来世界的中介，是希望得以实现的手段。

总的概括，希望哲学是一种"尚未存在的存在论"，综合了"尚未意识"（尚未被意识到的东西）和"尚未存在"（尚未形成的东西）主客观两个方面。[3] 在《希望的原理》中，布洛赫对"尚未意识"的论述是以对一般类型的白日梦的描述开始的：我们空虚地开始，想要品尝更多的东西，每天都沉浸在空想中，各种各样的白日梦充斥着我们的生活，人类正是尚未达到其自身存在的白日梦者，这种匮乏使得内在渴望源源不断地生发出来。[4] 这显然也是借用了弗洛伊德对梦的解析，但在弗洛伊德那里，夜梦为受到压抑的无意识欲望提供了一个显现自身的场所，白日梦则是这种力比多欲望升华的领域，二者都是"不再被意识到的东

---

[1] 参见陆俊：《理想的界限："西方马克思主义"现代乌托邦社会主义理论研究》，社会科学文献出版社，1998年，第41—44页。

[2] 恩斯特·布洛赫：《空想的意义》，王齐建译，收录于梅·所罗门编：《马克思主义与艺术》，王以铸等译，北京：文化艺术出版社，1989年，第628页。

[3] 参见梦海：《一个更美好生活的梦——恩斯特·布洛赫〈希望的原理〉》，第4—5页，收录于布洛赫：《希望的原理》第1卷，中译本序。

[4] 参见布洛赫：《希望的原理》第1卷"第1部分"，第1—28页。

西"[1]。而布洛赫认为真正能驱使我们的,只有那种产生于对更美好生活的渴望的白日梦,后者在神话、体育、音乐和爱中或隐或显地表达着对未来的希望,在希望中包含人的积极因素和人的行动,因而尚未意识到的东西本身必将被逐渐意识到。与此相对,当下的存在成为一种"尚未"的存在。在《乌托邦精神》(The Spirit of Utopia, 1923)中,布洛赫认为,我们生活的当下离我们太近了,处于一种无法被意识到的"瞬间黑暗"之中,因此,我们对自身的存在仅有的记忆总是过去式的。[2] 但这种黑暗中却蕴含一切可能性的潜能,指向了一个尚未存在的、在未来将要出现的弥赛亚。在《希望的原理》中,布洛赫将这种"瞬间黑暗"及其"尚未意识"进行了客观化,认为人不仅可以直接感觉和意识到当下的生活瞬间,并且这种感觉和意识是在"向外"跃出的条件下做出的。[3] 因此,当下的存在成为一种不断生发的、开放性的存在,历史也是不确定的、发展着的,在本质上向着新事物敞开着。

"尚未意识"是人所固有的一种向未来可能性开放的强烈期待,布洛赫认为,"希望哲学"的目的就在于发现"尚未意识",并找到一套符号以准确地标记它。同时关于这种尚未被意识到的东西的解释学是对"向前(die Front)的黎明的发现"[4]。所谓"向前"(又译"前卫")其实就是指我们生活的当下,是未来和现在相交汇的此时此地,因此尚未被意识到的东西就必然与历史现实保持一致,也即与"尚未存在"的趋势学构成了理论与实践的辩证法。[5] 在"希望哲学"对"前卫"的发现过程中,"希望"不再作为自身现状的情绪活动出现,而是作为乌托邦的功能被意识到和被认识到。在这种辩证法中产生出来的"新异"(das Novum)或称"新事物"才是真正的未来,它不仅标明了那些推动历史

---

[1] 参见布洛赫:《希望的原理》第1卷,第121页。

[2] 参见 Ernst Bloch, The Spirit of Utopia, trans by Anthony Nassar, Stanford: Stanford University Press, 2000, pp.187-188。

[3] 参见布洛赫《希望的原理》第1卷第353—359页相关讨论。

[4] 布洛赫:《希望的原理》第1卷,第119页。

[5] 参见梦海:《一个更好生活的梦——恩斯特·布洛赫〈希望的原理〉》,第18页,收录于布洛赫:《希望的原理》第1卷,中译本序。

前进的进步性创见也即"乌托邦视域"（Horizont der Utopie），并且始终探索乌托邦如何获得形式上的现实可能性，最终达到本真统一，实现终极的总体性飞跃。因此所谓的"终极物"（das Ultimum）也存身于一个尚未来临的未来，但它的迹象却能够在当下此处被发现。[1] 乌托邦于是摆脱了它的抽象性和主观性，成了客观实在的对照物，拥有了可被追溯和查究的具体性。因此，《希望的原理》广泛探讨了现存的各种物件、装饰物和图像，"尽管这些东西属于过去的现实，但照样表达尚未到来的东西"[2]。乌托邦阐释学也相应地要求我们抛弃那种抽象的、空想的总体乌托邦，而专注于对具体乌托邦的研究，后者能够揭示出暗藏于现实条件中的希望的潜能和可能性。"正因如此，我们把马克思主义与乌托邦主义（Utopismus）以及抽象的乌托邦思维区别开来，称马克思主义为'具体的乌托邦'……如果简洁地、锐利地重新表达真正的乌托邦，其含义就等于：代表新事物的方法论的构件，即将到来的东西的客观集合体。"[3]

沿着这条历史唯物主义论的道路，布洛赫在《艺术和文学的乌托邦功能》（*The Utopian Function of Art and Literature: Selected Essays*，1988）中，将科幻小说视作乌托邦在后现代社会的升级版。他认为乌托邦精神的退化或贬值古已有之，就其语义来看，乌托邦在其发明者莫尔那里是作为空间概念使用的，后来脱离空间进入了时间，尤其是18、19世纪的文学把乌托邦用作一种时间上的"未来"。继而"从'这仅仅是乌托邦式的思考'的口号减弱为'空中楼阁（白日梦）'，再减弱为不可能完成的'痴心妄想'，在一种平庸的层次上减弱为想象性的和梦想性的东西"，以至于到了我们的时代"所有这一切都不再称作乌托邦"。[4] 但是不管乌托邦经受了多么恶劣的平庸化，不管它被晚期资本主义如何易

---

[1] 参见梦海：《一个更好生活的梦——恩斯特·布洛赫〈希望的原理〉》，第18页，收录于布洛赫：《希望的原理》第1卷，中译本序。
[2] 布洛赫：《希望的原理》第1卷，第177页。
[3] 布洛赫：《希望的原理》第1卷，第177—178页。
[4] Ernst Bloch, *The Utopian Function of Art and Literature: Selected Essays*, Cambridge, Mass: MIT Press, 1988, p.2.

名，它也始终没有完全丧失活力。二战后，它在科幻小说中重新复活："也许我们的时代已经产生了一种乌托邦的'升级版'——只不过它已经不再被叫作乌托邦了，而是在技术上被称为科幻小说。"[1] 在这种文类当中，想象性全面压倒了真实性的作用，但是文本之中建构的乌托邦未来并非毫无意义的东西，而是一种"尚未"的希望，它意味着，"如果我们为它做一些什么的话，它也许就存在了"[2]。

三、认知原则及其演变

科幻文学长期致力于构建一个与当下生活世界有别的未来世界，可以说，"构造世界"成为科幻文本集合中的基本设定。科幻之构造世界与其他文类之所以不同，原因在于它通过形式和认知的双重陌生化效应，制造惊异感（sense of wonder）。科幻叙事实践其美学追求的两大手段是"认知间异"（cognitive estrangement）和"新异"（novum）：新异冲动不断突破认知逻辑，认知逻辑也时刻遏制新异冲动，形成了特殊的辩证法。

一方面，苏文在《科幻小说变形记》中将科幻乌托邦界定为对一种"拟换性历史的类似人类的社会"[3] 的言语性建构。这一观点延续了亚里士多德所开创的模仿论传统，认为科幻小说所构建的想象世界在认知层面上与经验现实具有相近的拟换性特征，也就是根据现实逻辑与科学文化发展趋势所可能发生的事，强调了科学理性在科幻小说文本中的运用。另一方面，"新异"概念的来源，在哲学基础方面，可追溯到布洛赫希望哲学中对"新异"的论述；而就其文学研究基础而言，"新异"概念取法贝尔托·布莱希特（Bertolt Brecht，1898—1956）的"间离效果"（verfremdungseffekt）与俄国形式主义文论家什克洛夫斯基（Viktor Shklovsky，1893—1984）提出的"陌生化效应"（defamiliarization）。它们

---

[1] Bloch, *The Utopian Function of Art and Literature: Selected Essays*, p.2.
[2] Bloch, *The Utopian Function of Art and Literature: Selected Essay*, p.2.
[3] 参见苏恩文：《科幻小说变形记》，第68页。

在原理上是一样的，都致力于促使观众或读者在审美过程中实现对"感知的自动化"的突破，从而获得惊奇感。在科幻乌托邦中，围绕技术和物质的新异性，多种乌托邦要素被合逻辑地组合进入一个共时性的未来里面，差异被细分为新的城市轮廓、新的体制、新的生活方式、新的生命形态和新的伦理规则等诸多子集，它们之间互相包含或相对矛盾的复杂关系构成了一种与当下生活世界旗鼓相当的具备系统性和总体性的新世界，它们保障了乌托邦想象的有效实施。

而在创造"拟换性现实"时发生的系统性的偏离，则使得科幻叙事在形式上和认知上都产生了特殊的陌生化效应。这里，科幻世界与现实世界之间一种激进的间断（radical discontinuity）[1]被凸显出来，这种间断通常是科幻新词（SF neologism）造成的，构造新词是科幻文学的一大美学，"在任何情况下，科幻新词都将代表主宰这个虚构世界历史的社会进化力量"[2]。同时，在语词新异之外，科幻世界更多地围绕概念上的新异之物构建起一个全新的虚构世界。读者往往被迫面对这种认知的间断，并试图亲近科幻的全新逻辑以完成阅读。汤姆·莫伊兰（Tom Moylan）认为，科幻小说由读者个人有限的认识视野、想象中的替代性社会与作者生活的现实环境构成三维结构[3]，有经验的科幻读者应该像身处异国文化中的旅行者或寻找线索以解开手头谜团的侦探那样，不断突破自我认知的限制，用虚构小说的认知模式更新、替换现实的认知逻辑，因此，阅读科幻小说的过程就是对线索的解码和评估的过程。[4]这种认知逻辑的新异性变形表明，科幻乌托邦所描摹的是一种"可能的不可能性"，即所谓的"正面的反说"（positive adynaton）。[5]

---

[1] 参见罗伯特·斯科尔斯等：《科幻文学的批评与建构》，第 31—33 页。

[2] Istvan Csicsery-Ronay, Jr, *The Seven Beauties of Science Fiction*, Middletown, CT: Wesleyan University Press, 2012, pp.18, 70-71.

[3] 参见 Tom Moylan, *Demand the Impossible: Science Fiction and The Utopian Imagination*, Oxford: Peter Lang, 2014, pp. 6, 63。

[4] Tom Moylan, *Scraps of the Untainted Sky: Science Fiction, Utopia, Dystopia*, Colorado: Westview Press, 2000, p.7.

[5] 参见苏恩文：《科幻小说变形记》，第 48 页。

这种认知逻辑的新异性变形还意味着，科幻小说将我们正在经历的现实转化为历史，使得我们在形式上逃离詹姆逊所说的"现实的情境性"，通过一个远距离的视角看到现在。它并不解决矛盾，即目标不在于获得某种特殊的解决方案，而是以乌托邦梦想的形式展开与现实的对话和谈判。就科幻小说的内容而言，这种新异性要么与新的社会阶层的崛起、新的生产力和认知力的发展相关，激发出一种创造力；要么变成一剂鸦片，带有逃避主义倾向。无论是对既有认知的突破还是滞息，都强调认知性乃是科幻文学的内在的、固有的属性，这就排除了弗洛伊德意义上梦的因素，也排除了幻想小说的反认知性法则。"认知间异"原则为此类一般性的范畴提出了一个更为具体的子集，即将乌托邦定义为科幻小说的社会政治性的亚类型，专门描述这种旨在寻求替代性的社会经济形式的想象力。

　　乌托邦想象是对一种根本的差异性的想象，这种想象之所以得以落实，在于它为读者提供了一种可能世界或确有其事的外观、感觉、形状和体验，"它让我们感觉到我们的生活如何变得不同和更好，不仅是在我们眼前的物质条件上，而且是在整个世界或社会系统的意义上"。[1] 因此，乌托邦叙事明显体现出一种认知性和实验性的功能，从而与其他直接封锁外部世界意识的表现形式区别开来。如此，"如何想象乌托邦"这一命题就转化成为"乌托邦的想象如何被书写出来"的问题，换句话说，文本叙事的内容就呈现为整个创作过程，想象乌托邦所可能遭遇的障碍，也就是写作乌托邦文本本身的困难所在。因此，未来阐释学的文本实践主要是关于乌托邦形式的阐释，而不是对其内容真实性的考察。换句话说，乌托邦文本的价值并不在于对乌托邦基本构成要素的组合建构，而是呈现为一个对乌托邦体裁的寓言性结构进行消解的过程——在这里，意识形态与乌托邦的二重性，或者用苏文的话说，"形式主义与认识论深深地纠缠在一起"[2]。因此，乌托邦文本不得不采用

---

[1] Peter Fitting, "The Concept of Utopia in the Work of Fredric Jameson," *Utopian Studies* 2(1998): 14-15.

[2] 苏恩文：《科幻小说面面观》，第 213 页。

"双重写作"作为一种迂回的形式策略,其结果是将乌托邦体裁本身的局限性转化为一种极具张力的讽喻性和批判性,使得我们能够在意识形态所假设的总体性系统的内部对其进行驳斥,阐释由此转入政治伦理学领域。

随着苏文对认知原则的改造,科幻研究进入了正统学术视野,除了詹姆逊的作品外,影响较大的科幻研究著作还有汤姆·莫伊兰《要求不可能之事:科幻小说与乌托邦想象》(*Demand the Impossible: Science Fiction and The Utopian Imagination*,2014)、《完美天空的碎片:科幻小说、乌托邦、恶托邦》(*Scraps of the Untainted Sky: Science Fiction, Utopia, Dystopia*,2000)、达米安·布罗德里克(Damian Broderick)的《星光下的阅读:后现代科幻小说》(*Reading by Starlight: Postmodern Science Fiction*,1995)、卡尔·费德曼(Carl Freedman)的《批评理论与科幻小说》(*Critical Theory and Science Fiction*,2000)以及朱瑞瑛(Seo-Young Chu)的《隐喻梦见了文字的睡眠吗?——一种关于表征的科幻文学理论》(*Do Metaphors Dream of Literal Sleep? A Science-Fictional Theory of Representation*,2011)等。汤姆·莫伊兰肯定了苏文开启的科幻文类批评方向,认为在科幻小说中,新异的世界图景不再像古典乌托邦小说中那样,仅仅被视作"内容",形式本身比内容更重要,"认知间异"作为乌托邦文本机制,以置换方式创造出新鲜的观念,这是该问题所具有的颠覆性功能的核心要素。他考察了厄休拉·勒古恩等人的科幻乌托邦作品,认为这些文本是象征性的行为,为真实的社会矛盾提供了想象的解决方式,使我们得以理解缺失的历史进程。[1] 布罗德里克发展并精炼化了苏文的观点,认为正是19世纪以来技术-工业模式的大发展带来了认识论的变化,这些变化优先在科幻小说里找到了自我表达,这是因为科幻具有显著的文本策略:1. 隐喻策略和转喻策略,2. 来自集体构成的通用"元文本"的图符前景化和解释性图景,3. 优先某一主题的时候对客体的关注等。[2] 费德曼进一步限定了"认知间异"原则的使用范围,

---

[1] 参见 Tom Moylan, *Demand the Impossible*, p.161。
[2] 参见亚当·罗伯茨:《科幻小说史》,马小悟译,北京大学出版社,2010年,第12页。

他指出，即使以坚实的科学原理为基础，读者通过阅读科幻小说获得的知识也完全是想象性的，因此科幻是一种修辞建构，它本身并不能引起真正的认知，而是引起认知意识。同时，费德曼指出，批判乌托邦的功能"是康德以后所有批评理论的特点"，因此，科幻小说天然地具备批判乌托邦想象的哲学内涵。[1] 美籍韩裔科幻理论家朱瑞瑛在一定程度上修改了苏文对科幻小说的界定，她认为区别于传统现代主义文学的低密度和低能量，科幻小说是一种高密度的现实主义，它通过"一种模仿性话语"（mimetic discourse）而不是想象性的世界建构，将所有隐喻、象征、诗性的事物都当作"真实之物"来进行一种高密度的模仿（high-intensity mimesis），从而进入更有深度的写实层面。[2]

---

[1] 参见爱德华·詹姆斯·法拉、门德尔松主编：《剑桥科幻文学史》，第 232 页。
[2] 参见亚当·罗伯茨：《科幻小说史》，第 1—10 页。

第四章　乌托邦批评的辩证张力

乌托邦的概念史是一个充满变化、悖论和争辩的历史,其本身就是意识形态的战场。[1] 而无论林林总总的乌托邦概念其内容、形式和功能如何变化,都以指向未来的乌托邦欲望表达为共同特征。乌托邦以指向未来的乌托邦欲望为直接内容,但文本写作的情境性使得它不可能彻底冲破意识形态的限制,这意味着它指向的是一个永远缺席的范式。那么,小说如何在叙事中掩盖掉这种意识形态本质呢?它又如何同时绕过意识形态的绝对控制来表达乌托邦冲动?乌托邦与意识形态的辩证关系在乌托邦体裁里是如何可能的?后者在叙事上采取的双重形式策略是什么?未来阐释学在技术上如何追寻到这种乌托邦踪迹?这将引人发出这样一个疑问:乌托邦是可能的吗?即,对于乌托邦想象的书写是可能的吗?这个问题将研究导向了两个方向,一个是探讨虚构何以可能?虚构在何种意义上是"真"的?科幻文本建构如何到达一个"尚未"的未来?另一个是讨论科幻文本的乌托邦价值问题,如果乌托邦想象终究无法逃离意识形态的场域,为什么我们还需要想象?在政治无意识的全面覆盖中,乌托邦作为科幻小说体裁的意义何在?

---

[1]　参见鲁思·列维塔斯:《乌托邦之概念》,李广益等译,中国政法大学出版社,2018年,第5、11页。

一、形式批评与政治阐释的双重结合

乌托邦的历史长期是一种政治乌托邦思想史。从漫长的西方思想史来看，作为一种精神向度，乌托邦代表着人类对终极理想社会的求索，从阿里斯托芬的"云中鹧鸪国"到柏拉图的"理想国"，从莫尔的"乌托邦"到夏尔·傅立叶的"新世界"，乌托邦与政治的关系像是一对相生相伴的孪生子。古典乌托邦专注于对理想共和国的描绘，强调乌托邦与进步的关联及其社会功用。这一点在著名的乌托邦论著题名中可见一斑，如莫里茨·考夫曼（Moritz Kaufman，1854—1925）《乌托邦》（*Utopias; or, Schemes of Social Improvement from Sir Thomas More to Karl Marx*，1879）的副标题是"改善社会的计划：从托马斯·莫尔爵士到卡尔·马克思"，刘易斯·芒福（Lewis Mumford，1895—1990）《乌托邦的故事》（*The Story of Utopias: Ideal Commonwealths and Social Myths*，1923）的副标题是"理想共和国与社会神话"，等等。乌托邦通常产生于对现存社会制度合理性的质疑和对其前途的迷惘，因此包括了一整套与当下现实具有拟换性关系的，然而却是更加完善、更加富裕、更加和谐的可能世界的描绘，代表了人类的价值尺度和永恒的精神追求，这在马克思主义关于"共产主义社会"的设想中达到顶峰。然而，进入20世纪，面对两次世界大战的侵袭，以及战后欧美学生运动的失败、福利国家的困境、苏联的解体等，使得这种蓝图式的乌托邦不再是主要的政治力量，并催生了一批自由主义的反乌托邦主义者，卡尔·波普尔（Karl Popper，1902—1994）、雅各布·塔尔蒙（Jacob·Talmon，1916—1980）、以赛亚·伯林（Isaiah Berlin，1909—1997）、汉娜·阿伦特（Hannah Arendt，1906—1975）等都是这一潮流的领军人物。[1]

在詹姆逊看来，乌托邦的日渐萎靡是所有后现代文化症状之中最鲜明的一种，它投射出历史性或未来感的弱化，意味着孕育乌托邦思想的土壤即想象力本身也走向了枯萎和死亡，"真正带来危机的不是某一个

---

[1] 拉塞尔·雅各比：《不完美的图像：反乌托邦时代的乌托邦思想》，姚建彬等译，新星出版社，2007年，第50—55页。

敌人的存在，而是一种普遍的信仰：不仅仅这种趋势无法逆转，资本主义的历史替代物也已经被证明是不可行的和不可能出现的"[1]。"它揭示我们生活在一个非乌托邦的现在，既没有历史性也没有将来性，揭示我们被困在一个意识形态终结的制度中。"[2] 在这一意义上，"乌托邦没有替代物，晚期资本主义也没有天敌"[3]。因此，后现代社会对乌托邦精神的召唤不是消失了而是变得更加急切，而后现代的乌托邦精神不再象征性地对应于某个蓝图式的计划或乌托邦实践，而是以各种各样意想不到的、隐秘的、碎片化的形式洒落在日常生活和文学文本中。乌托邦概念的性质在这里经历了一种辩证的颠倒，它拒绝再现、叙述和任何具体想象，并且通过彰显自身结构上的不可能性来达到目的："在这种意义上，乌托邦的使命在于失败；它在认识论上的价值在于使我们感到围绕我们思想的壁垒，在于它使我们通过纯粹的感应发现看不见的局限，在于在生产方式自身当中使我们的想象陷入困境，在于使奔驰的乌托邦之脚陷入当前时代的泥沼，想象那是地球引力本身的力量。"[4]

因此，后现代主义的乌托邦不是一种再现，而是一次目标明确的操作，需要通过一种阐释学手段来对文本中隐藏的乌托邦线索和踪迹进行技术上的辨认和探索，从而对现实中或大或小无意识的乌托邦投资进行一种理论化和解释，以揭示出我们自己想象未来时的局限性。[5] 如此，乌托邦的想象就流向了那种被弗洛伊德揭示为无意识的范畴，或者更接近于荣格式的对人类未来理想生活的集体诉求，它是不可实现的，因此只能设计为一种思想实验，并以文学文本的形式得到最大限度的释放。在这个意义上，阐释活动就是乌托邦的投射，是为意识形态祛魅的过程，这使得对乌托邦冲动的文本考察变成了对后现代社会整体想象力的

---

[1] 詹姆逊：《未来考古学》，第4—5页。
[2] 詹姆逊：《詹姆逊文集第3卷：文化研究和政治意识》，王逢振主编，中国人民大学出版社，2004年，第380—381页。
[3] 詹姆逊：《重读资本论》，胡志国、陈清贵译，中国人民大学出版社，2013年，第83页。以及《未来考古学》，第4页。
[4] 詹姆逊：《时间的种子》，王逢振译，江苏教育出版社，2006年，第64页。
[5] 参见詹姆逊：《辩证法的效价》，余莉译，中国社会科学出版社，2014年，第554页。

测验。相应地，乌托邦文本能否激发读者想象乌托邦的能力，也是我们评价其文学价值的核心指标。换句话说，对文本形式进行乌托邦思考就是实现有意义的社会变革的前提条件，而文本所建构的乌托邦想象本质上就是一种激进的政治实践形式。经过这样的理论转换，詹姆逊就把形式乌托邦作为后现代社会一个强有力的政治寓言凸显了出来，突出了乌托邦文类的中介作用。

詹姆逊的研究路径虽然从政治乌托邦转向了形式乌托邦，但"政治无意识"或"历史"的视角仍然是其未来阐释学理论的先决条件，他在1981年出版的《政治无意识》中提出的一个响亮的口号："永远历史化"或政治视角是"一切阅读和一切阐释的绝对视域"[1]，这仍然是其科幻文学研究的指导性纲领。詹姆逊认为，"政治无意识"暗含在文学文本中，既有控制、压抑进步意识与反抗性力量的一面，又有批判现实、否定现存秩序的一面。前者即意识形态，后者即乌托邦，两者共同构成了政治无意识的基本内容，形成了文学文本的双重属性，同时要求阐释学也秉持一种双重视角："马克思主义的否定解释学，马克思主义实践的正统的意识形态分析，在对实际作品的解读和阐释中，应与马克思主义的肯定阐释学或对相同的意识形态文化文本的乌托邦冲动的破译同时进行。"[2]

二、否定解释学与肯定解释学的双重视角

1. 否定解释学的视角

马克思主义的"否定解释学"是"关于意识形态的阶级性质和功能性等问题的解释学"[3]，是对文本的意识形态性进行讨论的解释学。实际上，乌托邦在马克思主义思想中的地位问题一直存在争议。虽然在马

---

[1] 詹姆逊：《政治无意识》，第 1、8 页。
[2] 詹姆逊：《政治无意识》，第 282—283 页。
[3] 詹姆逊：《政治无意识》，第 273 页。

克思和恩格斯的著作中,关于马克思主义反对和批判乌托邦的引证比比皆是,但是,鲁思·列维塔斯(Ruth Levitas)发现,在马克思主义阵营的内部对乌托邦的理念存在较大的分歧。为马克思与恩格斯所贬损和拒绝的乌托邦,是一种能使对立的意识形态或政策失效的政治工具,"马克思和恩格斯并不是基于对推测未来的反对,而是出于对社会改造的不同意见批评乌托邦社会主义"。[1] 它"与列宁所称赞的幻想或后来的马克思主义者试图以乌托邦的名义重新置入马克思主义的东西,显然不一样"[2]。布洛赫认为乌托邦是一个既有的但被忽略的马克思主义类别,E. P. 汤普森(E. P. Tompson, 1924—1993)也认为马克思主义和乌托邦是互补和相互必需的。[3]

詹姆逊对于马克思主义意识形态解释学的总体性继承是显而易见的,他认为"马克思最有影响的教诲……当然是被正确地看作虚假意识、阶级偏见和意识形态编码的教诲,是特定社会阶级的价值和态度的结构局限的教诲"[4]。但在后现代语境下,詹姆逊用整体性的马克思主义观念观照后现代碎片,必然要采取理论的改造。他所采纳的是一种微观理论(microtheories)或微观政治研究,"偏重多样性、复数性、碎片以及不确定性,借以取代整体性和普适性理论"[5]。换言之,"马克思依靠外部的决定性因素,如历史、社会以及经济,而詹姆逊则以内部精神主体(psychologized subject)的方式将这些观念结合起来"[6]。这种理论改造直接采用了两个理论工具,其一是弗洛伊德的精神分析学。在叙事文本中,"意识形态必然意味着个别主体的力比多投资,但是,意识形态叙事——甚至我们所说的想象的、白日梦的或愿望达成的文本——

---

[1] 列维塔斯:《乌托邦之概念》,第82页。
[2] 列维塔斯:《乌托邦之概念》,第87页。
[3] 参见列维塔斯:《乌托邦之概念》,第182页。
[4] 詹姆逊:《政治无意识》,第268—269页。
[5] 乔纳森·克拉克:《附录1 詹姆逊的后现代马克思主义》,收录于詹姆逊:《詹姆逊文集第1卷:新马克思主义》,王逢振主编,中国人民大学出版社,2004年,第373页。
[6] 乔纳森·克拉克:《附录1 詹姆逊的后现代马克思主义》,收录于詹姆逊:《詹姆逊文集第1卷:新马克思主义》,第373页。

在其素材和形式上都同样必然是集体的"[1]。因此，在后现代主义社会，不存在任何个体性的意识形态，除非它在文本形式上表达为一种隐喻。其二是阿尔都塞（Louis Althusser，1918—1990）对马克思主义的结构主义改造。阿尔都塞借用拉康的术语将传统马克思主义对科学与意识形态的二元区分进行了改写，他认为马克思主义同时是科学和意识形态，以观念形式表现的意识形态中，既存在真实关系也存在想象性关系，所谓意识形态就是"主体与其存在的真实界条件间的假想关系"。[2] 不仅如此，阿尔都塞进一步将意识形态提升到主体的地位，认为意识形态作为结构而强加于人，"意识形态根本不是意识的一种形式，而是人类'世界'的一个客体，是人类世界本身……人类通过并依赖意识形态，在意识形态中体验自己的行动，而这些行动一般被传统归结为自由和意识"[3]。

这种基于"常识"的想象性关系就是詹姆逊所谓的"情境性"，包括阶级、种族、性别、国家和历史的全面的情境性，也就是我们的历史存在经验本身。后者覆盖了想象的全部疆域，以至于我们完全无法设想任何全然他性的东西，也不可能哪怕在思想中逃离自己的情境。如此，我们与意识形态的关系就不再是对抗性的，而是阿尔都塞式的多元决定性的，研究的关注点就从愿望本身转移到满足愿望的动力以及手段上。而文本叙事作为社会的象征性行为，它对现实矛盾的想象性解决不仅在于表层的计划或企图，而更在于这些计划或企图"表面上的非必要特征以及给予它的解释"，"正是在计划的细节、执行和装饰或润色中我们有时会因惊讶而停顿下来"。[4] 因此重要的不是已经被说出来的东西，而是文本没有交代甚至是故意隐瞒的东西，解释学的任务就是要去神秘

---

[1] 詹姆逊：《政治无意识》，第 171 页。

[2] Louis Althusser, *Lenin and Philosophy and Other Essays*, trans by Brewster, B, NY: Monthly Review Press, 1971, p.171. 参见路易·阿尔都塞：《马克思主义和人道主义》，收录于复旦大学哲学系现代西方哲学研究室编译：《西方学者论〈1844 年经济学—哲学手稿〉》，复旦大学出版社，1983 年，第 267—268 页。

[3] 路易·阿尔都塞：《保卫马克思》，顾良译，商务印书馆，2006 年，第 203 页。

[4] 詹姆逊：《未来考古学》，第 71 页。

化,"用更基本的阐释符码的更有力的语言去重写文本的表面范畴"。[1] 因此马克思主义否定解释学的视角其实就是为文本的意识形态性进行祛魅和去神秘化,通过技术性手段拆解其外在美学形式的包装,来凸显本质上的矛盾性与不可解决性。

2. 肯定解释学的视角

詹姆逊虽然承认意识形态的现实物质性内涵,但更强调它作为政治无意识的合法化表达的一面,认为它必然蕴含着或隐晦或显明的乌托邦色彩:"所有阶级意识,不管哪种类型,都是乌托邦的,因为它表达了集体性的统一;然而,还必须附加说明的是,这个命题是个寓言。"[2]他同时提醒我们,乌托邦并非天然地属于意识形态,千万不能仅仅将这句话简化为"意识形态即乌托邦"或者是"乌托邦即意识形态",而要将两者统一在集体辩证法之下。尤其是在后现代文化情境中,"即使大众文化作品的作用在于现存的秩序——或某种更坏的秩序——的合法化,如果它们不在后者(指乌托邦)的帮助下使集体的最深刻、最基本的希望和幻想改变方向,它们也不可能完成自己的工作,因此,不论它们采取一种多么扭曲的方式,它们也会对集体的希望和幻想发出自己的声音"[3]。因此,未来阐释学的分析不仅要实践否定阐释学所强调的那种为文本意识形态解蔽的功能,还"必须通过和超越表明特定文化客体的工具性功能而试图投射出与其相伴共生的乌托邦力量,以便象征性地证实特殊历史和阶级形式的集体统一"[4]。

一方面,詹姆逊受到保罗·利科(Paul Ricoeur,1913—2005)关于解释过程的双重性构思的启发。利科认为解释的过程在于推翻偶像,具有两个不可分解的动机,一个是严苛的怀疑动机,接近于马克思主义的

---

[1] 詹姆逊:《政治无意识》,第 49 页。
[2] 詹姆逊:《政治无意识》,第 277 页。
[3] 詹姆逊:《快感:文化与政治》,王逢振等译,中国社会科学出版社 1998 年,第 260 页。
[4] 詹姆逊:《政治无意识》,第 278 页。

否定解释学，即试图对文本进行解蔽，消灭上帝崇拜所掩盖和歪曲的意识形态信息，刺激人们的思想，使其恢复对当下处境的自我认识。另一个是顺从的接受论，也就是在实现第一个动机之后，"在意义更新之时、在意义最充分之时表达曾经说过的、每一次都说过的东西"。[1] 在《政治无意识》第六章《结论：乌托邦和意识形态的辩证法》中，詹姆逊摘录了利科《弗洛伊德与哲学：论解释》（*Freud and Philosophy: An Essay on Interpretation*，1977）中的相关段落，肯定了利科进一步放大文化分析视角的作用和意义，但他认为这种肯定的解释学构思还停留在基督教神学解释上，并局限于个别主体范畴，因此是不充分的。[2]

另一方面，比较而言，恩斯特·布洛赫关于希望的"尚未"理论和关于乌托邦冲动的论述，则在世俗化层面增益了马克思主义肯定性阐释学的理论架构。早在写作《政治无意识》时，詹姆逊就提出马克思主义阐释学是"意识形态"与"乌托邦"的辩证联袂的成熟框架，他认为乌托邦是"以恩斯特·布洛赫的方式表指马克思主义的未来视角，而不是在前马克思时代恩格斯和马克思所抛弃的所谓乌托邦社会主义"[3]。"只有以此为代价——即同时承认艺术文本内的意识形态和乌托邦功能——马克思主义的文化研究才有希望在政治实践中发挥作用，当然，这种实践依然是马克思主义的全部意义所在。"[4]

前文我们提及，布洛赫将乌托邦理解为一种"尚未"的未来想象，把乌托邦冲动确定为乌托邦欲望的表现形式。与马克思和恩格斯反对空想、看重实践的理论立场不同，布洛赫将具有未来指向的乌托邦冲动视为改变世界的原动力，尤为强调乌托邦的肯定性意义，认为乌托邦对现实的批判是持续有效的，并最终能转化为改造现实的革命性力量。詹姆逊对布洛赫思想的借重，主要在于其对乌托邦的矛盾本质的确认，以及对乌托邦冲动与乌托邦总体的区分。他类比弗洛伊德意义上的意识与无意识

---

[1] 转引自詹姆逊：《政治无意识》，第 271 页。
[2] 参见，詹姆逊：《政治无意识》第 271—272 页的讨论。
[3] 詹姆逊：《政治无意识》，第 221—222 页。
[4] 詹姆逊：《政治无意识》，第 286 页。

的关系，将乌托邦总体（或称乌托邦规划）和乌托邦冲动的关系表述为一种双向关系：一方面，总体性范畴决定了乌托邦的实现形式，另一方面，乌托邦冲动虽略显隐晦但却无处不在，它通过寓言的形式进入日常生活，乌托邦欲望也借此得到表达。因此，乌托邦文本并不是乌托邦总体的图景，而是散落的碎片式的乌托邦冲动。在更深层意义上，乌托邦与意识形态的辩证关系不仅使得小说的叙事语言成为一种极其隐蔽的话语暴力，而且又在那些叙事发生突然变异或中断之处，暴露出意识形态伪装的破绽，由这种文本形式的变形产生并推动一种认知陌生化效应，使得文本能够对于激发其自身的现实困境进行否定性的回应。

由此，詹姆逊摒弃了那种乌托邦总体性计划的宏大叙事，转而在布洛赫"希望哲学"的肯定意义上，将无处不在的乌托邦冲动视为乌托邦欲望的表达形式，使得乌托邦作为一个具有终极指向的后现代表征，得以在科幻小说的象征寓言形式中安身，并恢复一种即时性和未来向度，重新焕发出新的生命力。于是，乌托邦在科幻批评中就演化为一种终极视域，未来具有了历史性，科幻以未来之名超越了当下，并因此能够批判性地图绘当下。传统乌托邦既是叙事性的，也是政治性的，而这一政治性在现代政治实践中不断消耗能量，叙事性却得以转换保存，它主要存在于科幻作品之中。科幻作品是当代乌托邦，它更广阔，充满了面向未来的幻想性的乌托邦能量。它不断逐"新异"，并推动自身转向广阔的叙事文本，从而将政治乌托邦文本转化为科幻乌托邦文本的一个子类，并因此将乌托邦从枯萎的政治乌托邦中解放出来，走向富有生气的乌托邦诗学。

三、后现代文化与历史再现的辩证关联

1. 科幻小说与后现代文化

科幻小说是现代化和工业化的产物，是随着高科技带来的生产方式和生活方式的变化一起出现的。它具有复杂的时代特殊性，在文化上具

有原创性，它作为"历史小说的对应物的反面"，记录了后现代社会的生产方式对"主体价值、生活节奏、文化习惯和现实意义"的改编和重建。[1] 美国著名科幻作家罗伯特·A. 海因莱因甚至认为科幻小说要比大多数历史小说和描写当代场景的小说更现实（realistic），更优越，也许是"唯一有希望阐释我们时代精神的小说形式"。[2] 科幻小说与后现代主义在发生学意义上的亲缘关系如此紧密，以至于在论证乌托邦作为科幻小说的亚文类这一定义的有效性之前，我们必须退一步探讨下后现代主义的问题，将科幻小说作为新文类的中介性进行历史化，将它的出现理解成历史性变化的一个表征和反映。

在《文本的意识形态》等文章中，詹姆逊借用曼德尔的历史分期理论，明确把资本阶段的文化变迁与技术革命和生产方式的变化联系起来。[3] 根据这种社会经济的假设，资本经历了三次特定的变异，这三个历史阶段对应着三种总体文化特质："如果说现实主义的形势是某市场资本主义的形势，而现代主义的形势是一种超越了民族市场的界限，扩展了的世界资本主义或者说帝国主义的形势的话，那么，后现代主义的形势就必须被看作一种完全不同于老的帝国主义的，跨国资本主义（a multinational capitalism）的或者说失去了中心的世界资本主义的形势。"[4] 特别的是，詹姆逊还借鉴了索绪尔的符号系统理论，根据符号所具有的能指、所指和指涉物三部分的结构变化对这三个文学时代进行了一种后现代主义的重构。这里，形式与意识的关系发生了变化，符号系统的结构变化改变了该结构所对应的现实，而不是相反。于是，符号

---

[1] 参见詹姆逊：《未来考古学》，第 373—376 页。

[2] 参见 Kingsley Amis, *New Maps of Hell: A Survey of Science Fiction*, New York: Harcourt, Brace and Company, 1960, p.61.

[3] 曼德尔根据马克思的生产方式概念，以技术发展为标准对资本主义的历史阶段进行了划分。他把 18 世纪工业革命以来资本主义生产方式的三次普遍的技术革命分为：1848 年以来的蒸汽机机器生产、19 世纪 90 年代以来的电力和内燃机机器生产、20 世纪 40 年代以来的电子和核能源机器生产。并依照这三次技术革命，把资本主义的发展分为三个阶段：从马克思定义的古典时期即"市场资本主义"到列宁定义的帝国主义时期即"垄断资本主义"，最后是后现代时期即跨国的、以前所未有的商品化为标志的"晚期"资本主义。参见厄尔余斯特·曼德尔：《晚期资本主义》，马清文译，黑龙江人民出版社，1983 年。

[4] 詹明信：《晚期资本主义的文化逻辑》，第 233 页。

系统本身作为一种强大的、颇具腐蚀性的"物化的力量"被凸显出来，它提供了"资本主义本体的热和动力"[1]。这种力量起初驱逐和消解了那种前资本主义的神话世界的经验，使得语言和文化中出现了新的关于外在指涉物的观念。

到了资本主义的后期，也即从市场资本主义转变为新生的垄断资本主义的世界体系时，这种物化的力量就开始腐蚀自己先前产生的那个现实主义模式，将指涉物从符号中分离出去并弃之不用。处于现代主义阶段的符号系统只剩下了能指和所指两个部分，它们的结合自动地生成一种自主逻辑，使得语言具有了一种自动性。而到了第三阶段，这种"物化的力量"继续渗透到符号之中，指涉物已经完全消失了，所指也即语言的意义被迫与能指分离并被抛弃，最后符号中仅剩能指，后者自动生成了一种新奇的、自动的逻辑。意义流失在不断滑动的能指链上，后现代主义于是成为一种拉康意义上的精神分裂式的文化语言，失去了深度感、历史感和对未来乌托邦世界进行想象的能力，在这里只有纯粹的、孤立的、永久的现在和能指的连续，那些过去和未来的时间观念、句法和时间性的组织完全消失了。"我们可以归纳说，从现代主义到后现代主义的这种转变，就是从'蒙太奇'到'东拼西凑的大杂烩'的过渡。"[2]

在后现代文化的庞杂景观中，科幻小说至少在两个方面获得历史的和形式的特殊性，一方面表现在它是工业化、科学理性蓬勃发展的产物，是抹除了高雅文化和大众文化的旧有划分的后现代的文化现象；另一方面则表现为它在各种新奇的发明创造和社会结构的伪装下，暗藏着大量后工业时代的乌托邦思想和寓言，构成了晚期资本主义社会经济发展和消费社会形态的一个显著的形式表征。这使得"历史的再现，正如其远亲线性小说（the Lineal Novel）一样，正处于危机状态"[3]。而科幻小说作为新的对时间意识的表达应运而生，它的独特之处不在于直接地把握当下历史经验，而是以"种种内在矛盾来印证我们当下历史境况的

---

[1] 参见詹明信：《晚期资本主义的文化逻辑》，第 232 页。
[2] 参见詹明信：《晚期资本主义的文化逻辑》，第 292 页。
[3] 詹明信：《晚期资本主义的文化逻辑》，第 342 页。

巨大矛盾",成为那种精神分裂式的后现代话语结构及文化现象的表征。乌托邦文本的矛盾越是深刻,表示我们越无力通过文化形式来反映和再现当下的具体历史经验。[1] 科幻小说虽然"不是高等文化的子体裁,但却与高等文化或现代主义之间有一种互补的、辩证的关系"[2],也即在后现代社会重新发现了自己的乌托邦使命,故而得以从诸如侦探小说、大众化传记等通俗小说,以及广告、午夜场和好莱坞 B 级片等所谓的类文学(paraliterature)集合中脱颖而出,获得了理论的青睐。故而,以科幻小说为中介,后现代文化得以与"现代化、后工业或消费社会、媒体或景观(spectacle)社会,或跨国资本主义"相联系。[3]

此外,詹姆逊认为,后现代主义的出现是对高等现代主义(High Modernism)的既有形式的有意识的反动,这为科幻叙事提供了一个历史框架,对其叙事的连贯性的建构必然会遭遇一种表现上的不可能性,于是作为异质的、阻碍的后现代主义经验就被凸显出来了,"有时正是这种不可能性给我们提供了认识世界和组织经验的线索"。[4] 乌托邦想象就在这个意义上被推到理论的前景位置,成为一种测验机制,来对处于后现代文化体制之内的我们想象变化的能力做出检验。由此可见,詹姆逊对科幻小说作为一种新文类的讨论是一种具有选择性的讨论,是对科幻小说这一更广泛文类之下的一个社会经济的子类型的讨论,这个新文类既包括那些公开设定了乌托邦主题的小说,也包括那些流露出乌托邦冲动的作品。因此,以乌托邦作为中介,也即通过文类形式的变化来改变其所对应的晚期资本主义社会的效价,唤醒和激活那种早已沉睡或萎缩的未来性和对可替换未来的假定的复兴。"像这样恢复未来性,假设有可轮换的未来,其本身既不是一个政治规划也不是一种政治实践;但是如果没有它,也很难看到任何长久的或有效的政治行动可能出现。"[5]

---

[1] 参见詹明信:《晚期资本主义的文化逻辑》,第 378 页。
[2] 詹姆逊:《未来考古学》,第 373 页。
[3] 参见詹明信:《晚期资本主义的文化逻辑》,第 326 页,译文略有改动。
[4] 参见詹明信:《晚期资本主义的文化逻辑》,第 21—22 页。
[5] 詹姆逊:《辩证法的效价》,第 579 页。

2. 历史再现与乌托邦寓言

历史的再现问题是詹姆逊政治阐释学的首要问题。作为"认知测绘"范式的主要特征，历史在后现代的"超空间"中遭遇了前所未有的危机。传统的历史观把"历史"看作实际存在着的人类活动史，是人的存在史，这是一种具有终极意义和本体论意味的历史观。詹姆逊认为，在经验和认识的层面上，"历史主义"这个术语意味着我们与过去的关系，"它提供了我们理解关于过去的记录、人工品和痕迹的可能性"[1]。由于我们总是站在现在来理解过去，因此，我们必然要面临过去和现在是"同一"还是"差异"的两难选择。现实的状况在于，我们的生活和意识都笼罩在现实的情境之中，根本无法接触到真正陌生、异质性的他者。同样地，我们所接触到的"历史"呈现为一种叙事、文本或话语体系的形式，并非真实的历史，换言之，在后现代主义的文化语境里，真正的现实历史永远是不在场的，"我们只能了解以文本形式或叙事形式体现出来的历史，换句话说，我们只能通过预设的文本或叙事建构才能接触历史"[2]。

而任何叙述都是一种具有遏制功能的意识形态行为，历史的文本化也只能以一种被压抑的"潜文本"的形式存在。詹姆逊综合了"政治历史观""社会观""历史观"，也即对从狭义的历史事件研究到阶级斗争最后到生产方式这样三个依次增大的同心框架进行综合之后，继而提出了作为"新的终极客体"的"文化革命"，"即共存的不同生产方式已经明显敌对的时刻，它们的矛盾已经成为政治、社会和历史生活的核心时刻"[3]。而解脱历史主义困境的方法，可以在马克思主义的生产方式理论中找到："它假定一个既是相同又是差异的模式；它生产一种结构历史主义，这种结构历史主义取消了存在历史主义的利比多机制，把存在

---

[1] 詹明信：《马克思主义：后冷战时代的思索》，张京媛译，牛津大学出版社，1994年，第48页。

[2] 参见詹姆逊：《马克思主义：后冷战时代的思索》，第47页。

[3] 詹姆逊：《政治无意识》，第83页。

历史主义的利比多机制,放到一个比结构类型学更为令人满意的历史和文化模式的逻辑概念之中。"[1]这意味着"生产方式"就是未来阐释学的主符码(master code),而对"历史"进行测绘的过程也就是根据这一主符码重写特定文本的过程,詹姆逊将这种重写称之为寓言行为。而寓言性正是文学的特性,"所谓寓言性就是说表面的故事总是含有另外一个隐秘的意义,希腊文的allos(allegory)就意味着'另外'。因此故事并不是它表面所呈现的那样,其真正的意义是需要解释的。寓言的意思就是从思想观念的角度重新讲或再写一个故事"[2]。寓言的中介特质就在于它一方面意味着自身,另一方面又意味其对立面,"一事物或意味着自身或是反面,于是我们就有了寓言的表意机制,它可以不加区别地作用于同一性和差异性,并指望这些将转向对立,最终导致矛盾"[3]。

而乌托邦作为科幻小说一个社会经济的子类型,它是对由历史本身所产生的所有局限——包括人类生产自身所创造出来的反终结性和反辩证法结合——的探讨,这意味着乌托邦体裁本质上就是寓言性质的。[4]这同时表明了我们在一开始在讨论关于乌托邦和意识形态的辩证法时所关注的问题,即乌托邦文本与政治、历史的关系并不像看起来的那样直截了当。乃至于在互文的层次上,乌托邦形式的存在是为了对各种不完美体裁加以补充,并以出人意料的方式实现或阻碍它们。这就出现了一个悖论,因为这种依赖于特定历史境况的形式,居然应当表现出一种极端的非历史性;"也因为这种必然会唤起政治激情的形式却似乎应当避免或废除政治本身;更因为这种单单取决于个体匪夷所思的社会梦想的形式却必须消除个体的主观能动性和由此引发的行为"[5]。

---

[1] 詹姆逊:《马克思主义:后冷战时代的思索》,第80页。
[2] 弗里德里克·詹姆逊:《后现代主义与文化理论》,唐小兵译,北京大学出版社,1997年,第130页。
[3] 弗里德里克·詹姆逊:《布莱希特与方法》,陈永国译,中国社会科学出版社,1998年,第140页。
[4] 参见詹姆逊:《未来考古学》,第92页。
[5] 詹姆逊:《未来考古学》,第55页。

例如在菲利普·迪克的《高城堡里的人》(*The Man in the High Castle*，1962) 中，乌托邦就呈现为一个对立面的综合体，它使得互不兼容的东西在其中成为一种积极的完满的空间。因此寓言不仅是乌托邦体裁的结构本质，而且是统一这些对立面的方式。历史在其中既显现为它自身又同时是它的反面。小说采取了"虚拟历史"的寓言写法，用两个平行空间展现了一个与我们的历史现实相反的可能世界。在文本现实空间，二战结束，美、英、苏战败，法西斯轴心国取得全面胜利。德国和日本这两个超级大国成为新的世界霸主，前者通过在其势力范围内的大屠杀来净化血统，后者则建构了一个囊括美国西海岸在内的环太平洋"共荣圈"，在这个由武装强权和资本控制的集权世界里，秘密警察无处不在，普通人的生活压抑而绝望。这个文本现实世界的对立面就是书名中所提到的住在高城堡里的人——阿本德森，他是地下禁书《蝗虫之灾》的作者，他在书中描写了一个与文本现实相反（因而与我们的历史现实接近）的世界，提供了关于同盟国打败轴心国赢得二战胜利的另一种历史可能性，由于制造了一种对主流历史形态的颠覆，因此遭到纳粹当局的追捕。这两条历史叙事主线或明或暗，并存于一个虚幻未来之上，不论其细节多么天花乱坠，从本质上来说，"不过是强化了历史情境的组成因素，而不是作为权利幻想的载体"[1]。但是在这两条情节线的夹缝之中，沿着行动者朱莉安娜的轨迹，吊诡的情节设定和反转却通过一种独特的自我参照的方式，凸显了历史空间的存在。

小说中"高城堡"成为阿本德森的代码，是另一种历史现实的可能所在——如果说《蝗虫之灾》创造了当下历史终结的可能，那么阿本德森简直就是救世主。生活在那种高强度的政治高压和经济封锁中，阿本德森虚拟出来的"历史"就是犹太人朱莉安娜的乌托邦，后者对阿本德森及其高城堡的寻访之旅是在完成一种个人的拯救，它仿佛预示着某种即将到来的乌托邦变革。然而，这座口口相传的"高城堡"就像卡夫卡笔下的城堡那样神秘而不知何所向，而当朱莉安娜历经险恶终于来到阿

---

[1] 参见詹姆逊：《未来考古学》，第 84 页。

本德森的住所时，却发现并没有什么高城堡：阿本德森住在普普通通的水泥房里，愚蠢地无视她冒着生命危险向他传达的警告。这个非历史的景象表明，朱莉安娜们所祈求得到的拯救或乌托邦仅仅是一场虚构的奇迹，它曾短暂地停留在个人的内在意识中，却无法创造出一个客观的现实对应物。一种乌托邦形体已经变成了真假交替变换的场所，历史同时承担了真与假两种属性，反之在真与假的虚构中也显现了历史空间的可能性，这在现实主义叙事中显然是不可能的，但作为寓言的要素却非常合乎我们对乌托邦体裁的认知。

在乌托邦内部，历史的寓言化表达与作为社会象征行为的内涵，得到了综合再现。事实上，在小说出版前一年即1961年，美国的肯尼迪总统提出把人送上月球来彰显本国的雄厚实力，而小说对这一历史事件的寓言性投射，就是纳粹德国在月球和火星上建立殖民地。但《易经》占卜的结果却揭示出《蝗虫成灾》中的世界才是真实的，可仔细对照这本书中书所预测的战后世界，与我们现实中发生的历史事件又有诸多不同。这些表面的差异与意识形态遏制被统一在乌托邦寓言结构当中，得到文本化再现。因此，詹姆逊将寓言概括为这样一种介质，它"具有极度的断续性，充满了分裂和异质，带有与梦幻一样的多种解释，而不是对符号的单一的表述。它的形式超过了老牌现代主义的象征主义，甚至超过了现实主义本身"[1]。由于非再现性的历史表现为文本形式，而文本又以寓言为载体，使历史具备可被再现的可能性，这种结构显然召唤一种寓言化的阐释学。

---

[1] 詹明信：《晚期资本主义的文化逻辑》，第433页。

第二部分
科幻乌托邦辩证法

　　本部分结合具体的科幻文学作品,对作品中展现的具体乌托邦进行分析,指出具体的科幻乌托邦具有怎样的辩证法形式。这一辩证法形式不是一种现实关系的辩证法,而是一种基于希望的想象辩证法,它以文本而不是以现实为基础,(想象性的)现实其实是文本展现出来的一种功能。

第五章　愿望与文本：刘慈欣《三体》

科幻小说是对未来可能世界的描绘，未来是一种特殊的时间，它无法到达，只能作为一种现实的愿望来对待。《三体》为我们建造了一种恶的未来可能性，在对未来的描绘当中，我们把时间上的不可到达用文本的方式展现出来，让它像现实之物一样展现出来，也只有在文本中未来才能显形，对未来的描绘不是事实性描绘，而是对未来的解释。对未来解释有这样几个层次：一、线性时间层，未来是流逝时间的未来之维，也就是根据过去和现在时间之维的流逝性，可以推测出未来时间维度的即将流逝性；二、未来作为欲望层，乌托邦想象；三、文本叙事层，文本将未来时间带到现在，叙事的结构是主要的；四、未来解释学（考古学）实现层，在叙事与愿望的对冲中达到对未来的功能性解释。这是乌托邦性质的科幻小说的重要意义。

《三体》不仅仅是一部重要的当代科幻小说，也是一部重要的当代文学作品。为什么我们如此判断《三体》的意义？原因有二。第一，《三体》的产生需要有一个前提条件，就是中国的社会经济达到一定程度，科学技术得到相当大发展。第二，与社会经济和科学技术水平相适应的作品受众比较广泛。社会经济发展有目共睹，我们来看受众情况。《三体》的读者一般具有一定文化程度，他们生活在消费社会中。而所谓的受教育程度，不仅仅指的识文断字这一基本的文字训练，还包括整个社会在基本理科知识方面的接受程度，只有在消费社会中，科幻小说这一通俗题材才具有足够的阅读者。受众群体和社会经济条件还只是一个背景，我们必须还得期待某一个作家，他能够熟练地掌握科普知识，并且具备高超的文学表达技巧,这一点是偶然性的,但前两点是基础性的,缺一不可。

从文学题材来说,科幻小说是最讲究虚构性和科学性相结合的作品,缺乏这两点,很难成为成功的科幻小说。科幻故事所描绘的未来世界与现实世界基本完全不同,未来世界是未经历过的世界,科幻小说往往驰骋想象,以现在所能把握的最尖端的科学理论为推论基础,建构出一个未来世界的模型,"科幻小说作家不是创造出某种形式的犯罪,而是不得不创造出一个完整的宇宙,一个完整的本体论以及另一个完全不同的世界——正是这个具有极度差异性的系统使我们可以与乌托邦想像发生联系"[1]。

一、作为整体的未来

我们都想知道未来,比如能否与爱人白头偕老、某次升迁能否成功、将遇到什么样的挫折、可能享受什么样的成功喜悦,如此等等。对于未来,可以说每一个个体都是充满想象和希望的。对于社会群体来讲,未来的社会组织形式、政治经济形式以及人的整体行为和伦理情况都让人充满期冀,莫尔的《乌托邦》、康帕内拉的《太阳城》等都是对未来社会的推测和期望,中国早有《桃花源记》这样的类似想象,20世纪初也产生了《新中国未来记》(梁启超,1902)这样真正的未来幻想小说。科幻小说就是让科学插上幻想的翅膀,如果只有科学而无幻想,这是科普,而只有幻想而无科学,可能是一种奇幻小说。只有两者融合在一起,才可能成就科幻小说。科幻的种类有多种,比较常见的就是描画未来世界,《三体》就是这样的作品。

未来是什么呢?或者说,想象或描绘未来这一做法意味什么呢?

我们有必要区分两种未来整体性:宽泛想象的未来整体性与科幻小说描述的具有细节的未来整体性。先说前者。一般性地看待未来,我们

---

[1] 詹姆逊:《未来考古学》,第140页。

就会发现，它不是一个时间维度上的未到时刻，我们想象这一未到时刻的时候，习惯于将之当作一个虽未实现但必然实现的时刻来对待，也就是当作一个客观的时间对象来对待，但毕竟这一时间对象与过去和现在这样的时间不同，它还未到来，所以我们对它还抱有特殊的愿望和期待的态度。当未来还处于一般性的幻想和期待之中时，它就表现出整体性的外观，它成为与现在相对的一个意欲客体，它或者呈现出亲近的特征，或者呈现出排斥性的恐怖特征，前者往往表现为乐观的未来，后者表现为悲观的未来，但无论哪种未来，都带有异域性特征，当然这一异域性是未存在的异域，它与不同文化中的异域想象是两回事，更准确地说，它表现为一种异态存在。

三体世界正是这样一个异态存在，它不是一个我们能够观光和游览的地方，三体世界离地球世界4.5光年，人类技术暂时无法到达那里。三体世界的整体环境与太阳系这种单一恒星也不一样，它有三个恒星，所以它的文明不断处于发达、毁灭的周期性循环当中。三体人也不同于地球人，他们可以脱水，藏在洞穴深处，以躲避三星凌空的毁灭周期。三体世界的这些情况并不是地球人去观看而得来的知识，而是通过第一部的游戏场景和伊文斯与三体世界的无线联络透露出来的。当然我们可能心生疑虑：三体人所透露的关于他们世界的知识是不是真的？产生这样一个疑问很正常，因为无法验证就存在虚假的可能性，但还好，《三体》设计了三体人的一个特质：不会说谎。三体人从来不说谎的特质保证了述说的真实，而不说谎不是因为他们缺乏说谎的能力，而是因为他们不用语言沟通，而用脑电波沟通，这种直接的心心相通，保证了他们不说谎，因为说谎是语言的机能，不是脑电波的机能。三体世界明显地表现出异态特征，这一世界与地球世界几乎完全不同，他们的周边情况，他们的交流方式都决定了他们的行动方式和思考方式跟地球没有相近之处，他们是宇宙中的另一种存在。

如果未来是未经文本描述过的，我们就只能把这一未来当作一个整体性的未来来看待，这一整体没有显现，只根据我们对未来的情绪呈现出来。当叶文洁怀着对人类社会的深深失望和仇恨，将联系波发向三体世界，透露了地球坐标的时候，三体是她的复仇工具，是能够实现的复仇力量，虽然，这一复仇是以毁灭整个地球人类社会为代价的。她的这样一种心态竟然被很多人类个体接受，进而成立了以她为精神领袖的地球反叛组织，这一组织明显抱有对地球人类的仇恨情绪，三体世界不过是实现这一复仇的中介客体。在这样的情况中，三体世界其实是模糊不清的，它不过代表了一种看似遥远，但最终可以实现的未来。

即使在三体世界显现出它的科技能力之后，三体世界到底是地球世界的敌人还是一个值得同情的落难者，这样的疑虑依然不断成为地球世界的讨论话题。随之而来的是，三体的整体面目随着地球人的观念不断发生变化。整体性的刺破是有代价的，这一代价在《三体》中表现为地球太空力量的全面溃败，只有这时，三体世界才不是一个模糊的整体，它侵入地球，无时不在地球中，决定了地球人的命运。

整体性与技术是密不可分的。不同星际的个体交流脱离技术是不可能的，异态个体的友谊往往难以构想。我们看过，一些相关电影讲的是某个落难的外星生物个体与地球儿童的关系。只有地球儿童葆有纯洁的心灵，他们受到地球文明的影响相对比较少，能够接受外星生物的差异性。但在《三体》中，我们没有看到与三体个体的交往，三体个体与地球个体在交流中存在巨大困难。在《三体》中，只有地球反叛组织的首领伊文斯，才能跟三体人进行直接的无线电交流，后来，三体人派出了智子，但智子并不是活的生命，而是高科技的显像。

科幻小说的作用是瓦解想象的整体性，它必须将模糊的整体性化解，如果未来只是作为整体出现的话，它将只是一个轮廓，根据我们的情感和想象来宽泛地描画它的形状。科幻小说通过对未来社会科技情况和人的心理生活状态的细致描绘，将未来的整体性化解为具体的、细节的生活场景。这些细节瓦解了未来的朦胧想象，但对细节的描写也同时暗含了一种整体性，因为，无论怎样将未来具体化，总有一些关键的部分处于整体性的晦暗当中，它不是生活，所以无法具备无所不包的细节，文本描绘的细节只是一种内在整体制约下的细节。这也是小说文本所无法解决的难题，却也是小说的魅力所在。我们可以将这些暗含之处化解为阅读中的空白和潜能，让阅读者在对空白的理解当中把暗含之处填补上。这样一来，将产生一个不能控制的结果：阅读者不可避免地用自己所受的教育与对未来的想象和理解来接受这些暗含内容。读者的接受虽然是在科幻小说描绘的整体性框架当中的，但是，涉及文本未能有效描述的部分，就不可避免地接入了自己的理解，产生文本理解的多元性，这也是文本与整体社会与想象之间的差距和张力所在。这是科幻小说魅力的一个来源。如果我们把阅读者的参与当作科幻小说的亲熟性来看待，而把作者所描绘的科幻世界的其他部分当作潜藏的未定性来看待，那么在阅读当中，这样的张力和博弈也是科幻小说带给我们的未来世界的想象性呈现。它既是整体的，又是具体的，它的整体性绝大部分存在于具体细节当中，而倾向现实主义类型的文本，其整体性却来自现实世界与文本描绘两个部分，根据具体文本及其所属文本类型来判断。

二、恐惧而不是希望

在未来世界中，我们将会发现外星人的差异，我们到底应该怎样同他们打交道？那些生物低于我们还是高于我们？如果低于我们，我们就面临着如何对待他们的问题，如果高于我们，将面临他们如何对待我们的问题，那么问题就可能出现了，如果一个异态文明，远远高于我们，他们对待我们到底是友善的还是凶恶的？他们会否帮助我们迅速提升科学技术，改善我们的生活？抑或他们像我们对待家畜一样对待我们？前一个设想展现了乐观的未来，而后一个设想则是恐惧的心理来源。

未来意味着存在一个不可知的世界，这个世界到底是让人恐惧的还是让人快乐的，我们根本无从知晓，所有的乌托邦都对未来抱有乐观的想象，而恶托邦则抱有悲观的想象。对人的本质的未来发展抱有何种态度或者信仰，未来就呈现为何种情况。只有在文本构成的异托邦[1]中，这两种维度才容纳为一种矛盾的对体。到底是恐惧还是希望，这与我们对世界和宇宙的整体理解密切相关，就像《银河帝国》中预设的宇宙世界是陷入混乱，但通过各种努力，又能够达成一种新的平衡态的乐观主义的信仰一样，《三体》中所预设的宇宙真相则是一种相反的悲观主义信仰，宇宙是一片黑暗丛林，丛林里有无数个发达的文明，他们都是丛林里的猎手，一旦其他猎手暴露行迹，马上消灭对方。在这两种宇宙世界观中，到底哪一种是真相，我们根本无从知晓。未来从来未曾到来，但关于未来的文本却铺天盖地。所谓的未来考古学，在字面上就是一个吊诡的组合，考古学从来都是关于过去的，未来从来都是预测的，未来如何考古？只能是一种文本性质的东西，在文本所展现的想象界中，我们通过文类、描写规则寻找"考古"方向，关于历史的考古是让过去之物说话，而关于未来的"考古"则在文本说话、解释的基础上，寻找基于文类的联系和区分，它是互文性的，"考古"是让互文敞开，同时也让文本牵连的生活敞开，并从中获得"考古"的对象。所谓未来考古学，"考"的是文本及其对应的欲望之"古"。

为什么宇宙是黑暗丛林？

在人类科学的童真年代，向外星发射联系信号是一件极其浪漫的事情：我们设想外星存在着与人类近似的物种，他们像我们一样孤独，希望与外界取得联系，而我们作为另一个孤独者，想象着相遇的紧张和浪漫，与外星人进行必要的试探性接触，期待着最终与他们互相了解，成为友好的联盟者。我们全然忘记了人类历史上从来不乏这样的异族接触事件，但往往伴随着与浪漫彻底无关的血腥杀戮，而且是我们拥有的技术越发达，血腥杀戮的可能性越容易发生，因为科技能量决定了一旦我

---

[1] 王德威根据福柯的思想，提出乌托邦、恶托邦和异托邦三种形态，乌托邦、恶托邦都是一种政治上的极善和极恶的可能性，异托邦是一种现实的隔离出来的空间，发展一下就可以看到，科幻小说就是这种异托邦。参见王德威：《乌托邦、恶托邦、异托邦：从鲁迅到刘慈欣》一文，该文系王德威 2011 年在北京大学的演讲稿，后收入王德威：《现当代文学新论：义理·伦理·地理》，生活·读书·新知三联书店，2014 年，第 277—307 页。按照詹姆逊的观点，政治经济乌托邦是科幻小说的一种子类，那么我们看到，文本乌托邦即异托邦才是母类，而乌托邦和恶托邦则是两个子类。

们与外星人之间发生猜疑，自我保存将是唯一选择，而技术就意味着武器。冷兵器时代，时间是武器的敌人，而在超越核武器时代，时间是武器的朋友，瞬间发动的毁灭性进攻，是保存自身族类的最高准则，这是《三体》向我们描画的未来世界，也是如此合情合理的世界。向外星发射联系信号，这是一种什么样的希望？是不是孩童的纯真？《三体3·死神永生》（下文简称"《三体3》"）如此描绘："当人类得知宇宙的黑暗森林状态后，这个在篝火旁大喊的孩子立刻浇灭了火，在黑暗中瑟瑟发抖，连一颗火星都害怕了。"[1]

在《三体2·黑暗森林》（下文简称"《三体2》"）中，主人公罗辑提出一种宇宙社会学，宇宙是一个黑暗丛林，所有高度发达的星球文明都是带枪的猎人，在这个丛林中，每一个猎人也随时成为其他猎人的猎物，所以当一个信号出现的时候，最安全的做法绝不是实地查询，而是向信号发生源开枪，消灭可能的威胁，为此，每个猎人也必须隐藏好自己，不能让其他猎人发现自己。

这是一个如此绝望的图景，将其称为恶托邦也不为过。在《三体3》中，宇宙也的确走向了最终毁灭。黑暗丛林中的猎人们为了保存自己，无限制地使用武器，最终这些武器也以毁灭自己为代价，这就像传说中的苗人放蛊，伤人之后，最终必将为蛊所噬。《三体3》中提供了一种降维武器，可以将四维降为三维，三维降为二维，而降维是没有界限的，发出降维武器的猎人，在先将敌人降维之后，也难逃其后被降维的命运，因为降维是不可逆的。未来是没有未来的未来，时间消解，空间毁弃，人类（地球人）成为平面画上的图形。

当未来被文本带到我们面前的时候，未来有什么希望呢？没有了，希望已经被压缩在文本当中，我们当然可以在文本中发现这一欲望的踪迹，但希望本身在文本中实现之后，它就成为"考古"的对象，我们可以依据文本对这些希望一一考察。

《三体》所描绘的世界虽然是一个黑暗的世界，让人难以相信，但

---

[1] 刘慈欣：《三体3·死神永生》，重庆出版社，2008年，第78页。

细思之后，可能我们会得出一个近似的结论。就其性质而言，我们总是把未来想象为一个充满着希望，让我们期待，清除了现在和过去所有污垢、疾病、落后和野蛮之地。对于未来的预期，往往只存在两种极端的可能性：实现或者失败，因此，我们一旦在心理上对预期失败抱有合理的心理预计，那么，这一失败很快发展为期待的恐惧，这是人性在成功、失败的两极进行振荡的心理规律。

三、在描绘中解释未来

什么是进步？是科技在发展吗？这是一个没有答案的问题。如果未来是一种进步，那么它就已经包含了与现在的对比，也就是在一种看似断裂中达成延续，未来的经验包含了现在经验的陌生化，这一陌生化在科幻小说中往往以一种科学的面目出现，比如广告牌，比如智能家居，比如全局性智能网络，这些在《三体》中比比皆是，"科幻小说表面上的现实主义或表现性隐藏了另一个复杂得多的世俗结构：不是给我们提供一些关于未来的'意象'，不管这些意象对于一个必然等不到意象的'具体化'的读者而言意味着什么，而是使我们对于自己当下的体验陌生化，并将其重新架构，而这是一种不同于其他所有形式的陌生化的特定的方式"[1]。

科幻中的科技进步与当下情况形成不同的两种极端关联，它或者是直接对当下的否定，比如航天技术，或者是当下技术的延伸，比如网络技术的更普遍地进入生活。在《三体》这样充满恶托邦可能性的文本中，科技进步是一个必要元素，这也是科幻体裁本身决定的，未来必然与科技进步联系在一起，即使我们不能确认其他的进步，但这一种进步是确定的，因为如无科技进步，地球人与其他星球人的相遇就成了问题。在罗辑发现的宇宙社会学中，猜疑链与技术爆炸是宇宙社会学的两个必备要素。随着小说情节的发展，技术的发展越来越达到匪夷所思的

---

[1] 詹姆逊：《未来考古学》，第 377 页。

地步。在《三体》第一部中，人类的技术进步是被三体发射的智子锁死的，其科技水平与我们现在基本持平，第二部中，宇宙航行能达到光速的 10%，而在第三部中，地球人拥有了超光速飞船，在结尾部分，已经能够改变宇宙规则来为自己服务。通过这样的科技描绘或期盼，我们在文本中达成了对现在情况的否定和对未来一极的飞驰而去的想象，并将两者通过未来文本的描绘折叠在一起，形成一种奇异的乌托邦愿景：未来越丰富，现实越贫瘠。

科幻小说是一种叙事作品，在叙事中让未来现身，我们不能说，在科幻中，未来就是现在，就是我们这个社会的折射，这样来想问题太简单。在科幻的未来世界中，我们的周围环境是完全改变的，而科幻叙事的含义不是仅仅沉醉于科学技术和科学理论的幻想之中，它主要包含着在新的科技环境下，尤其是一种星际之间关系的大背景下，人的行为和伦理情况的复杂变形，所以在这一点上，我们必须得佩服科幻小说家们的伟大想象力，他们在小说中描绘了行为和伦理的合情合理的变化。可以说，任何一部伟大的科幻小说的成功，绝不仅仅在科学幻想上，更在人的行为和伦理的描绘上。在《三体 2》中，章北海胁迫飞船全体船员出逃，不去迎战三体世界派出的武器水滴，因为他相信技术差距是无法超越的，在这场战争中地球人类必败。事情的发展很快证明了他是正确的，他也成了飞船人类的救世主。从此飞船人类宣誓成为新人类。新人类就会产生新伦理，一个事实马上摆在面前，跟章北海同时逃亡的一共有五艘飞船，但从食物配给和飞船维护来讲，全部配给只能支撑一艘飞船到达预定目标，后面的情况就很明显了，其中一艘必须消灭另外四艘，同时还要把尸体制成食物，否则同样无法支撑。这就是黑暗世界的新伦理，这种伦理以保持人类最低生存为底线，个体的独立性只能泯灭。虽然这个伦理很残酷，但在那种情境和心理状态下，似乎找不到别的可能性。就像后来被诱骗回地球审判的"青铜时代"号舰长斯科特所说的，"我没有太多可说的，只有一个警告：生命从海洋登上陆地是地球生物进化的一个里程碑，但那些上岸的鱼再也不是鱼了；同样，真正进入太空的人，再也不是人了。所以，人们，当你们打算飞向外太空再也不回头时,请千万慎重,需付出的代价比你们想象的要大得多"[1]。

从时间上讲,未来是一个矛盾的概念,未来一词在时间意义上与过去和现在是完全不同的。一般的时间观念中,我们往往把过去、现在和未来看作一条不可逆的时间之线上的流逝,但实际上,过去和现在都是流逝的,只有未来不流逝,我们只是根据时间的流逝性质预设了未来时间之维上的流逝,从线性时间维度上去看未来,这是一个包含着无限可能的方向,与过去和现在的单线性不同,它更像一个无所不包的蚕茧,现在不断从这个蚕茧中抽出丝线,在每一个瞬间,未来都转化为现在,从不可知、未成型之物转化为可见的、成型之物,凝结在时间的丝线上,而在每条时间丝线上,未来通过现在成为过去,现在这一时间点不断被转化成过去的连续线,但未来其实是不断后退的、躲避"现在"的追逐,只有这样,未来才成其为未来。虽然我们利用拟人的方式将过去、现在与未来的关联略作揭示,但这与事情本身的复杂性相比,还差得很远,其中关键之处在于,未来在时间之维上不能像过去和现在一样被当作实体来对待(在此我们暂时忽略了现在、过去、未来这样的实体性划分的便利性和矛盾性)。未来正如其形象所展现给我们的那样,在其可预见的方面,是基于可能性的描画,在其远至无法预计的部分,不过是对可预计部分的形式化使用,在其最远端,我们还能够设想存在着时间的终结。这当然只是理论上的设计,从客观的时间空间来推测,这一客观时间的终结不是我们能够经历的。我们能够经历的只有个体的时间终结,即死亡,而这一个体的死亡不过是客观时间空间节点上的一个标志而已。个体死亡这一现象作为一种客观的现象,对于其他人而言,是可以经历的,但那种死亡经验却不可以亲身经历。更进一步地,我们所处的地球世界时空的死亡却是无法经历的,因为这意味着地球的毁灭,或者我们所处的恒星系或银河系宇宙的毁灭。对于身处其中的人类而言,这一客观时间之毁灭只可以想象,但无法经历,只有能够置身事

---

[1] 刘慈欣:《三体3:死神永生》,第 87 页。

外的物种（比如《三体3》中的程心）才能看到这一毁灭，当然，我们在这儿必须还得借助科幻想象。

我们当然知道，科幻不过是我们利用文本能达到的未来的一个维度，但这个维度是我们基于各种实际和可能情况的合理推测，正如科幻本身一样，是科学＋幻想，而幻想也是基于科学的合理性幻想，是有所本的，不是无理由的猜测，这也是我们关于未来所能走到的更远之地。从根本上说，乌托邦都是文学，幻想的文学，唯有文字才能将乌托邦呈现出来，而这样的呈现无疑已经是一种幻想性的文学。

四、乌托邦欲望

乌托邦欲望不仅仅是面向未来的欲望，它更多一些，多了什么呢？如果说面向未来是一种单纯的期望欲，那么乌托邦则多了一些与现在情况的对照，也就是说，乌托邦天然是政治性的。詹姆逊说政治乌托邦是科幻文学的子集，可以这样理解：科幻包含着单纯的未来期待，而政治乌托邦则在单纯的政治期待中混杂了现实性的政治批判，但科幻的单纯未来期待也可能通过理论解释转化为一种乌托邦气质，而政治乌托邦则直接表现为乌托邦期待，其基础依然是一种未来时间维度上的期待，所以政治乌托邦是科幻的子集。

如果我们不去理睬乌托邦文本形式，只去关注乌托邦内容，并把它当作像我们现在社会事实一样的可能事实，那么我们将发现乌托邦事实是一种极其特殊的可能事实。这种不同不是事实与可能事实的不同，即两者中的某一者总是另一方的基础，而是两种没有一致性的事实——如果有相同之处，不过是可能事实向事实的借词使用关联，并不涉及实在方面的关联。一方面，乌托邦叙事展开一种幸福的可能前景，乌托邦必然解决了在现实生活中无法解决的问题，最突出的就是贫穷、疾病，因为我们都在生活中看到了贫穷和疾病造成的不幸，以及它的源头，而乌托邦本身已经包含着未来的时间的允诺，改变这个社会的制度和分配，消灭贫穷，以及科学技术尤其是医疗技术大发展，可以治愈在这个时代无法解决的医疗难题。在《三体》中，医疗想象是最突出的，比如警察大史，患了难以治疗的癌症，他就选择了冷冻，到未来很轻易地治疗好了。这种叙事在《三体》中比比皆是，几乎构成《三体》乌托邦的一个基本元素。而贫穷在未来世界中往往并不是一个主要元素，一般来说，它是其他元素的一个部分，或者叫适度的贫穷，比如在《仿生人会梦见电子羊吗？》(*Do Androids Dream of Electric Sheep?*，1968) 中，真的动物成为基本的生活必需品也是奢侈品，如何赚钱买一只真的动物成为衡量贫穷与否的关键。在这里，贫穷的含义发生了变化，它不再具有基本生活保障的含义，而是成为总体生活的一个象征。《三体》并没有多少场景来描述贫穷的生活，只有在三体人入侵地球之后，才描写了一番人民的贫困和痛苦。在其他场景中，贫穷不是一个主要问题，相反，个体财富的迅速获得才是一个引人注目的事情，比如大史儿子的暴富，程心的暴富，等等。

但乌托邦文本本身也容易刺破单纯的乌托邦想象。的确，乌托邦文本带给我们一种乌托邦内容方面的承诺，在文本中我们看到很多乌托邦的表述，而且我们相信乌托邦总是未来的美好社会，这种美好社会伴随着各种技术的发展。乌托邦社会总是能够在某些方面解决当前社会面临的问题，但是在乌托邦文本当中我们就会发现，文本形式会反抗文本内容，这一点在其他幻想小说里面也会出现，只是在乌托邦的小说里冲突格外严重。这是文本叙事需要与文本内容之间的错位导致的裂痕，也就是说一个乌托邦故事需要情节上的跌宕起伏和叙事上的吸引力。为了达到这一点，在叙事中必须加上各种苦难、障碍、冲突，当然也包含着解决，比如"银河帝国"的 15 部系列小说表现的就是这样一个模式。但是，乌托邦文本将这一叙事扩大化，乌托邦叙事一方面假设了生活中的困难和障碍，另一方面又隐含着幸福的许诺，而这一幸福的许诺与叙事中的困难和艰苦形成尖锐对立。如何用幸福的许诺来平息艰难的生活，这是一个巨大的问题，乌托邦文本的叙事类型与叙事内容的直接欲求充满了巨大的张力。

我们受到科幻小说的诱惑，很容易把这种建基于科学理论之上的未来理解为一个实体,其实在乌托邦小说当中,未来是一个在叙述当中成型的东西,如果我们借用拉康的"小对体"概念,就会陈述得比较恰当。小对体看起来是一个客体,其实它并不是一个物质性客体,也不是一个绝对客体,而是我们利用某种形式,将它树立为一个客体。作为一种社会存在形式的小对体中包含着乌托邦欲望和乌托邦想象,我们期待社会如此变化,并且能够找出诸般理由,认为未来必然会如此。在小对体的成型当中,并不是它本身导致了什么形象,而是在它的形象当中,潜藏着我们的乌托邦期待,而所有的期待,都不只是心理上的,它必须通过某种方式展现出来,科幻文本就是一个恰当的方式。将期待和幻想用文本固定下来,未来就展现在各类的乌托邦文本当中了。文本就是这一乌托邦愿望的实现体,它使愿望这一流动性的东西成为可以固定下来和展现出来的客体。小对体就是一种愿望的菲勒斯,它凭借想象楔入本来无所凭据的虚空中,并在不断地试探和描述中使未来空间成型,这一空间是摆脱主体的看和听的,所看所听都只是视觉和听觉所面对的表象,它不是看到、听到的实物,而是在想象的构想中显现出来的综合体,所以对未来的认知其实不只是认知,它还包含着想象的建构,认知是一种对想象的认知。这种认知不是知识性的认知,而是综合性的认知,它看似失败实则成功,最终达到想象与未来真实性的融会。此时,现实的真实感中断,综合认知简化为知识性认知,想象性因素被暂时忽略掉,未来成为一种有形体的展现。正是在乌托邦文本的描绘中,我们达到了对未来的乌托邦性占有,文本作为一种愿望的小对体,成为真实界与想象界、愿望与知识、建构与辨识、自我肯定与自我消解的统一体。

柏拉图曾经说过,诗人总是用他所掌握的一种技艺来欺骗我们相信他会所有的技艺。在乌托邦小说中,写作者为我们创造了一个奠基于科学技术之上的新型社会,这一社会瓦解了当下的社会道德,同时也创造了新的社会道德和行为准则。他带给我们新的许诺,而我们在文本阅读当中把这些许诺和规则设计,当作未来社会的整体来接受,其实我们有意识地忽略了文本的叙述总是部分的,无法涵盖全面的社会,我们用自己有意识忽略的意识填补了叙事中的裂痕，这一填补既是叙事文类上带来的无意识填补，也是对理性有意识忽略的填补，通过这种填补我们能够将乌托邦科幻文本当作一个完整世界的描绘来接受。这样我们就在阅读的想象性中填补了它。

我们在阅读乌托邦文本时，往往没有注意到，乌托邦社会正是在文本中成型的，现实主义小说完全不同。如果说现实主义小说存在着模仿的话，那么，乌托邦科幻小说当中存在的主要是创建和解释。小说文本在描述行进当中来解释这一社会，或这一科幻场景所必需的科学理论。对这种科学原理的阐发，也是科幻小说迷人的一个因素。

第六章　文学真实的幽灵结构：迪克《高城堡里的人》

《高城堡里的人》是一部非常特殊的科幻作品，它借用了第二次世界大战的历史，却颠倒了历史胜负结局，制造出一个新的"历史"故事。它描绘了第二次世界大战之后，以日本、德国、意大利为代表的轴心国获胜，而同盟国美国、苏联、中国、英国等等战败，世界的统治者变成了德国和日本，美国被日本所统治，在美国本土，日本人成了高等民族，而美国人成了低等民族，所有情节设计与历史真实情况相左。从根本上讲，这只是一个故事，"历史"不过是这个故事的面具，是为了让这个故事吸引人的故事手法。

故事情节从两个地位低下的美国钟表匠开始，他们制造银器假货，以骗取更多利润。他们本来与政治无关，但却不由自主地卷入日本和德国对美国的殖民统治与反统治的斗争中，由此展开了美国民众反抗日本、德国纳粹统治的画卷。小说情节复杂多变，既有小人物的悲欢喜惧，又有政治家的权谋设计，这些都是小说的通常套路。这部小说的奇异之处是，它设计了一个住在特殊的城堡里的人，叫阿本森德，他写了一本奇特的书《蝗虫成灾》，基本情节是第二次世界大战的结局是美、苏、中、英等同盟国获胜，而德、意、日战败。在这里，《蝗虫成灾》与我们的真实历史形成了一种奇妙的呼应关系，仿佛是被《高城堡里的人》所颠倒的历史，在《蝗虫成灾》中再次被颠倒回来了。阿本森德仿佛一个先知一般，但这一面目却在小说结尾处被揭露，他并不知道任何奇异的"真相"，一切情节进展都依赖于他对中国《易经》的信赖，《易经》是人们的普遍信仰，在关键情节、人物命运的发展上，他都用卜卦的方式来解决，因而形成了一个奇异的"蝗虫"世界。然而，在《高城堡中的人》中，对《蝗虫成灾》是否预言历史的最后一卦，却表明这一"蝗虫"世界是真实的。这就形成了一种既真实又虚幻的迷离世界。

  这部小说是叙事作品，它是虚构性的，但由于它以奇特的方式运用了历史，所以我们也偶尔把它当作现实类叙事作品来对待。我们一般认为作品与现实有关联。按照传统的模仿论观念，一部叙事性作品往往模仿了现实生活或者人类的心灵状况，因此，我们在分析作品情节的时候，往往不断和现实的世界状况相对照。由于文本与现实世界不是直接一一对应的，所以文本的意义并不简单地来自它所对应的现实状况，同样来自它与现实状况之间的复杂关联。文本中的事件并不一定要在现实当中出现，它只要遵守现实的某个逻辑就可以了。我们之所以会觉得叙事作品比现实世界还要真实，是因为在这里我们看到了对某一世界情况更集中、更本质的展现。现实世界总是被重重的迷雾所笼罩，作品直接刺破这层迷雾，把真相拎出来给我们看。在作品当中，我们看到在现实世界中感到困惑的东西。我们常说，"不识庐山真面目，只缘身在此山中"，把世界中的某部分放到作品中，就是让我们从迷雾中走出来，可以从外部来看它的整体轮廓。可以说，这样的模仿论还是有很大的合理性的。在这种观点支配下，我们就会同意现实生活是文本意义的真正来源，虽然具体关联方式并不容易理清楚。但在《高城堡里的人》这部科幻作品中，我们却能看到在现实类作品中难以看到的关联，一种真实与虚构无法清晰剥离的关联，从理论上看更具有新颖性，值得将其单独拣选出来进行讨论，因为在这里，文学真实问题显示出独特的面貌。一般来说，理论问题只能用理论的方式来解决，很难通过举例子击溃理论论证，但是理论"在它解释具体困惑的范例中呈现其力量"[1]。

  如果说，在模仿现实类作品那里，真实性与实际世界之间的关系具

---

[1] 陈嘉映：《说理》，华夏出版社，2011年，第35页。

有折射性或反映性的关联的话,那么,在《高城堡里的人》这样的科幻乌有史作品中,历史(现实)其实并不是真正的现实,而只是一种叙事元素。文学真实在于模仿生活真实这一观念并不具有普遍的理论概括力——在不同的文学类型中,文学真实展现出不同的面目。这一点在《高城堡里的人》这部小说里显示得格外明确。如果用模仿论来解释,这部文本就会显得异常复杂,难以解释清楚。

一、科幻文学文本中历史的非真实性

《高城堡里的人》的叙事方式在叙事性作品当中是独创性的,虽然它不是第一部乌有史(uchronia)的作品,最早的乌有史小说是路易斯·格夫罗伊写于 1836 年的《拿破仑征服世界——1812 年至 1832 年大君史》。"乌有史"一词最早出现于 1857 年,由法国新康德主义哲学家查尔斯·雷诺维尔(Charles Renouvier)首先使用。[1]《高城堡里的人》的价值是真正开创了一个科幻文类,启发了其后的乌有史作品,如金·罗宾森的《米与盐的年代》(*The Year of Rice and Salt*, 2002)、菲利普·罗斯的《反美阴谋》(*The Plot Against America*, 2004)等等。

科幻乌有史不是乱写历史,而是为了表达一种独特的人性观念。一般的历史性作品往往利用历史关系进行有所偏重的写作,历史真实的方向是不变的,但细节方面有变化。科幻乌有史作品其用意并不在历史,历史不过是借来搭建文学结构的一个因素。《高城堡里的人》无疑也借用了与历史的关系,但是它与其他小说方式完全不同,其他小说总是在描绘一种历史是如何进行的,或者是宏观描述,或者是利用处于历史事件当中的个体的悲欢离合来展现某一历史阶段或历史面貌。所有这些描绘都是去探索所谓的历史真实,文本与历史之间是支流与主河的关系,主河要在作为支流的文本中以情节的方式揭示出来,以展现历史的不同面貌,而这些不同的面貌都可以汇流成历史的真实。《高城堡里的人》

---

[1] Paul Alkon, *Origins of Futuristic Fiction*, London: The University of Georgia Press, 1987, p.115.

却不同，它所使用的历史情节完完全全是改造过的，是颠倒的，它不可能放入历史真实之中，只是一种特殊的文学真实类型。在文学与历史之间，真实是一个叙事手段，它只是造成仿佛如此的假象，因而，这一文学真实，实际是一个缝合文学与历史的幽灵，它出入其中，其本意在于叙事与虚构。

《高城堡里的人》发表于1962年，第二次世界大战已经结束十余年，历史事实没有任何异议。但是当作者迪克在小说中将二战结果进行颠倒，没有人认为不合理，因为这部小说是一种科幻奇幻小说，在这样的小说类型中是允许做出大胆的背景设计的。它虽然使用历史情节，但历史并不是故事背景，而是故事的叙事手法，它与历史并无实际的关联，而只是在作品当中建造一个新的历史"背景"，使它看起来像是历史的样子。以往的历史小说无疑也借用了历史，它们往往并不违背历史主要事件的发生和基本结局，其中的细节可能产生一些变化，只是没有《高城堡里的人》更改这样巨大。在现实历史类小说中，可以清晰看出文本的真实与历史真实密切相关，因为在这里小说的意义很大程度上依赖于它以何种方式融入历史事件当中去。但是在迪克的这部科幻作品当中，我们发现他大胆地打破了一般写法，"历史"在这里完全成为一个文本的道具，他放纵自己的想象，对历史进行彻底改装，而这样一来，文本设计与现实历史之间的张力产生了一系列有趣的文本理论问题。

由于它的情节采用了一种高度"反"历史的手法，使得整个情节与历史事件间形成了一种富有张力的呼应，造就了文本中存在某种历史的假象。这样一来，仿佛存在着双重历史，甚至是三重历史，比如，我们可以将这一小说所涉及的历史分为三层：真实历史、高城堡历史、蝗虫历史（《高城堡中的人》里面的奇书《蝗虫成灾》中的"历史"），但这些"历史"其实都不过是文本叙事的技巧，历史在这里成了一种连接文本的纯粹形式，它既不是真实历史，也不是纯粹文本，而是文本和真实历史的中介，起着沟通的作用。在此，一般观念会讨论文本中的情节如何描绘历史，对照历史形成一种历史变化形式；根据维特根斯坦（Ludwig Josef Johann Wittgenstein，1889—1951）的描画形式概念[1]，我们醒悟到，文本中所建造的历史包含两个基本元素：第一，必须有两个相对照的东西，一个是文本，一个是历史，这是天然的；第二，这一对照结构必须由它所依赖的描画形式展现出来，没有描画形式，就没有使之如此展现出来的文本，同时，也没有如此展现的历史，所以这一描画形式决定了文本与历史之间是怎样的一种配比关系。双重（或三重）历史无疑是一个简洁的表达模型。正是这样的双重性，让我们看到文本并非一个简单的独立文本，而历史也并不是一个简单的独立历史，也许只有在描画形式当中出现的历史形式才具有某种真实性和奇幻性，而真实和奇幻在这儿是合二为一的，是一种奇特而普遍的奇幻真实。

二、真实与虚构的纽结

这部小说给我们提供了一个奇特的历史与虚构的结合体，一般认为，历史即为事实，叙事性文本与事实[2]之间的真实当在现实一侧。但这部小说却颇为不同，它将关联的重心明显放在了文本一侧。它看似特例，但如果站在叙事性立场上仔细考察文本与事实的一般性关联却可看出，其实它可算作文本与事实关系的典范：在其中，我们看到了叙事性作品当中所呈现的叙事虚构与事实之间的真实关联——这一关联并非表面展现的那样，仿佛叙事文本对事实形成模仿性关系。

按照传统模仿论的事实与虚构关系，真实往往放在文本所对应的事实一面，意义来自事实，这也是真实的基本含义。虽然这一意义通过各种曲折的方式来变现，并非原样复制，但文本对事实的模仿关系是不能改变的，否则，我们就不能够探讨"真实到底存在于哪里"这样一个文

---

[1] 路德维希·维特根斯坦：《逻辑哲学论》，韩林合译，商务印书馆，2017年，第12页；同时参见黄敏：《维特根斯坦的〈逻辑哲学论〉文本疏义》，华东师范大学出版社，2009年，第52—55页。

[2] 从叙事文本的角度来说，"历史"和"事实"都是某种文本叙事形式，它们不具有社会学意义上的真实存在含义，只具有文本使用上的元素成分。两者在文本中所起的作用基本一致，所以这里将它们等同看待。

本观念。从模仿论的角度,这一真实最终是依赖于事实的。但是我们同时会发现,这一真实的内涵依然还难以得到澄清,它像鱼刺一样梗于文本与事实之间。如果持有符合论的观点,符号的意义来自它所对应的事实对象,那么,我们可以想象在文本和其所描绘的事实对象之间存在着千丝万缕的联系,这些联系构成一条条的线索,真实似乎匍匐其中。但在其中同样可以发现,这些线索都有其特殊背景,这些背景就是与线索相关联的各种实际情况,这些情况对线索关联形成具体而特殊的牵制,它们并不具有一致性的结构或关系,相互间充满着差异层次。如果将文本的虚构性与历史的事实性相对照,在差异层次这一实际情况中,普遍性标准很容易失去准星。如果我们把事实这一衡量标准放在一边,改从复杂的差异状态这一基本语境出发,我们就会看到,以文本描绘为准会带来更多理论陈述上的便利。同样,这一便利也透露出新的理论通道,即以文本为标准的真实观念,其"代价"是放弃模仿论的以事实为标准的真实观念。由此,我们依然看到了真实出入于文本与事实之中,但借助叙事作品独特的叙事方式。这一真实标准具有极高的弹性,它既将历史、事实编织入文本,也可以将它悬置一边不论,只就文本谈历史,谈真实,毕竟在叙事之中,叙事的诸元素组合才构成了文本的基础,它无须外求。[1]

我们当然同意,在一个虚构文本当中,真实不能放在它所对应的事实上,但同时我们也并不同意这一真实可以全部放在虚构性文本上,这其实关涉到我们怎么样去划定这一虚构文本的范围,怎样理解这一虚构文本的虚构力量,以及它所需要使用的事实面貌。不管怎样,我们都是从文本使用的方式去理解曾经作为对象的历史。作为对象的历史意味着这一对象是事实,是坚硬的,存在的,处于主体之外,是文本意义的来源;但是,当我们把视野转向虚构文本当中,强调对历史事实进行文本调用的时候,实际上已经将事实的存在性质进行了消解,它是不是外

---

[1] 关于真实与虚构的关联的阐述可参见王峰:《文学伴随论——论"真实"作为文本的伴随因素》,收录于《美学语法:后期维特根斯坦美学与艺术思想》,北京大学出版社,2015年。

在的，是不是一个实在物，对于文本来说，并不是最关键的；它以何种方式嵌入文本之中，并处于何种位置，执行何种文本功能，这些才是关键。而这样一来，我们就将历史事实转换为一种文本要素，这一转换将导致所有相关元素和基本文本观念发生巨大转变。如果我们把历史从一个外部的意义来源的对象，转化为文本内部的实质性结构要素，那么我们就把历史从事实转化为形式，进而扩充了虚构的范围和虚构向文本外部执行功能的力量。[1]

《高城堡里的人》这部小说很明显运用了二战历史，但是并没有把所谓的历史当作一个坚不可摧的事实，而是颇有意味地把历史当作一个文本虚构元素来运用。这一运用具有相当的精巧性和典范性。第二次世界大战的历史结果是一个事实，其他叙事文本运用这一事实时往往不改变结果，而是从细节上进行修正。但《高城堡里的人》直接颠覆历史结果，假设第二次世界大战并非同盟国战胜轴心国，而是轴心国战胜了同盟国，这样的历史运用与实际历史间形成尖锐对立，由此形成一个独特的文本，并让我们产生一种特殊的经验和阅读愉悦。这样一种历史形式的运用给我们造成了新鲜的阅读印象，我们习惯于在各种文本当中发现第二次世界大战最基本的后果，但我们在这里发现这一后果被颠覆，并形成一个崭新的世界，从阅读的角度来说，这很容易引起读者的阅读兴趣。在这里，历史不是事实，而是一个形式性元素，但由此这一历史形式具有更深广的生活意义与价值。在文本中依然保留了一个奇特的现实变换出口：到高城堡去，可以找到一个不平凡的历史结局，至少与"现在"的不一样。就像里面的女主人公朱莉安娜所做的那样。——这其实依然是一种乌托邦欲望的形式化表达。[2] 它时刻展现着一种可能性，这一可能性仿佛是设置了另外一个可能世界，我们去寻找这一可能世界的出口在文本当中已经设定好了，一本奇特的历史书《蝗虫成灾》，书里

---

[1] 我们一般称为言外之意或文外之意，奥斯丁称之为"以言取效"的话语行为，这一定位更明确一些。参见 J. L. 奥斯汀：《如何以言行事》，杨玉成、赵京超译，商务印书馆，2013年，第 97 页。

[2] 关于乌托邦欲望形式的论述参见詹姆逊：《未来考古学》，第 117 页。

记载着不一样的历史结局,它拥有一种神奇的力量;而在根据小说改编的电视剧《高堡奇人》当中,这被指定为一部奇特的录像带。不管怎样,由于历史后果本身的巨大力量,设置这样的复归历史事实的情节是可以理解的,但这样的情节设计并不是为了尊重历史,而是为了造成更强烈的阅读快感。

在阅读当中,历史不可避免地与文本形成对照,《高城堡里的人》假作不理睬真实的历史,但处于事实世界中的读者免不了将文本与历史事实相对照。我们看到,将历史装入文本,这是进入阅读的基本层次,虽然它不是文本的基本层次。在文本中,没有哪个要素是基本的。观看文本的方式不同,文本的显像就会不同。这就像现象学的侧显(Abschattung)[1]关联一样。在具体的阅读过程中,哪一层首先出现是与阅读情况联系在一起的,除非我们假定一个理想读者的存在,或天真读者的存在,这样才可能设计出来比较纯粹的层次。[2] 只是广泛的阅读一定是多样的,我们可以假设一个顺序,但要小心翼翼地将其保持为一种假设,而不是确立不变的程式,以防止在某个时刻受到它的迷惑。

三、真实:一个迷惑性的文本幽灵

不顾及文学文本的叙事特点,一味地强调真实只能导致理论上的迷惑。让我们先从真实由外部进入文本这个传统模仿论观念入手讨论其问

---

[1] "侧显"(Abschattung)是胡塞尔一个关键术语。李幼蒸在《纯粹现象学通论》中将它译为"侧显",邓晓芒、张廷国在《经验与判断》中将它译为"投射",而胡塞尔著作的重要译者倪梁康在《胡塞尔现象学概念通释(修订版)》中将它译为"映射",但参其释义,"侧显"似能够更好地表达出感知中不断呈现的意义。

[2] 米勒主张,"作为阅读的'非逻辑'的第一方面,我鼓吹要天真地、孩子般地投身到阅读中去,没有怀疑、保留或者质问"。J. 希利斯·米勒:《文学死了吗》,秦立彦译,广西师范大学出版社,2007年,第175页。但这样的观念其实包含着变形了的形而上学残余。在天真读者身上,设定了一种纯粹的阅读反应,如果他不是理想型读者还好,一旦变为理想型读者,就不可避免地围绕着他展开理论阐述。而这样一来,一种特殊的读者类型就虚化为普遍的读者类型,因此,一种普遍性的阅读感受就被强加于其他类型读者身上。这是形而上学化的普遍伎俩。

题所在。实际上，当我们如此去解释文本中的真实观念的时候，很难不发生困惑。在这里，真实并不是一个清晰的概念，而是一个文本释放出来的虚构的幽灵，只是它以本来的面目显现的时候，却被看成另一番面貌，我们往往按照另一番面貌来解释，形成各种复杂的真实与文本的关联。最麻烦的是，我们不可能单独从文本或现实任何一方入手来解释它们之间的关联，因为这样一来，只是徒增迷惑而已。而任何一种主导观念的澄清，从来不可能只通过击其一点来达到，真实性是一个整体研究纲领[1]，从来不会从其中一点崩毁，而只会从一种整体性的较量和对照中发生逐步的转变。

我们在《高城堡里的人》中不仅仅看到了历史与虚构的结合，同时也看到一种独特的真实观念。虽然它是一本小说，但是它展现出独特的理论意味。不管怎样，科幻小说比起其他类型作品格外具有理论性质，在其中充满着各种乌托邦内涵，而理论期待往往与乌托邦内涵紧密结合在一起。它在情节上是反历史真实的，另一方面又借用了真实历史作为文本的一个对照，同时还留了一个特殊的历史真实元素作为反转元素，这又让读者产生一丝希望，盼望在文本结尾处通过某种反转，将反历史的叙述重新转回真实历史的叙事。由此，我们又发现一条传统模仿论来评价这部作品的途径：毕竟一切都是围绕着历史进行的，真实依然在历史中，文本最终要回归这一外部真实。

然而，不得不说，这些都是迷惑性的，而这样的迷惑性并不来源于这部作品本身，而是来源于解释文本的传统的模仿论观念。对于这样的观念并不容易澄清，库恩给出了一个略为悲观的看法，一种主流观念的式微往往是由于持有这种观念的学者老去，或人数减少才会给新观念让出位置[2]，而拉卡托斯则更愿意从科学研究纲领的竞争角度入手，提出核心问题的争议及其解决是不同理论竞争的必然之理，最终能够不断解

---

[1] 伊姆雷·拉卡托斯：《科学研究纲领方法论》，兰征译，上海译文出版社，2005年，第5—6页。
[2] 托马斯·库恩：《科学革命的结构》，金吾伦、胡新和译，北京大学出版社，2003年，第136页。

决新问题的进化性理论获胜。[1]在真实问题上依然是充满着重重迷雾,充满着各种误解。我们可以将《高城堡里的人》视为一个契机,它恰切地在文本中展示文学作品中的真实应该如何去理解。如果一部作品的真实内涵来源于作品之外,那么这部作品无疑就要为其他的东西做点什么,但是一部作品除了自身价值,还包含自身之外的意义来源,那么我们就要走向政治内涵、社会内涵和文化内涵,或者历史内涵,诸如此类。但是,自身之外的真实能够成为一部虚构作品的基础吗?细究起来,"真实"在这儿似乎并不是赋予叙事作品意义的基础,我们甚至可以设想一部完全不真实的小说,它有意破坏实在界的真实,但却达到了某种特殊的真实度。也许困难不在实在的真实上,而在那些不同程度的文学真实应该如何理解的问题上。不同的文本游戏可能对应着不同的文本解释方式,我们不需要用一种绝对的模仿来解释所有的文学文本。对于真实这一问题来说,同样存在着历史真实发挥效力强或发挥效力弱的文本,我们可以进行具体分析,而不必制作一种普遍式的形而上学观念。

我们在上面讨论过历史与真实相结合的问题,这里进一步把真实剥离出来,将其暂时视为一个判断标准,那么,为了达成一个更普遍的一般判断,在文本当中,真实到底应该怎样使用呢?虽然我们依然在探询真实在文本中的意义和可能性,这一点看起来与模仿论相近,但其基本旨趣完全不同。在模仿论中,"真实"的使用是相当让人迷惑的,因为它一方面在文本之外,另一方面又编织在文本当中,"真实"是一种幽灵般的使用,但却掩盖起这样的一种文本运用方式,使之呈现出一种真理般的外观,这是其迷惑性所在。清除这一迷惑性就在于将这一充满欺骗性的模仿论的真实结构如实地呈现出来,使这一结构像它起作用的方式那样呈现出来,幽灵真正呈现为幽灵,而不是真理,那么我们就将这一虚假的动力型概念结构转化为一种中性的客观结构,从而真正释放这一概念的理论潜能。

---

[1] 参见拉卡托斯在进化理论和退化理论间做的区分,拉卡托斯:《科学研究纲领方法论》,第37—38页。

我们看到,《高城堡里的人》这部小说中存在着历史真实,但它对历史真实的有意逆用直接瓦解了进行模仿论解释的可能性。在这里,历史更像是通过文本叙事释放出来的一个幽灵,它在文本中有其用处,让我们看到一个仿佛如实的东西,它与现实发生对比,而这一对比正是它的用法造成的效果,进而对我们产生一种特殊的效力,这一复杂结构正是文本真实幽灵释放的方式,这一幽灵弥散到文本的各个方向上去以制造文本叙述的独特效果。《高城堡里的人》有意地采用了一个通往真实历史的开口,比如打开《蝗虫成灾》一书,就像打开一个潘多拉盒子,通过它,文本中的逆反世界消散,真实历史可能重新回归。这可能造成某种变形的模仿观的效果,但这同样也是文本叙事运用"真实"的一种方式,是有意混淆虚构与真实历史,让我们陷入其中的一种技巧。读者在阅读时按照真实历史来理解它,这一错位恰好是文本的独特技巧,是借助叙事文本释放出来的真实幽灵所致。

　　幽灵并非一个实体,正如这个词本身的意思一样,它表征了一种脱离了具体实体,但又具有某种存在性质的情况。一种被预设出来的普遍性恰好是这样的幽灵状态,它跨在实在与非实在的存在两界之间,起到联结的作用,仿如一个在人世间的幽灵。模仿论的真实论恰好是这样的幽灵,它为实在进入文本提供了桥梁,同时,又为文本内部结构提供了黏合剂,而这一黏合剂同样提供了面对实在的敞口。因此,我们看到模仿论的真实论预设了这样一种结构:文本的虚构性与现实的真实性,在这一对立中,联系方式被认为是最重要的。但其实,结构方式已经"先天地"决定了结构的联系方式,因为联系方式已经包含在结构方式之中了。因此,我们"自然"发现现实或者历史的真实是实在的,它进入文本,依照现实的真实性对文本进行全面性的侵占,而文本实际上只能出让自身,使自身成为真实性驰骋的场所,并且依赖于自己的虚构的力量将这些真实以独特的方式结合起来。虽然它不同于现实当中的真实,但是其意义却来源于现实中的真实,因此从根本上说,它是倾向于现实一方的。然而,哪怕最完美的文本也无法充分展现现实的真实内涵,总有空缺之地展现出来,这成了理论上的先天不足。

离开模仿论,我们就可能消除这一先天不足。我们只有将真实转向文本,彻底把它视为文本性的使用,才好理解"真实"在文本中达成的目的。只有这样,我们才能够认清真实并不是来自实体,而是来自一种特殊的结构关系,一种幽灵的结构。在这里,幽灵结构不同于模仿论意义上实体与形式之间的敞口,而直接演化为纯形式,真实不再是由外部探入文本之中,而是文本的结构对照着某种现实与其他的叙事因素结合,诸种因素同步调整而产生的一种内部幽灵性关系。在这里,现实并不是支配性因素,只是起到对照的作用,由此,我们既可以把现实摆到文本之中,也可以把它又摆到文本之外,这取决于文本如何搭建。

我们注意到,对于不同的读者而言,理解文本与周遭世界的关系的方式也不同。受文学教育较少的读者不可避免地把文本与周围世界相对照,并可能将之混为一谈,但他也能够明确意识到文本与周围世界的不同,只是更倾向于将两者混同对待,无法清晰地说明其差别。与这一类读者相对的是理想读者,他受过良好的文学教育,懂得如何中止现实真实的判断,同时也知道文本虚构与现实真实之间的界限,自觉保持一种"天真阅读"。而在这两种极端读者之间,存在着大量的一般文学读者,他们往往受过一定的教育,能够直接进入阅读情境,相信阅读到的文本内容。这类似于天真阅读,但与天真阅读的不同之处在于,他所进行的阅读实际上并不天真,而是在天真性的沉浸与现实的回归之间不断回荡,这个时候,阅读是一种摆脱与浸入的连续缠绕过程。但不管怎样,阅读都是理解文本的基础。我们进入文本,至少是在某些时刻信其为真,没有这一点,阅读不可能进行下去。只有在文本的结尾,我们合上书卷,才再次发现文本虚构与真实世界的对立,这同样是通过阅读发现的。我们的思考更多地以一般读者的阅读为基础,反思这一阅读过程所产生的一系列问题。同时,只有在反思性过程中,我们才思考文本虚构与真实关系这样的问题,这一问题并不直接在阅读中以主题方式[1]出

---

[1] "主题方式"与现象学的"注意"概念联系紧密,指的是在意识反思活动中呈现对象的方式。参见倪梁康:《胡塞尔现象学概念通释(修订版)》,生活·读书·新知三联书店,2007年,第460页。

现，而只是潜在的实践。这一问题的主题化产生得如此之晚，所以我们一定要小心翼翼地把它的恰当层面摆放好，不当的混淆往往会产生理论上的困难。同时，我们也要注意到，只有在反思层面上，"真实"一词才具有本体论的意义，我们要小心这一本体论框架对整个阅读过程的统治。

四、文学真实的幽灵结构

《高城堡里的人》的意义就在于它将文学真实以极为醒目的方式揭示出来。按模仿论的看法，我们总是以为叙事性文本与真实之间存在着一种呼应的关系，并由于其复杂的结构导致真实在现实世界与文本之间游移，但不管怎样最终都要放在现实那一边，文本无论怎样都是第二性的。但是《高城堡里的人》通过对具有真实确定性的历史进行了一种嘲弄性的颠倒，在叙事当中把历史设定为一个否定性的因素，彻底抽空，同时又奇妙地把它当作演义来对待，这样就在文本的结构当中产生了一种特殊的呼应关系。按照传统的模仿论真实论来解释这一文本就非常让人迷惑，因为它不能揭示这一复杂结构中的文本和真实的关联，它只能完成一重的文本与真实之间的结构关系的解释。对于这一复杂结构，模仿论实际上是无能为力的，而恰好这样一个特殊文本给我们带来新视野。它看起来像是一个特例，其实最鲜明地展现了文本与真实的关系，具有典范性的示范作用，为揭示文学真实增添加了筹码，让我们更倾向于将文本放在第一位，与文本相关的所有因素必须以文本为基础，这样一来，就消除了文本之外存在本体来源的可能。

文本结构方式本身可以释放出一种幽灵结构，这一幽灵在现实真实与文本虚构之间起到一种特殊的缝合关系，而这样的一种缝合其实来自文本对结构性因素的运用中与现实形成怎样的对照，并依据这些对照形成了特殊观念。所有这些都在文本和现实真实的对照关联中形成特殊的关联。一个文本的建立需要调用多种结构元素，而这些元素的结构方式可以说在文本的内部，同时也由于这些调用来自外部，因而形成对外部的辐射。

内部与外部的缝合并无一个普遍性的标准，同时也不存在一个天衣无缝式的缝合，缝合本身就是有漏洞的，有缺失的。这时就形成一种特殊的内部形式与外部关联间的幽灵关联，因为幽灵本身是无形无质的，它只在需要的地方出现，并且是在我们无法给出规定性[1]解释的地方出现。它在文本与历史之间的不能弥合的漏洞当中泄漏出来，而我们从中发现这些无形无质的、泄露出来的幽灵信息，反而是文本的实质，是文本的真实结构，它从来不是一个实体，而是一个变幻莫测的依于具体文本类型和文本情况而形成的关联。实际上文学真实这一幽灵从来都是独特的，不会重复，虽然我们经常把文本按照某种类型归为一类，但文学真实却具有极其复杂的动力机制，寻找规定性判断的努力往往会失败。

在《高城堡里的人》中，文本与历史是对立的，这是类型本身允许的，奇妙的是《高城堡里的人》还提供了一种文本内部的历史与虚构的对立（这在其他文本中罕见），存在一本虚构之书《蝗虫成灾》，里面记录着"真实"历史（文本所预设的二战结局），即二战的最终战胜国是同盟国，而那一所谓的"虚构"，又恰恰与我们这个世界的真实历史大体相近。这种对立及对转，就像《易经》在文本中的作用一样，是各种元素的搭配和变化。变化是一种特殊的结构性因素，而《易经》的重要作用不仅是形成文本的连接性元素，还具有对转的推动性以及文本向现实界跃升的幽灵之洞：它提醒我们，历史是或然性的，但其中总有一些是真实的；哪怕我们知道文本是虚构的，但在文本中的某些因素却带领我们从中跃升出来，仿佛幽灵一般，文本的幽灵不是来自文本之外，而是来自文本类型的变化，以及在使用中的实际转换。转换的空隙当中，文本中的某种精神性要素与结构性因素产生互换，形成幽灵的结构性阐发，而这一阐发预设了幽灵在文本中潜藏这一观念，它有正确和错误两种方向，正确的方向是：它在文本之中，可能延及文本之外，唯

---

[1] "规定性"一词借用了康德的"规定性"概念，指的是进行判断时，依照一种普遍性规则进行的特殊判断，所有的知识判断都是规定性判断，而审美判断则是一种反思判断，或规范性判断，从个体判断走向普遍认同。

有阅读，才能使它产生；错误的方向是，它只在文本之中，阅读是一种释放，所以幽灵成了单纯文本的结构，而不是阅读和类型、规则的复合结构。

实际上，当我们在这里把真实视为文本的幽灵结构的时候，已经结合着阅读规则和类型在谈论了，因为任何一个文本如果不在阅读中呈现出来，它就没有任何意义。正是阅读或者批评形成了一个文学真实的场域，这是一种分析式的真实，不是实质独立的真实，真正的独立并不来自文本内部，而来自文本的外部。当把这一外部动力运用到文本中，我们就会发现这时它已经调整为内部动力，并且在文本内部形成整体逻辑的一部分。几乎所有的文本逻辑都是从外部进入内部，但如果没有文本创建，就不存在这样的外部逻辑折射，所以，鲁迅谈到人物塑造时会说，"所写的事迹，大抵有一点见过或听到过的缘由，但决不全用这一事实，只是采取一端，加以改造，或生发开去，到足以几乎完全发表我的意思为止。人物的模特儿也一样，没有专用过一个人，往往嘴在浙江，脸在北京，衣服在山西，是一个拼凑起来的角色"[1]。巴尔扎克也说，"为了塑造一个美丽的形象，就取这个模特儿的手，取另一个模特儿的脚，取这个的胸，取那个的骨。艺术家的使命就是把生命灌注到所塑造的人体里去把描绘变成现实"。最有意思的是，巴尔扎克还紧接着加上了一句支持这个观点的话，"如果他只是想去临摹一个现实的女人，那么他的作品就根本不能引起人们的兴趣"。[2] 整体只存在作品中，阅读使这一整体分解为部分。我们在阅读当中发现一种原创力量，同时也发现一种规约力量，这一规约力量在科幻和玄幻作品当中显得格外清晰，因为它们塑造了一种完全虚构的类型，并且塑造我们的期待。正是这样的期待，让我们觉得在其中寻找的都是有线索、有根据的，由此，从文本内部到外部实际，我们甚至相信它是有可能实现的。阅读快感由此产生。

---

[1] 鲁迅：《我怎么做起小说来》，《鲁迅全集》第 4 卷，人民文学出版社，2005 年，第 527 页。

[2] 王秋荣编：《巴尔扎克论文学》，中国社会科学出版社，1986 年，第 143 页。

没有富有理据的文本，就不可能产生现实感，虽然科幻内容基本是虚构的，但它能造成某种现实感，或可能实现的期待，这是科幻作品必须具备的效果，虽然它并不真正追求这一期待的实现。正是在这样的效果中，阅读快感成为支撑文本的主要力量，没有它，我们就无法发现动力来源，而类型是基本的保证方式。在一个具体文本中，总有类型的规约性因素和作者的原创因素之间的争斗和纠缠，这些形成了复杂的具体规则状况，这些规则状况不能一一进行说明，因为也不存在那样一种系统性的说明，存在的只是与文本相关的规则聚合而已。

虽然文本具有自足性，但它同时与它所处的周边社会形成各种复杂的联系，因而，它必然重回现实，与现实世界相联系，这是文本的一个基本功能。实现这一功能的方式就是读者阅读，阅读本身是对作品的重组，在重组当中，我们发现作品当中的某些观点被实在化了，而某些关联则被遗忘了，这些都是有选择的。阅读所产生的实际效应就是某种无形无质的幽灵形式开始现实化，它与文本结构看起来是直接对应的，但其实这样的一种对应都是适合文本和现实界双方面的需要而产生出来的，它是文本类型与规则和文化的需要结合在一起产生的产物。从单纯结构的角度讲，它具有某种意味的未知维度，按照英伽登的概念，叫作品中的空白[1]，在阅读当中，空白被不断填充、转化，甚至被转化成某种基础性结构，而某些空白之处则永远被遗忘。空白不是实质的纯空，只是一种预设而已。这些在阅读当中实现出来的因素是否就是文本当中呈现出来的因素？这一点并不完全确定，但是我们知道它一定可以从中产生出来，这一点毫无疑问。

这一结构在文本当中潜藏着，在阅读当中则以另一种面貌跃出水面成为某种现实性的东西。它不断变换自身，根据不同的阅读的趣味和阅读群体的需要，展现出自己的面貌，它一方面保持着幽灵形式的实质，另一方面又不断展现出属于它自身又不断变幻的现实状况，我们将这一

---

[1] 这里"空白"概念源自英伽登。英伽登的"空白"是具体的，实质的，依赖于阅读的填补，而这里使用的"空白"是结构上的，是对文本与现实界的对接产生的结构性因素，只是这一结构性因素具有非实质性，它是一种适应双方的幽灵，一种不在场的在场。

形态视为幽灵形式。幽灵形式取效的方式并不像我们一般所理解的那样具有某种确定性，相反它是不确定的，它根据规则不断发生变化。我们只能从某种先验的角度来理解它，认定它具有某种稳定的形态，并且我们也相信它具有这种稳定形态。只有这样我们才能够在文本当中形成一种整体而稳定的看法（哪怕它是暂时性的），并且依赖这一看法，对现实之物施加效力，并对其形成独特的一击。

第七章　乌托邦想象的解构：莱姆《索拉里斯星》

乌托邦想象首先就是对一种根本的差异性的想象，比如想象一个全新世界的整体轮廓和构成方式，或者全新的生命形式和伦理新变，等等。在这层意义上，科幻小说对种种"未来"的可能形式的探讨，与对想象其他世界的本质和可能性的古老的哲学思考是一脉相承的。[1]绝大多数科幻小说都企图建构一种乌托邦蓝图，尝试以巨细靡遗的方式来讨论与当下生活具有拟换性关系的未来世界，特别是新社会新制度的建设计划，及其优越性或反面性。无论是大名鼎鼎的"太空歌剧"流派，还是"反乌托邦"科幻系列，都企图将多种乌托邦要素拼贴组合进入一个共时性的未来里面。在这样一种文本集合中，根本性的差异被细分为新的城市轮廓、新的体制、新的生活方式、新的生命形态和新的伦理规则等诸多子集，以及它们之间互相包含或相对独立的复杂关系，从而获得一种与当下生活旗鼓相当的系统性和总体性来保证乌托邦想象的有效实施。

斯坦尼斯拉夫·莱姆（Stanislaw Lem，1921—2006）的《索拉里斯星》（*Solaris*，1961）[2]在此显示出了它的特殊性。它采取了一种最经济的"零度乌托邦"的想象形式，这里有效的乌托邦要素只有两个：索拉里斯星与大洋，而大洋作为唯一的可变量，所提供的是一种最低限度的可能

---

[1] 参见苏恩文：《科幻小说变形记》、詹姆逊：《未来考古学》第9页注1。具体论述为："科幻小说总是将古修辞学对'不可能之事物'（impossibilia）的比喻与同样古老的关于希望之国的理念融合在一起。"

[2] 参考版本为斯坦尼斯拉夫·莱姆：《索拉里斯星》，陈春文译，商务印书馆，2005年。

形态，它制造了代言人海若等"F形体"与人类进行沟通，从而推动故事情节向前发展。与此同时，这个变量本身又是乌托邦想象的极富悖论性的象征，它既承载了人类最古老的梦想如永葆青春等，指向人类对未来身体或是极端他性的哲学漫思，但又表现为欲望的丧失，例如将大洋定位为一种无目的性的纯粹的存在。最可怕的是当科学家们面对这一梦想成真的现实时，理性堡垒却瞬间坍塌了，这无疑又进一步瓦解了乌托邦想象的世界，从而将批判矛头反向回转指向其自身。综合这两种特殊性，选择《索拉里斯星》作为原初形态的乌托邦标本无疑是最恰切的。

一、乌托邦叙事及其矛盾

1."垂直叙事"的魔法

从横向上看，《索拉里斯星》的基本叙事线索大致上是传统的开端、发展、高潮和结局的线性叙事。简单而言，故事说的就是主人公凯尔文为了解开同伴的死亡之谜，在太空站内进行调查、实验并最终找到真相的曲折过程。但这种横向叙事所铺陈的一系列事件，只是在水平维度上构成了小说的主题材料。在这个基础上，贯穿全篇的索拉里斯星研究史料竖立起了一种垂直带结构：小说回顾了地球人类对索拉里斯星球近百年的研究历史，刚开始是科学实证式的探索，这些研究成果返回地球引起了各行各业的热议，人们"做"出了一套又一套的"科学解释"，企图使索拉里斯星的一切在自己生活的领域之内变得可理解。这个历时叙事被嵌入小说的故事情节之中，在技术上改造了通俗小说的体裁形态。

然而，在这里重要的不是小说如何叙事，即我们不关注文本的情节内容通过什么形式被串联起来，而是要发现这种形式对文本叙事构成的特殊作用——它将这种文献学式的历时性叙事放置在太空站图书馆这样一个封闭空间之中，导致了时间悖论——这恰是乌托邦体裁研究的起点。具体而言，如果说整个索拉里斯星研究史在科学演进的意义上等同于一部人类社会发展史的话,那么这个图书馆最根本的职能就是把带状结构的人类未来历史置入了一个共时性的空间点。这个概念类似于博物馆,它将地球的未来记录为某种过去,而主人公对现有史料的阅读,就变成了对我们未来遗迹的考古。这无疑是一种先兆式的考古,它所具有的时间悖论存在于一种颠倒中。[1]通过这种隐藏在叙事形式里的魔术手法,小说将整个反思视角颠倒过来,消除了我们认知中的套板效应,使得我们能够站在未来对现实进行考古,从而与我们的文化和制度拉开了距离,实现了布莱希特意义上的疏离作用。这种排山倒海式的叙事堆积在这里凸显了它在形式上的遮蔽功能:看似按照某种自然规律不断发展并无穷趋近真理的科学史,本质上不过是为了消除这种文化形成的人为痕迹及其本质上的人类中心主义倾向而已。它的破绽主要体现为以下几组自相矛盾的叙事元素中。

2. 几组互相矛盾的叙事元素

第一,行为与意图之间的矛盾。人类自觉地将一个与自身具有绝对差异性的大洋作为他者进行科学研究,是对自启蒙时代以来的科学自信和理性崇拜的一种延伸性想象。但与这种乐观主义相反,小说刻画了人类在研究索拉里斯星大洋时从知识到行动的苍白无力,形成了一种强烈的反讽效果,它隐晦地使我们怀疑自己的科学和理性是否真如我们设想的那么理所当然,使我们反思我们对一切非我族类所秉持的那种所谓的"和平"意图,是不是像我们对大洋发射超强X射线那样,其本质在于排他性。

第二,人物之间的矛盾对立。小说中所设置的两组人物对立是科学家和F形体(即大洋),从本质上说,F形体是大洋窃取了科学家们的记忆丑闻所制造出来的类人形体。这个情节的原型恐怕可以追溯到伊甸园神话,上帝从亚当身上取下肋骨造出了夏娃。小说这一情节与始祖神话中的结构要素一一对应,大洋有可能是上帝,但太空站却不可能是个

---

[1] 参见詹姆逊:《未来考古学》,第137页。

伊甸园——那些崇尚理性代表真理的科学家们在面对非理性的F形体时躲的躲、疯的疯、死的死，科学失效，理性告急，人类在太空站上演了一出滑稽的闹剧。它使我们认识到，在面对人类文明的绝对他者时，人类知识和人类想象是有终点的，人类社会的法则并不像其自身所宣称的那样具有无边无际的普适性。

第三，语言学难题。这表现为人类的语言系统在描述和研究大洋时的全面失效。在人类观察者的眼中，大洋的拟态就是一种自我表达，然而当凯尔文想对大洋活动进行话语再现时，却发现人类语言系统当中根本不存在恰当的形容词。因此他不得不生造了许多单词来进行描绘，又同时在话语描绘的过程中不断地否定自己。与此相反，大洋能够窃取深藏在人类无意识深处的记忆秘密，却完全无视那些通过文字、图表和语言描述所形成的人类实验计划。这种尖锐的对立均形成了强有力的反讽，直接否定了人类语言的有效性。

上述三组矛盾或说障碍都造成了某种叙事上的挫折和失败，却由此凸显出一种特殊的疏离作用。它将人类置于一种无法解决的结构性困境之中，使我们认识到人类对于他性的"认知"是一种根本性的误解。这种认知无论是作为个体性的创造性力量，还是作为人类经历的总和的集体性历史，都被迫暴露出一种不可预见的终极的无力，包括知识的、理性的、语言的和想象的无力。如此，人类自信的虚弱体质就从其对立面取消了作为意识形态的知识/权力、科学/理性的真理性地位，否定了人类/科学中心主义的普适性，那么小说是如何成功地在叙事中掩盖掉这种意识形态本质的呢？

二、"双重书写"：作为一种形式策略

1. 何谓"双重书写"（double inscription）？

在文本中，莱姆借格拉腾斯特罗姆之口提出以下论点："人类与任何一种非人类的'沟通'都是不可能的，与任何一种人类之外的文明

的'沟通'都是不可能的，而且根本就考虑都不要考虑。"[1]这种认为绝对的不同和差异之间无法沟通的科学哲学观，直接决定了故事的道德伦理取向和讽喻性特质。但乌托邦实施即文本叙事反而从这一观点的对立面写起，将故事的背景设定在人类借助科学来探索外星文明的未来时空中，将情节编织为一部人类科学胜利史或外太空征服史。这显然与文本意旨相左，是文本的表层叙事。而乌托邦体裁就潜藏在这表层情节之下，形成一股逆向暗流，来解构和批判文本的表层结构，达到"不可知论"的终极意旨，这就是所谓"双重书写"的形式策略。

从这个角度切入文本，如果说《索拉里斯星》是一部侦探式的科幻小说的话，那么它的叙述者凯尔文就是"侦探担当"，故事架构可以简化为侦探的破案过程：凯尔文在经历多重探险之后，最终解密并形成一个相对完整的"真实"叙述。这个叙述似乎无限地接近真相，以至于它被自然而然地等同于真相，被确立或者说被假定确立为事实本身。按照"双重写作"的形式策略，在这里，吸引我们注意力的不是离奇的案件、曲折的侦破过程或者真相本身，而是作者为了完成这样一个案件，居然创造出"一个完整的宇宙，一个完整的本体论以及另一个完全不同的世界——正是这个具有极度差异性的系统使我们可以与乌托邦想象发生联系"[2]。

有趣的是，在小说中这种乌托邦想象的建构并不是依靠拟换物的排列组合来实现的，而是首先显现为一种体裁上的拼贴结构。因为伴随着吉巴里安死亡事件一起出现和发展的，还有对大洋本质构成的探索、与海若的爱情纠葛等等，它们错综地掺杂交合在一起，取消了那种以探索发现为主、以解决问题为终的"宏大叙事"模式，在体裁上为小说设置了数个阅读顿点。这种连续性的中断可以视作乌托邦体裁的局限性所在，但是承认其局限性并不等于否定它的有效性，相反，小说在其"双重创作"的两个层面上都呈现出一种深刻的讽喻意味。当科学家已经制造出湮灭机来制服大洋时，凯尔文却大反其道，提出一个反讽性的问

---

[1] 莱姆：《索拉里斯星》，第 263 页。
[2] 詹姆逊：《未来考古学》，第 140 页。

题:"海若还能再次出现吗?"而整个发现过程则提出了另一个完全不同的问题,即当确认了外星生命与人类之间存在极端差异之后,无视这种差异是否可能?如果我们不能再回归到那种原初的天真状态,我们如何能够理解并接受这种差异,不论它是这种外星文明所具有的差异还是乌托邦本身所具有的差异?[1]

2. 乌托邦体裁的局限性

第一个问题在文本表层结构中的位置非常突出,它使得小说得以进入科幻爱情故事的行列,并打破了人类科学的预期:人类与非人的外星生命之间不可能产生真诚的情感交流与心灵依赖。然而凯尔文和海若的爱情故事并非乌托邦体裁的全部,后者在它的每一个新的部分都设计了一种不同的小说或叙事,因此更像是一种不同文学体裁的特殊组合。这种组合的作用是双向的,一方面能够补充各种不完美的文学体裁,但另一方面却以出人意料的方式实现或阻碍它们。于是新鲜的体裁性期待被源源不断地生产出来,它们中的每一个由于得不到满足而被中断,继而又被其他看似毫无联系的新期待所代替。在这种不连续的运动中,读者借以认识人物的诸种范畴也处于不稳定状态,使得读者与人物之间距离缩短或疏远,并合力为基本的故事情节变道。

从《索拉里斯学家》到《思想家》这十章里,穿插在事件与事件之间的连续性不断被各类阅读所打断,这种阅读所占的篇幅有近百页之多,对整个真相的揭示意义如此重要,以至于我们甚至也可以把整个叙事模式倒过来看——各种各样的事件镶嵌在主人公对《索拉里斯星史》(共 13 页)、《索拉里斯年鉴》第一卷(共 4 页)、《伪经指要》(共 16 页)、《索拉里斯研究十年》(共 23 页)、图书室里其他史料(共 18 页)的阅读之中。这种纯文献的材料堆砌得越多,真相就向我们开放得越坦诚,而人类科学那种理性的、计划的却恐惧变化的特质也暴露得越彻底,这恰与下文中大洋的游戏的、非理性的本质形成了一组极具反讽

---

[1] 参见詹姆逊:《未来考古学》,第 141 页。

色彩的矛盾对立。

而主人公和海若之间的情感纠葛，又使我们产生了新的罗曼蒂克爱情小说的阅读期待。海若拥有不死之躯，却表现出极其受制的行动力，它对凯尔文莫名地具有神经质般的依赖，一旦分开就有可能导致某种因愿望无法满足所引发的愤怒，继而造成摧毁性的影响，比如徒手把合金门拉成两半。最令人震惊的是海若还拥有人类的情感和逻辑思维，在《液态氧》一章中，它因为自我认知的困扰而选择自杀，更确证了它具有人的伦理情感和自由意志，这正是人与 F 形体之间的爱情之所以可能的基础。爱情促使凯尔文第一次把大洋放在了与人平等的地位上来思考伦理性的问题，整部小说讨论的领域于是由外部引入内部，由物质引向精神，由表面深入内里。但新的问题又出现了：F 形体作为大洋与人的交流中介究竟代表什么呢？在人类的可认知范围内，人类与大洋之间的交流被证明是没有结果的、不可能实现的，那么凯尔文的等待是否有意义呢？

小说在它最后的具体化中，似乎又回到了太空历险记体裁之中，它的硬科学在这场与绝对他者的拉锯战中爆发出强大的威力，"他想惩罚它，惩罚大洋，他想把大洋折腾得嗷嗷直叫，让所有这些山一样的形体都露出真面目"[1]。但是主人公凯尔文却在这一系列暴政中陷入了深深的迷惘：他连续做噩梦，试图通过"移情"这种非理性的方式来理解大洋，甚至任凭自己沉溺于家庭生活来逃避非正义的太空事务。因为他越来越深入地了解到，所谓"科学"，不过是在太空历险的面具之下潜藏着的人类中心主义的暴政逻辑，它不惜任何代价，将伯尔顿和吉巴里安推向精神崩溃的悲剧，发动了针对大洋的暴力和对海若的谋杀等——它的真正目的不是和平，而是扫除异己，实现独裁。

而与人类的极度焦虑相反，大洋无动于衷地处于它自己永恒不变的游戏之中，对人类的存在和进攻几乎毫无回应，它非但不是那种所谓处心积虑的高智能异形，反而是人类不可能到达之物：它是"万千形

---

[1] 莱姆：《索拉里斯星》，第 287 页。

态之祖，是绝望之深的种芽，也许它充满活力的童趣远远胜过它的智能"[1]。在这种反差之中，人类关于大洋他者具有威胁性的苦心营造成为一个根本性的误解，一个显而易见的笑话。小说结尾，凯尔文对地球委顿生活的悲观考量和对索拉里斯星大洋生命的崇高敬畏形成了鲜明的对比，这使得一个伪太空探险故事演变为对一种根本性的乌托邦伦理问题的哲学探究：人类与绝对他者的交往是可能的吗？它在什么程度上是善意的？这种交往的最终结果必然是毁灭性的吗？这也就是第二个层面的问题，即我们是否能够理解并接受与人类存在根本不同的外星生命？那么我们将如何想象乌托邦呢？

至此，我们又回到了小说叙事的原则性策略问题上来了。文本的"双重书写"策略是通过体裁的断裂性即不连续性来实现的，这是经典科幻文本对互相矛盾的叙事要素所进行的调和和贯通，它使得文本不可遏止地呈现为一种自我指涉性，能够在其内部来直接或间接地反对自身的意志，于是乌托邦体裁的局限性就转化为一种极具张力的讽喻性和批判性。而在旧体裁被打断、新体裁的接续中，读者的体裁性期待被迫不断更换，文本于是获得了一种特殊的机能，成功掩护了那些关于根本性问题的探讨发生隐秘的转向，使得我们能够在人类中心主义所假设的总体性系统的内部对其进行驳斥。这里所体现的双重性策略似乎更接近于哈琴（Linda Hutcheon）意义上的那种后现代主义式的解决方法，即理论在其所反对的对象之中来确立自身：先公开承认自己与之串通一气，再通过戏仿和反讽在其内部将整个制度、概念或价值观问题化，指引我们认识到一统化体系和那些看似理所当然的界限、概念、体制和意识形态的缺憾。哈琴提醒我们："在某种程度上，问题化行为就是一种帮助那些被人忽视或认为理所当然的事情恢复其相关性的行为。"[2]但《索拉里斯星》文本显然承担了更加重大的理论主题，它不仅将这种本质上的"人为性"问题化，还进一步将乌托邦想象也问题化了。索拉里斯星

---

[1] 莱姆：《索拉里斯星》，第 309 页。
[2] L. Hutcheon. *A Politics of Postmodernism: History, Theory, Fiction*. London: Routledge, 1988. p229.

的文本寓言所要揭示出来的不是一个更加全面的乌托邦，而是揭示我们在想象一个更美好的未来时的无力。"或者说，它揭示我们生活在一个非乌托邦的现在，既没有历史性也没有将来性，揭示我们被困在一个意识形态终结的制度中。"[1]

三、莱姆的怀疑论：乌托邦是可能的吗？

当然，上述那种体裁的不连续性并不能完全地概括《索拉里斯星》的情节结构，因为文本叙事要素的每一个部分都"将自己最新的体裁结构投射在重新构架的长期过程中"[2]，共同构成了索拉里斯星寓言。从符号学的角度看，所有的叙事要素都可以归结为一对"同位复现"的对立性范畴，即主体性的人类与他性的大洋之间持续的斗争与对抗。但这个对立建构成立的前提是基于这样一个预设：人类拥有对大洋的基本认知。这个预设与"不可知论"的总体命题之间显然具有深刻的矛盾性，体现在文本中就是一种结构上的不可能性。因为无论是关于"他者"的概念误用、"零度乌托邦"想象的无力，还是主体性的被搁置，所有这些未来事件的发生都伴随着一种从其外部现实强力渗入的负面影响。在这种根本性的渗透中，退化的、失败的和被解构的不是占据主体性地位的人类，也不是最后可能被全部摧毁的他性大洋，而是整个乌托邦想象的世界及其想象本身。[3] 这样一来，文本表面的那种主体性与他性的对立建构就被判定为一种无意义，因为即使是这种只有最低限度需求的"零度乌托邦"的想象，也是一个已经被现实原则污染的幻想，它无法逃离意识形态的现实力场，而最具辩证意味的恰恰在于，这种想象的原始动力源于对意识形态的批判和反抗。

---

[1] 詹姆逊：《詹姆逊文集第3卷：文化研究和政治意识》，第380—381页。
[2] 参见詹姆逊：《未来考古学》，第391页。
[3] 参见詹姆逊：《未来考古学》，第485页。

1. 关于"他者"的概念误用

在小说中，所有针对索拉里斯星的研究和辩论表明，人类对大洋的判断缺乏认知上的可参照物，甚至对于二者之间可能关系的判断或描述，也无法使用"自我与他者"或"朋友与敌人"这样的相对概念。因为在为我们所熟知的地球哲学谱系里，他者是作为主体的参照物而存在的，无论是黑格尔（G. W. F. Hegel，1770—1831）还是萨特（Jean-Paul Sartre，1905—1980），都关注他者对于主体自我意识形成的本体论意义，并且都认为主体与他者之间的基本关系是冲突而非对话。这说明人类在外太空的探险实际上是一种纳西索斯式的自恋行为，与其说是出于接触外星文明的和平目的，不如说是为了确认或者说确证自身的普适性的需要："无论如何，这种行星是某种十分罕见的行星，与我们的地球不太像。我们，我们是普世的，一切都应该像我们这样，我们自以为是宇宙之华，我们要把我们的普适之华播撒到全宇宙，我们的想法是，宇宙的所有地方都要采用我们习以为常的东西。我们就是基于这种模式才勇敢而又兴奋地奔赴远方的：看，另一个世界！"[1]

如果说大洋在其直观上作为异形他者，能够轻易地模糊差异，成功掩盖这种本质上的人类主体中心主义的话，那么当大洋的标本海若造访太空站时，这种对相对性范畴的借用就显得更加根据不足了。因为无论外貌、言行、记忆、情感，甚至包括伦理判断，人类自矜为己所独有的珍贵特质，同样为 F 形体所有。不仅如此，它还拥有再生性功能，能够永葆青春之躯——它甚至是更优化的人类！如果把它们识别为"他者"，那么为了保持人类的主体性地位，就必然以压制、奴役或消灭作为"他者"的 F 形体为代价。然而所有实验显示 F 形体是不死的，这意味着大洋是完全独立于人类而存在的绝对异形，它溢出了传统的"他者"概念，对它的认知也超出了人类的哲学范畴。这个事实彻底瓦解了我们的认知自信，它为人类所带来的厄运是自我毁灭性的，这就是吉巴里安选择自杀的真实原因。

---

[1] 莱姆：《索拉里斯星》，第 246 页。

而一旦我们将大洋构建为认知意义上的他者，我们根本不可能回到原初的天真状态，我们做不到无视这个被命名的"他者"，"将它丢到某个如同未来自身一样密封的、毫无缝隙的完全隔离状态中，甚至丢到我们称为乌托邦的截然不同的系统中"[1]。我们的自我保护机制自然而然地就会将它改造为一种具有攻击性和威胁性的异端，结果就是对"他者"的奴役甚至是摧毁性的影响。故事末尾，科学家成功制造出湮灭机来瓦解海若的中微子结构，可是故事还远远没有完结。沿着这一思路继续前进，人类还必须消灭一切有可能重新恢复这种威胁的根源，所以作者没有写出来的结局是大洋被彻底摧毁——索拉里斯星历史的终结之处就是人类中心主义的又一次虚拟胜利。这里至关重要的道德对立就被颠倒过来了：人类在索拉里斯星太空站的特殊经历直接建构了大洋与人类这样对立的双方，"每一方即使不要求一种控制权，也主张一种利益（将这个理解问题本身当作福柯的权力或知识的一个例子）"[2]。除此之外，我们还有必要在整个乌托邦计划的层次上对这一极端的他性形式做进一步的考察。

2. "零度乌托邦"的现实力场

莱姆对大洋的设定是一种最经济的乌托邦想象，是阿多诺意义上的"零度乌托邦"理想。这个伦理理想无疑是反讽性的，它保持了最低限度的乌托邦需求，"像善良的动物那样生活"[3]，也就假设了一种纯粹存在的想象状态。在这里，人的自我保存的本能消失无踪，如同动物般处于"一种除去了所有我们对于生存的恐惧和对于未来的焦虑，以及无穷无尽的战术战略上的斗争和忧虑（或恐慌！）的生活"[4]。它自觉剥离出社会历史语境，与现实生活和意识形态拉开了绝对的差距，在一个想象的真空展示出乌托邦想象两个针锋相对的特质：既承担了人类一劳

---

[1] 詹姆逊：《未来考古学》，第160页。
[2] 詹姆逊：《未来考古学》，第158页。
[3] 阿多诺语，转引自詹姆逊：《未来考古学》，第234页。
[4] 詹姆逊：《未来考古学》，第234页。

永逸的愿望，又表现为欲望的丧失。

这里的逻辑矛盾显而易见。首先我们不可避免地囿于詹姆逊所谓"情境性"当中，不可能脱离阶级、种族、历史的现实力场来绝对独立地展开想象，因此这种想象的真空及其承诺必然是虚构的产物，它不仅不是现实存在之物，而且连存在的可能性也值得怀疑。其次，正如詹姆逊所提醒我们的，投入在乌托邦计划的每一个选择上的乌托邦冲动都具有真实性，"它不是象征性的，而是寓言性的：它不是对应于某个计划或乌托邦实践，它是在表达乌托邦欲望并以各种意想不到的、经过伪装的、隐蔽性的、歪曲性的方式将它投资出去"[1]。"零度乌托邦"想象所具有的这种自相矛盾性，恰恰证明了即使是对最低限度的乌托邦需求的探究，也根本无法逃离意识形态的现实力场，这正是莱姆怀疑主义的理论起点。

小说中唯一的可变量大洋是一种未知的存在，前文我们讨论过，它对人类的入侵及科学探测活动毫无戒心，即使遭受到致命性的强 X 射线袭击，它也没有任何直接可见的应激性反应。这样一来，关于大洋的本质的问题，就转变为人类与大洋这两套具有根本性差异的系统之间彼此沟通的可能性的问题。于是 F 形体作为大洋的标本被引入，成为这两个封闭的宇宙空间实现直面沟通的一个中介，直接推动了文本叙事。以海若为代表，死而复生、失而复得，人类最古老的梦想在它身上得到了完美的实现。它的基本模型就是从凯尔文记忆库里取下的一根"记忆肋骨"，索拉里斯星太空站的孤岛式设计屏蔽了其他现实参照物的干扰，使得它能够选择记忆库里最完美的要素来实现自我目的。而海若又是无目的的，或者说它的目的就是成为它自身，一个对爱人忠贞依恋的少女，情感细腻而真挚，连最后的自杀选择也是出于爱情的缘故。总而言之，它实现了人对身体、爱情和生命永恒性的一切幻想，其中包含的任何一种愿望的满足都是根据人的自身利益，以及基于自我利益建构出来的社会习惯来给出的。

---

[1]　詹姆逊：《辩证法的效价》，第 554 页。

然而讽刺的是，这一切都无法挽回它们的存在本身所带来的恐怖感。用苏文的话来说，所有的F形体都是被大洋的魔法召唤复活的人类内心深处最黑暗隐秘的羞耻感和罪恶感，它们是随时出没的"虎"（tyger），像显微镜一样放大了人的狰狞、丑陋、愚蠢和羞耻[1]，击溃了人的理性防线，将太空站里的三名科学家推入精神崩溃的悬崖，造成了伦理悲剧。这种人类科学梦寐以求的直接的交流，居然变成了他们最恐怖的厄运！而且无论他们使用什么方式成功赶走了"这一个"F形体，在不久之后便又会有"另一个"重复自身、重新来过。科学家们就这样始终处于想象与恐惧的死循环之中，最后不得不通过摧毁F形体来实现自我拯救。讽刺的是，摧毁了F形体也就是摧毁了"零度乌托邦"的现实对应物，地球现实以各种或具体或抽象的方式渗透并消解了整个乌托邦想象本身。这里莱姆又一次确证了自己的怀疑论立场，即极端差异的他性是不可知的，我们的历史存在经验全面地覆盖了所有的可能的想象，在这种同一化的运作思维中，任何关于他性的想象都被牢牢地拴在现实意识形态的力场之中，"没有什么比我们试图在新思想中逃离自己的情境，比设想对于我们来说最遥远最不同的东西，更具有意识形态性和自我限制性"[2]。

3. 被悬置的主体性

这种关于对立性的谎言和人类对大洋所采取的摧毁性计划一样，是人类对自身的认知建构堕入一种纳西索斯式的病态自恋的结果，是以人类中心主义为价值尺度对一切"他性"进行歪曲思考或天真幻想的结果，它在伦理上必然显现为一种"无知和错误的最危险的形式"[3]。正基于此，詹姆逊把大洋和人类的关系比拟为拉康意义上的本我与自我之间的矛盾关系，一方面大洋作为一种具有绝对差异的他性，完全地站在

---

[1] 参见达科·苏恩文：《科幻小说面面观》，第255页。关于"虎"的解释见该页注释2。
[2] 詹姆逊：《未来考古学》，第229页，译文有改动。
[3] 詹姆逊：《未来考古学》，第159页。

所谓科学知识系统的对立面，揭开了它虚假的普适性面具；而另一方面具有反讽意味的是，这个他性的大洋却朝着人类的方向发展，制造出以人类为模板的 F 形体，后者甚至与真正的人类产生了情感联系，这恰恰为那种人类中心主义的价值取向所摒弃。因此这种主体性本身也是一种寓言式的悖论，莱姆对它做了一种特殊的悬置处理。

索拉里斯孤星这一科幻设定保证了一种特殊的外部稳定性，使得太空站里的生活与现实生活的情境性尤其是政治性相分离，而在其内部，人类的存在也被极端简化。太空站里面是清一色的男性科学家，他们对于食物和性的本能需求被降低到一个微乎其微的水平；面对地球与大洋的巨大的时间隔阂，他们不顾直观经验的强烈对撞，努力地在太空站内部维持已经失效的地球时间；他们所面临的最大障碍，是那些在直观上和人类有着同样主体性特征的 F 形体。从技术层面看，现有的科学手段无法推进对大洋本质的发现，它们无非是更加确证了 F 形体直观上的人类形式及其本质上的非人性而已。所以太空站内所有的机器人都被废除了，如果没有人的因素，科学将变成一种自我消解性的消极力量。可一旦加入了人的因素，科学就反过来成为一股巨大的压制力，最突出的表征莫过于百年索拉里斯星研究史料，它虽然伪装成一种承诺和与政治、意识形态无关的科学之思[1]，但其本质是一套具有总体性的科学话语系统。为了维持自身的秩序，它必然要将伯尔顿报告那样的个体性意外排斥出局。再者，即使凯尔文能够将海若带回到地球，也无法维持基本生存，因为地球的群体性生活根本不能容纳这种非常态的，甚至极端的个体性。因此，上述所有事件实际上就是对整个地球社会缺乏个体性的控诉，这种现实性的直接渗入揭开了索拉里斯星史的伪科学面具，暴露出其背后更为实质的意识形态运作。

这种主体性也就是詹姆逊意义上的"政治无意识"，它脱胎于弗洛伊德的无意识模式，揭示了主体性内部的不可能性：它宣称除非个别主体能够"完全意识到他或她的阶级决定，并能够借助纯粹澄明和思想摄

---

[1] 参见詹姆逊：《未来考古学》，第 224 页。

取来实现不可能实现的意识形态制约",[1] 否则它将永远消弭于巨大的集体性或总体性的力场之中。这等于直接宣判主体性无期徒刑,因为个体永远是社会中的个体,它将无法摆脱它的"情境性",即总体意识形态的羁绊与监禁。[2] 在这种一与多的辩证法中,乌托邦对未来性的想象最深层的主体,即我们的历史性当下就全面暴露出来了。乌托邦想象就被还原为现实世界的孪生子,或者说是意识形态的文学对应物,至此,文本的寓言性结构的最后一环也被拆解了。

当然,"费米悖论"仍然悬而未决,索拉里斯星和大洋不过是莱姆的科幻设定而已,对它们所进行的悬置过程只能是一种思想实验,认知哲学在其中通过政治寓言的方式来发挥作用,即隐藏了那种企图,"将特殊的政治体系建立在生物学本质基础上的意识形态建构"[3]。综合来说,整个乌托邦写作也是一种思想实验,在乌托邦的蓝图叙事之下,"双重书写"策略最大限度地发挥了隐蔽性功能,它将对乌托邦与意识形态的辩证关系的书写,伪装成一种关于未来的通俗叙事,所取得的效果却恰恰相反:因为现实性因素的不断渗入,整个梦想世界或幻觉状态正在褪色、退化、退场,取而代之的是历史性的当下,这恰恰是乌托邦所幻想的未来的过去。如此,乌托邦对未来的想象最终被全面性的意识形态压力所解构,即使这种想象的原始动力恰恰源于对后者的批判和反抗。反抗的最终结果也许只能是无能为力,乌托邦想象也注定将被意识形态所肢解。

小结:想象乌托邦的一种方式

乌托邦是无意义的吗?答案自然是否定的。如果我们在布洛赫的意义上将科幻小说作为一种"乌托邦的'升级版'"(an "upgrading" of the utopian)的话,那么它"在可能性的意义上"就显现为一种"尚

---

[1] 詹姆逊:《政治无意识》,第 280 页。
[2] 詹姆逊:《未来考古学》,第 228 页。
[3] 詹姆逊:《未来考古学》,第 226 页。

未",即只有我们为它做一些什么,它才可能存在。[1] 也就是说我们只有改变某些只存在于当下的现象的效价(valences),才有可能建构一个乌托邦的未来。而历史本质上是非叙述的,它只能通过文本化和叙事化为我们所理解,这样一来,文本形式或者说乌托邦叙事就变成了某种本质性的东西,是历史向我们显现的唯一途径。有了这个前提,这种未来阐释学才显现出它的政治功能:像激活久而不用因而已经萎缩了的肌肉和器官一样(在这里主要是指那些"进行政治、历史以及社会想象的器官"[2]),重新激活那种历史性——通过拆除叙事的寓言性结构,同时捕捉乌托邦残留物的踪迹,来显露出意识形态对乌托邦想象的阻挠、遏制、裹挟、擦抹和囚桎,并使得历史作为一种必然性的结果向我们的当下敞开。因此这种乌托邦想象的价值在于,它本身"既不是一种政治规划也不是一种政治实践;但是,如果没有它,也很难看到任何长久的或有效的政治行动可能出现"[3]。在关于未来性的讨论中,莱姆式解决方案也同样包含了这样一份永不破灭的乌托邦信念:"回应我的期待的,是圆满?还是又一场玩笑?还是新的痛苦?我一无所知,我只是死死咬定了一个坚不可摧的信念,种种残忍的奇迹频仍的时代还没有过去。"[4]

---

[1] 参见 Bloch, *The Utopian Function of Art and Literature*, pp.1-2。
[2] 詹姆逊:《辩证法的效价》,第 579 页。
[3] 詹姆逊:《辩证法的效价》,第 579 页。
[4] 莱姆:《索拉里斯星》,第 319 页。

第八章　故事如何成为判断：《降临》与"未来"语言学想象

《降临》(Arrival，2016)是一部奇异科幻，它的文本重心放在地球人与外星人相遇的语言理解问题上，语言学理论成为其结构支架。由于它把语言与未来认知结合在一起，这就为它赋予了日常语言所不具备的预知未来功能，形成了一种特殊的未来语言学，这当然不是实际的语言形式。科幻故事建立了一种特殊的判断形式，它不是日常判断，而是在叙事中建立镜像式判断，在判断形式上，既包含了日常判断形式，又包含了故事叙事的镜像内核。这一故事判断正是叙事的审美内涵。科幻叙事展现了文学审美的基本维度。

《降临》改编自美籍华裔作家特德·姜（Ted Chiang）的小说《你一生的故事》(Stories of Your Life and Others，2016)，讲的是一位女性语言学家破译外星语言的故事。在破译过程中，她掌握了外星语言，并通过外星语言所蕴含的未来时间维度，看到自己所有的未来。这个故事带有一种奇异的语言学色彩，当然它不可能是一般语言学观念，而是将一般语言学形式与未来时间性结合在一起。虽然它是不存在的，但它却是可以想象的，具有特殊的合理性，形成一种特异语言学。在其中，我们看到科幻作品如何运用叙事，在虚构中形成一种可能的判断。本书将努力揭示这一故事判断的机制及其作用方式。

一、老套的故事背景与新的叙事元素

《降临》以外星人与地球人相遇为故事背景,这一故事背景其实屡见不鲜,有的作品从暴力角度来描绘地球与外星的冲突,比如刘慈欣的《三体》,有的从和谐的角度描绘星际间人类的合作,比如阿西莫夫的《银河帝国》,等等。在这些描绘当中,语言从来不是问题,但《降临》向我们揭示了,如果真的有异星相遇这类事情,语言理解是极其困难的。当然,经过艰苦的努力,女主人公终于掌握了异星语言,这时,她也拥有了异星语言预知未来的能力。这也是故事的真正叙事要点。女主人公提前看到未来,看到未来的婚姻,看到了女儿出生、成长、意外死亡以及她自己婚姻的结束,以及另外一段婚姻。她通过语言观看自己的未来,但又恍如别人的故事。

以往的科幻作品很少带有语言学色彩,异星相遇的语言问题往往被简单归因为异星人的超能力,他们很容易理解地球上各种语言,或者能够直接进行脑电波交流。在这些作品中,语言是透明的,高等智慧体可以迅速地理解我们的语言,虽然我们不理解他们的,但是他们有办法迅速让我们理解,这样一来就不会有语言的障碍。我们不要忘记这是科幻作品的情节设计,不是事实陈述。这样的情节设计有一个好处,就是忽略语言障碍,迅速展开情节。这样的情节设计同时也与我们对语言的一般看法密切相关:语言是思想的传达工具,重要的是思想,而不是工具,工具可以被代替,也就是语言可以被其他的方式代替,而思想这一实质就被保全。语言与思想的二分法是一种便利的观念工具,我们依据它,可以轻易地解决异星相遇的语言理解问题,虽然这样的二分法在现代语言观念看来是如此陈旧和老套,但它不影响被用来搭建科幻故事背景。在故事中,我们从来不像现实反思那样去质询:思想能否真的脱离表达工具。这是现实的语言学问题,不是科幻作品的。对于科幻作品来说,它的成功与否,从来不依赖于其所持观念是否更有趣,而取决于所持观念用何种方式进行有力的描述,这一描述是否能达成前后统一,只要能够达成前后统一,这一观念在科幻作品中就是一个"真实"观念,因为这一"真实"是依赖于它所处的陈述系统来保证的。单纯从论证来说,现实中的"真实"何尝不是如此?

我们可以设定两种星际文明相遇时,语言理解不是问题,我们也可以设定两种星际文明相遇时的理解从来不是一件简单的事情。在一般的科幻作品中,两种文明都会达成某种理解。从最终结果上来看,无论善意还是恶意,高等文明最终征服低等文明是很自然的事情,在星际相遇中不可能反过来。低等文明改造为高等文明的过程中,低等文明将处于极度惊骇之中,因为这样的改造或征服将是没有先例的,历史在此终结。但对于高等文明来说,这样的惊骇是预料之内的事情,降低低等文明的惊骇似乎并非必要之事,因为一旦达成文明提升,所有的惊骇就变为喜悦,而在此之前,任何做法都无法缓解这一文明惊骇感。当然,这样的情节预设基本忽略了最初交往阶段的思想试探,只是将一种实质的善恶等同于初步相遇时的善恶,这只是一种情节设计方式,如果这并不是科幻作品的重点,忽略它没有任何叙事上的缺陷。按照《三体》式黑暗伦理原则,高等文明是恶意的,我们将要被消灭;按照《银河帝国》式善意原则,不同星际文明会合为一体,共同发展。这当然可以达到情节简化的效果,因为它们的情节描绘并不在意最初接触时的语言理解问题,异星真正行动本身就已经表明态度。但对于关注最初交往情节的作品来说,语言理解就必然成为重心,处于理解之障两边的文明如何接触,如何达成理解,都是一个难解的问题。

《降临》就是在处理这样的情境。在这样的情境中,如何理解外星语言成为关键。我们假定高等文明理解我们的思想观念,那么他们如何将他们的观念传递给我们也是一件困难的事情。假定他们懂得所有的地球语言是一个便利的情节设计,但如果在情节设计上假设外星人也无法理解地球语言,那么语言难题就凸显出来了。从文学写作的角度来说,我们之所以会做出两种文明相遇的比较,完全依赖于我们文明内部对此类事理的假定以及在假定之上做出的判断。唯有语言才可能拓展这一判断,也就是说唯有通过语言,我们才能被带到另外一种文明中去,认识到这样一种文明所处的各种情况,了解其做事情的逻辑和方式。虽然我们可以预设高等文明具有特殊的语言理解力，但是，他们如何理解我们，同时我们如何理解他们，将其描绘出来将是一件困难的事情。《降临》把不同语言相遇中的理解困难凸显出来，这使它格外具有思想实验的气质和思考的价值。

在此必须首先提供两种"语言"的区分。一种是现实的语言，一种是科幻虚构中的语言。现实的语言是具体的实践，同时它又为科幻虚构提供理论框架，而科幻虚构中的语言是一种语言设计，它对现实语言观念进行调整，提出新的语言实践方式，比如在《降临》中的未来语言学，这具有特殊的意义，但它不是真正的语言实践，而更多是一种观念设想。它在作品中"制造"了一种实践的氛围，让读者或观赏者认为"存在"一种语言的"现实"，不可避免，它会与现实语言相混淆，也许这是作品希望达到的效果，但我们最好能够将现实的语言与观念的语言区分开，这对后面的论述会有一个清晰的引领作用。

《降临》突出了语言理解的困难，这是一种根本性的语言之障，地球人在障碍的一边，外星人七肢桶在障碍的另一边，但情节设计让这一障碍并没有完全阻隔理解的可能性，因为七肢桶看来能够理解我们的语言，现在需要我们来理解他们的语言。随着情节的进展，我们发现，七肢桶将地球人视为他们的衰落命运的拯救者，至于为何如此，故事本身并没有给出理由，未来如何，同样不知道。七肢桶与人类对话的故事，更像是星际历史的一个断片，同时也是地球历史的一个断片，它发生，然后结束。也许这与七肢桶语言的未来维度有关，如果从现下的语言中能够看到未来，历史是否就终结了呢？因为历史的核心是前后相继的性质，过去、现在、未来形成连贯的线性关系，如果在语言中打破了这一线性关系，所有的事件都不再具有历史意义，或者都成为断片性的事件。这是《降临》将未来时间性放入语言中所产生的特殊之处。

我们总是把时间当作一种物质维度的东西，而《降临》的特殊之处在于把时间放到语言的使用当中，时间由此就从物质性要素变成了位置性要素。这无疑不是实际语言实践，而是一种观念性的思想实验：在其中，我们看到未来的可能性实际上是说出来的，是语言将未来拉到我们面前，看到未来的场景。这样一来，我们对未来产生了一种特殊的定义，也就是说，未来本来是一种时间维度上的物质性展现，但放到一种特殊的语言当中，我们却发现可以把物质性去掉，置换成语言实践中展现的场景。奇妙的是，这一场景不是通过时间的流逝展现出来的，而是通过语言的使用片段地携带的！在这里，我们对时间的日常理解全部失效，只能新建一个所描绘的语言模型才能理解这一设计。一旦把时间放入语言当中，我们就离开了传统科幻小说乘坐时间机器进行的时间旅行传奇，而开始了语言时间转换的传奇；这一传奇不再是依赖某种特殊技术跨越浩瀚的时空疆域，而是通过语言对未来先期进行把握，看到未来如何向我们展现。这样一来，时间就从一种单向度流逝的存在，转变为语言的多维展现形式，把握这一语言的人可以看到未来，但未来依然以一种客观不变的样貌不断到来。先行把握未来并不能带给未来任何改变，未来是客观的，也是冷寂不变的，它与我们密切相关，但坚硬如铁，不可变通，我们可以看到自身的未来，但无法干预它，自身的未来是别人的故事。

二、善良愿望如何可知？

对照《三体》，我们就能够了解《降临》所主张的这样一种基于善良愿望[1]的异星相遇是一种多么难得的事情。《三体》预设了一种黑暗森林的宇宙法则，在这样的法则下，不同文明看到彼此的时候，第一反应是消灭对方，而不是跟对方进行沟通和理解。[2]当然，不同科幻作品

---

[1] 善良愿望是交往理性中的关键，没有善良愿望的交往往往是无效交往，但什么是善良愿望，怎样判断善良愿望，这些都是交往理性中的难题。伽达默尔和德里达曾就此发生过激烈争论。可参见 Derrida, "Three Questions to Hans-Georg Gadamer," and Gadmer, "Reply to Jacques Derrida", in *Dialogue and Deconstruction, The Gadamer-Derrida Encounter*, eds by Diane P. Michelfelder and Richard E. Palmer, NY: State University of New York Press,1989. 同时参见伽达默尔、德里达：《德法之争：伽达默尔与德里达的对话》，孙周兴、孙善春译，同济大学出版社，2004 年。

[2] 《三体》所描绘的黑暗森林法则详见刘慈欣：《三体 2·黑暗森林》，重庆出版社，2008 年。

所预设的世界及其组成原则不能照搬到另外一部科幻作品当中，因为每一部科幻作品都构成了独特的世界，这一世界是其后情节展开的基础，我们不能够将不同题材甚至是同一题材的不同作品的世界情况进行平移。但是我们依然可以想见，有一种基本情理是可以在不同世界中平移的，在异星相遇题材中，善良愿望就是这一基本情理的一种。在这一情境下，与善良愿望直接相对的就是无知之幕。按照罗尔斯的观点，"假定各方是处在一种无知之幕的背后。他们不知道各种选择对象将如何影响他们自己的特殊情况，他们不得不仅仅在一般考虑的基础上对原则进行评价"[1]。也就是说，不同的人群，当他们对对方毫无了解的时候，仿佛之间有一层大幕，这种大幕他们无法穿越，甚至说，他们试探揭开这大幕的举动都可能要付出惨重的代价，那么，处于无知之幕两边的人们怎样相互沟通，并且达成理解呢？放在实际的生活当中，我们可以看到，无知之幕其实是一种普遍的情况，只是这一普遍情况并不绝对，因为任何两种人群最初相遇之时，他们之间很可能是不理解的，但由于他们都是人类，都有共同的生活形式，都可能经由某种共同的生活形式达成理解，虽然这可能会付出惨重的代价，但这样的理解必然要发生，无论是一方用血腥手段对待另外一方，比如说，西班牙殖民者对印加帝国的屠杀，以及英法殖民者对印第安人的屠杀，这些都是基于无知之幕产生的不同观念的碰撞。历史非常血腥，但是，经过了两三百年之后，双方的理解毕竟已经达成了，只是这样的代价非常巨大，而且这样的相互理解并不仅仅来自时间，它其实来自时间之外的因素，但这些因素都与时间相结合，具有一种时间表象。一旦相互理解中的某种因素发生变化，理解的可能性也会被隔断。在异星相遇这样的主题当中，理解必须包含着强力的自我克制，如果不具有这样的因素，理解也是不可能发生的。"各方有可能知道的唯一特殊事实，就是他们的社会在受着正义环境的制约及其所具有的任何含义。然而，以下情况被看作是理所当然的：他们知道有关人类社会的一般事实，他们理解政治事务和经济理

---

[1] 罗尔斯：《正义论》，何怀宏等译，中国社会科学出版社，1988年，第131页。

论原则，知道社会组织的基础和人的心理学法则。"[1] 但在异星相遇题材中，这一切都可能失效。我们一般假设的场景是外星人进入地球，对地球造成的冲击。我们当然也能设想地球人到外星球，与外星球生物相遇，但这就不是异星相遇题材，而是星际探险题材。任何一种科幻作品的题材都是以地球为主视角的，无论其主人公是哪一方。在异星相遇题材中，我们假设外星人在科技上高出地球人几个档次，那么这样一来就产生了力量的不均衡，外星人可能很容易就能消灭地球人，那么这样的异星相遇就造成了强烈的危机效果。当然在《降临》中，为了消弭这样的无知之幕，已经做出了相应情节上的准备：经过各种试探，证明外星人七肢桶对地球人并没有任何恶意，因为按照他们的能力，想要消灭地球人是非常容易的，但是他们并没有任何攻击举动，这就让我们感受到他们的善意，也就是说交流的善良愿望是可能的。那么，紧接着要确定的一件事情是，这样的善良愿望如何通过语言来完整的陈述出来，并让地球人来确认。由此，我们在语言中看到了善良愿望的可能性，无论善良愿望来自哪里，没有语言，它无法达成。任何内在的心意过程必须通过行动和语言来告知或者宣称，无此，内在的善良之意是不能够被发现的，所以，无知之幕的一角必须用行动和语言来揭开，而不能通过其他的东西。

三、（穿越）语言之障

哪怕语言是善良愿望达成的途径，语言的相互理解依然是极其艰难的，尤其是两种语言系统携带着不同的内容形式。如果我们找不到共同的生活形式，语言理解依然是不可能的。

《降临》中，女主角在七肢桶的语言中看到自己的未来人生，但是她依然以平静的方式来对待，仿佛看到的是别人的故事：她看到未来的婚姻，看到女儿诞生、成长、死去。这是她的未来，她无法改变。如

---

[1] 罗尔斯：《正义论》，第 132 页。

果真的有一种预知未来的语言，那么在预知未来中，一切未来的可能性都转化为现时的确定性，一切皆为命运，无可改变。但"命运"一词在这里已经不足以描绘她所面对的情况，因为"命运"是一个流俗的时间词汇，只是加上了未知性，这样的未知性隐藏在各种时间的未来流逝以及对这一流逝的无能为力的感受当中。然而在《降临》中，"未来"是一个在语言使用中展现出来的场景，它不再是单纯度的"不在"，而是"可在"。语言让我们看到未来发生的事情，我们已经先期知道未来将如何发展。这样一来，我们似乎就可以进行一种先期的预防，就好比七肢桶通过语言知道地球人是他们的未来拯救者，所以他们赶来地球教会人类使用这种特殊语言。但是这样一来，就产生了一个很奇妙的悖论，如果未来可以在语言中被展现出来，那么我们能够知道多远的未来呢？当七肢桶发现地球人是他们的未来拯救者的时候，这样一种单纯愿景是否就是真实的未来景观呢？这是一个非常难以对付的局面。

我们可以设想一个博弈论场景。异星相遇的一方，七肢桶已经了解了未来事件的情况，他们会遇到什么人，发生什么事。从他们能够预知地球人将是他们的拯救者这样一种情况中，我们就可以推测他们可以使用语言发现很远的未来。站在对面的人类对他们来说，其实是透明的。但是对于人类而言，情况却截然相反：未来一片混沌，关于未来，更多的是进行决断。在这种情况下，博弈是人类使用的必要手段，人类只能运用博弈方式来选择自己未来的方向；但是对七肢桶而言，博弈是不必要的，未来已定，语言中携带着未来，所以不需要决断，他们的知道是全方位的。在某种程度上，由于他们能够预防未来发生的情况，他们很可能也是无所不能的。而从地球人角度来说，与七肢桶的相遇是一个谜，他们为什么要寻找地球人的帮助？这本身也是含糊不明的。按照物种自我保护的原理，一个理性物种必然首先考虑自身的存在和延续性，这是物种生存的第一要义。从博弈的角度讲，一个可以接受的解释是，地球人是七肢桶达到自我救助的工具，这也是理解他们对地球人的善良愿望的根本。但是我们不要忘了，这是科幻作品带给我们的一种场景，这样一种博弈论设想不过是为了解释文本内部的逻辑而建立的。有时候，一个文本的内部逻辑也许并不那么自洽，但它具有高度吸引人的场景和元素，这对于阅读来说可能就足够了。文本内部逻辑的分析不过是将这一文本所具有的"话语施效行为"（perlocutionary act）[1]的能量展现出来而已。

四、时间的语言之花

两种语言，两种时间，《降临》带给我们理解语言和时间新关联的机会。我们平时总是把时间当作一种单向流逝的东西来对待，这一状况在我们这个世界里是不可能改变的，这是世界的基本框架，由此，我们才有对时间消逝的感伤，有了对死亡的恐惧。同样，围绕着这些基本情绪，我们建立了复杂的文化形态。如果可以把现在时间与未来时间重叠，那么我们这个世界的文化形态和文化观念将大大地改变。如果说我们这个世界是物质性的，那么这样的物质性在世界的任一细节和局部都得以体现。物质性是我们这个世界的规律，是客观的，也就意味着是坚硬的、冰冷的。人作为世界中的存在者，虽然能够克服很多物质的障碍，但是不能克服这个世界的物质规律；但假设我们能够穿越时间，能够把不同时间中的场景同时间化，那么，我们这个世界的物质性边界和物质性规律将会轰然倒塌，随之倒塌的还有围绕整个物质性建立起来的整个文化形态。任何一种时间元素的改变，都可能给我们带来崭新的世界存在的方式，并从中获得新的力量，铸造出新的文化观念和思想方式。在物质世界当中，语言似乎是一个辅助性的手段，我们知道这个辅助性的手段对于意识来讲是必须的，甚至是造就认知世界的唯一手段。语言在我们这个世界当中是基础存在的要件，就像维特根斯坦所说的，世界是语言的世界，语言走到哪里，我的世界就开拓到哪里。"我的语言的诸界限意味着我的世界的诸界限。"[2]一个个体所开拓的只能是他所面对的所有的情况，当然面对的不仅仅是物质性的存在者，还包括各

---

[1] 奥斯汀：《如何以言行事》，第 97 页。
[2] 维特根斯坦：《逻辑哲学论》，第 92 页。

种文化、意识、思想、政治等因素，甚至包括瞬息即逝的想法，所有这些都是语言让个体拥有的东西。对人类整体来说，语言的世界就是我们物质世界的基本边界，虽然说人类的整体并不是个体的简单相加，但无论怎样，我们都能够想象到人类语言的整体边界。这样一个世界充满着各种世界集合的语言凝结物，我们可以说世界和语言在此是一体的，但是在如此谈论的时候，我们忘记了时间。时间是一个奇特的东西，我们仿佛用语言囊括了过去、现在和未来，但实际上我们是在用语言把时间之维凝缩成现在，把过去和未来都凝缩在现在之维上。在《降临》中，语言的功能改变了。如果我们能够在语言当中同时说出现在和未来，那么整个世界将从一个物质性的世界整体转化为一种新的变幻莫测的世界而存在。在这样的世界当中，我们进一步发现语言的重要性，因为语言带给我们世界新的景象。这样一种观念反过来更加提醒我们所处的这个世界的语言的重要性，也许只有从语言角度，我们才能更好地思考这个世界。从这个意义上讲，《降临》是一部语言哲学指导下的作品。

《降临》造就了一种新的构想语言和时间的方式。以前我们总是把时间当作一种物质性的东西来看待，由之而来的构想方式是如何克服这种物质性的时间，比如说时间旅行、星际穿越以及超越光速等等，这些构想方式都是以时间的单线流动为基础，寻找新的时间可能性以克服时间的单线性。在《时间机器》当中，作者威尔斯构想了一种穿越时间的机械，穿越时空仿佛是一种特殊的旅行，这是用一种有形的物质性比附无形的物质性。这一科幻桥段启发了其他作者，在其后的科幻作品当中不断改头换面地出现。我们甚至从爱因斯坦那里知道，一旦航行速度达到光速或超光速，那么时间就可能是静止的或倒流的。目前的科技虽然远远实现不了，但不影响科幻作品对这一原理所引申出的时间穿越的热情。在《星际穿越》中，我们看到这样的时间克服，在一个新的时间界域内，能够从未来看到现在，但是，未来的时间和现在的时间之间形成一种闭环关系，而不是一种开放的敞开关系。我们在电影当中从所谓的"现在"发现"未来"曾经在"现在"当中出现过，当然这样的时间套叠必须通过艰苦的努力才能发现，只有对女主人公而言，时间才是套叠的，在她个人身上，显现出星际穿越的时间跨越意义。《星际穿越》是一部太空歌剧，在这一类穿越时间的设计当中，看到的是对物质性的克服，也就是说我们依然把时间看作一种线性的东西，克服它必须通过艰苦的物质性的劳作。

只是，科幻作品关注的不仅仅是科技，它更关注处于情节中的个体，所以它必须将科学原理情境化，关键是情境中的主人公不能变，具有持续性，这是故事的基本要求。为了故事，必须改变科学原理，这是科幻叙事的第一"法门"。这样一来，必须存在这样一种情况：时间可以穿越，但穿越时间的个体肉身必须留存，保证其个性、品格等诸特征不能发生改变，由此，才能展开科幻中的时间穿越，至于真实的时间关系是否能出现这种情况倒并不重要。《星际穿越》设计了一种虫洞，可以从现在穿越到未来，并且，在未来看到现在整个场景。最奇妙的是，穿越虫洞的身体不会受到损坏，这当然在科学理论上是不可能的事情，但科幻情节需要这样设计，只有个体的身体和心灵得以保存，克服时间才有意义，而这个意义是对我们这些观影者而言的。相比较而言，《降临》采用了一种完全不同的克服时间的设计，它不再把时间当作物质，因此就不再进行克服时间障碍的设计，而是把时间与语言结合起来，将时间从物质性的单线流逝转变为在语言中绽放的状态。这是罕见的处理方式。它将语言和时间直接结合在一起，其不同凡响之处在于，它具有语言学背景，它从语言学观念出发，而不是从一种语言的通俗理解出发，将语言和时间扭结为一体，时间成为语言绽出的一种样态，这当然并不可能在实际中存在，但它的基本设计理念却颇合现代语言学的观念。当七肢桶说出他们的语言时，已经把时间包含在内，这是极端特殊的设计。如果我们把这种语言当中凝结的时间理解为一种语言上的时间花朵，那么我们就可能把握到这一语言所隐含的实质内容，虽然，这样的设计还包含非常多的困难。任何一种科幻都是一种思想实验，都是某种人类既有的文化形态与新元素结合在一起形成的新模式，它不是无聊的幻想，而是我们对未知世界的试探。我们其实并不在意是否真的会有这样一种语言，正如我们并不在意外星人是否真正来临，或者我们是否真的能够穿越到未来。因为,如果这些真的能够实现的话,那么,也绝不像目前的这些小说当中所描绘的那样具有如此这般的戏剧性。相反,这些未来之物如能实现,其中必然充满了枯燥无味的繁复试探,以及社会心理的曲折准备和磨合,作为事实的如此未来最好不来。但是,作为叙事的未来由于其本身的不可预知的性质,它反而可以带给我们一种极其出乎意料的快感。在面对这样的叙事作品的时候,就会产生诸多关于人类未来与个人的联想和反省,这是新的科幻模型带给我们的愉悦感的一个基本来源。

五、未来故事的判断形式

社会生活中充满了对未来的想象,以至于布洛赫用了大部头的著作《希望的原理》和《乌托邦精神》来分析文化生活当中的乌托邦愿望和期待,科幻作品无疑是这些未来愿景的集中体现。未来是一种特殊的时间维度,我们在未来当中所能看到的,其实从来都不是确定性的知识,而是关于未来的设想,一种现在不存在但未来可能存在的设想。任何一种关于未来的所谓知识,都包含着想象成分在内,从中可以发现各式各样的愿望、期待和欲求。关于未来的故事可以视为一种综合判断,这一概念借自康德(Immanuel Kant,1724—1804)的先天综合判断,但又不同于先天综合判断。[1] 康德会力求在这一综合判断当中寻找必然的成分,这一必然成分不来自经验,而来自我们进行判断的主体。正是这一点,为这里所做的未来判断提供了理论支持。科幻小说的情节是一种虚构的故事,具有虚构的整体事理,但如果我们在作品中把这一整体事理接受下来,我们对于未来的判断就可能成为某种特殊的知识形态。当然,对于自然科学来讲,未来这一维度并不那么重要,因为

---

[1] "先天综合判断"作为康德最重要的概念之一,主要是为知识的客观有效性奠定根基,知识必须是综合判断,否则就没有知识的增长,同时它又必须是先天的,否则知识就没有必然性。参见海因里希·纳特克:《康德〈纯粹理性批判〉术语通释》,高小强编译,四川大学出版社,2013年,第208—209页。"先天"在这里被理解为故事整体,它先于一切具体情节。

按照康德的观点，只有先天知识才可能成为可靠知识，而这一可靠知识必须超脱时间才有可能。问题是，人类知识其实都包含着未来的维度，尤其是关于社会整体性的知识。不得不看到，我们很难用知识去控制未来，我们是在包含着期望和欲求的实践当中不断地前进，而这些期望和欲求都包含在未来时间维度当中，所以未来的故事如何成为我们的一种知识就成为这里要探讨的主要问题。未来知识是一个特殊的用法，它包含着很大一部分文化观念，它提示了我们文化观念中关于未来的部分总是以知识的形态为自身开拓空间的。各种未来故事的科幻作品都是我们文化观念的一部分，这个未来故事越精彩，它越会成为我们文化中的一个构成部分，甚至进而通过文本性的转化将它当作一种实现了的文本，而不是实现了的现实来对待，继而我们就有可能有所凭据地抓住它，对它进行分析，这是詹姆逊所讨论的"未来考古学"的内涵：它始于幻想，仿如知识，并且得以被当作知识来考证。"它同时属于过去和现在，从而构造出一个存在和非存在的混合体。这一混合体和传统的生成范畴截然不同，因此对分析理性构成了极大威胁。将未来的尚未存在和当下的文本性存在结合为一体的乌托邦，同样配得上我们愿意给予踪迹的那些考古学悖论。"[1]苏文也说，"科幻小说总是将古修辞学对'不可能之事物'（impossibilia）的比喻与同样古老的关于希望之国的理念融合在一起"[2]。我们在此之前很可能没有恰切地把握这样的文化内涵，虽然时时在运用它们，但对它们的重要性视而不见，所以揭示它们的存在样态，对于了解我们的文化，对于先期领会未来，都是有益的。

关于未来我们什么也不知道，但又必须知道。这是我们面对未来的时候，必须把握的一个特殊原则，而这一原则将决定我们如何"客观"对待未来，我们既无法建立确定性的"未来"知识，又必须把"未来"当作一个对象来对待，这是我们面对的"未来"辩证法，它是一种矛盾辩证的统一。只有通过讲好一个关于未来的故事，我们才可能达到对它

---

[1] 詹姆逊：《未来考古学》，第 9 页注 1。
[2] 苏恩文：《科幻小说变形记》，第 100 页。

进行分析和判断，而不是通过知识性的规律和科学来达到。

康德说"这朵花是美的"，这是一个单称判断，这一单称判断达成普遍性的赞同，就是一个审美判断。[1] 如果不从一朵花开始，而是从所有的花开始，那么就应该说"（所有）花是美的"，这是一个全称的种类判断，如果这一全称判断成立，那么它实际上就是知识，[2] 也就是说花是美的，可以成为一种知识，但这样一来，我们就会有一个很麻烦的推论，知识是美的。这又跟我们的对知识和美的理解完全相左，知识不可能直接是美的，它虽然不是与美无关的东西，但它可以跟美相区分。

每一个作品实际上都是一朵花，但我们不能说所有的科幻作品都是美的，只能说"这一部"科幻作品作为雕刻的花朵是美的，因为科幻作品并不带给我们任何一种知识，也就是说它并不是一个关于未来事件或未来命运的全称判断，而是一个单称判断。它要做的是讲好一个独特的故事，在这一独特的故事当中，可能揭示出我们的某种未来。这一未来从已经实现的时间角度来讲往往是错误的，但这并不影响我们对科幻小说的热爱。我们在作品所许诺实现的时刻到来之前，相信这一事件的可能性；同时，如果在某一个它所许诺的时间点到来之后没有实现，这也不会降低我们对它的喜爱。比如《2012》，时间虽然已经过去，但我们依然震惊于画面的华丽，灾难的震撼，并不因为2012年什么也没有发生而不相信它。相信一部作品与相信一个预言是两回事。相信一部作品，决不会因为某种事实因素的变化而放弃这一相信；而一个预言却必须依赖于未来的实现，事实因素在此是极其关键的。任何一个科幻作品都是科幻作家为我们雕刻的一朵未来的花。未来本是一团迷雾，难以成型，借助科幻作品，我们看到未来仿佛一朵繁花在作家的笔下逐渐成形，成为我们欣赏的对象。这一朵花来源多样，在其中结合着现实能量的缺失与欲望，不可言明的诉求，等等。它是一个混合体，在其中可以照见现实的影子与未来理想的希望，我们并不要求它实现，只要求它如

---

[1]　康德：《判断力批判》，邓晓芒译，杨祖陶校，人民出版社，2002年，第123页。
[2]　康德：《判断力批判》，第126—127页。

同生活一样复杂，要求它"实现"（描画）生活中无法实现的各种非分之想。这是科幻作品与社会行动纲领的根本区别。

《降临》当中所讨论的语言学问题，在我们的现实生活当中同样存在，它的基本观念受到语言哲学观念的强烈影响，但这并不说明它是现实语言学模型造出的产品，因为现实的语言学与当下时间直接相连，而《降临》的语言学与未来时间相连。这样一种奇特的设计向我们展现了某种生活的可能性，在建立一个"异邦"故事的同时，也给我们一个特殊的机会，让我们重新审视这个世界。这是一种特殊的文化对照方式：建立一个虚构的世界，描述其中可能蕴含的轮廓和基本情况，并依照这样的基本情况，反观我们现在的生活，由此，产生文化的反射作用，使其成为"此时"伦理的一个构件，进而改变我们的观念，同样也改变我们的伦理。这是作家给我们雕刻的一朵未来的花，在这一花朵当中，我们看到一种可能世界的轮廓，发现一种可能生活。这一花朵借助作品召唤了诸种存在的可能性，但我们合上书卷，或离开电影院时，这一世界仿佛昙花一现。虚构之物带给我们多大的快乐，现实界也同样会带给我们多大的感伤，多大的失落，因为我们毕竟还希望能够更多地知道一些未来，哪怕在虚构之中。

六、故事作为综合事理判断

科幻作品关于未来的各种描画可以看作整体性判断，这一判断不像康德所说的先天判断。在康德那里，判断即命题，是句子，不是故事。而在科幻作品中，这一判断不能用句子来完成，段落同样不是最小的语法单位，在科幻故事中，作为整体的故事才是最小的语法单位，同时它也是最大的语法单位，只有在故事层面上建立判断的语法，构成故事的段落和句子才有意义。在故事中，判断往往发生在两层，一层是句子，故事中的句子与事实中的句子具有一样的形式，由此，也常常被认为是故事的基础。这是一个误解，但它是联系故事与事实生活的纽带。从这一角度来理解时，句子对于故事来说，是一种"话语施效行为"。由此，句子看起来是构成故事的基础单位（不可能是词，词不表达判断，只是故事与事实之间的单独对象联系），所以它也起到沟通事实与虚构之间的桥梁作用。这样一种设计在维特根斯坦的《逻辑哲学论》(*Tractatus Logico-Philosophicus*, 1921）中已经出现，他提出命题（句子）对应事实，命题包含词，同样，事实包含对象，但命题（或事实）是基本单位，词或对象都是从中析出的，不具有单独存在的可能，但为了更清晰地说明命题或事实，可以从词或对象开始，说明它们的组合性质。但如果就此将之脱离出去，成为独立实体，就将是无意义的，只有通过命题（句子）整体，才有意义的真正表达。[1]

同样，段落也不能提供完整的故事语法，段落本身提供不了基本背景，故事的背景设置不可能在一个或几个具有标志性的段落中完成，不同段落执行不同功能，但不能表达完整意义。普林斯提出的"最小故事"的概念，是一个值得考察的观念。

> 一个最小故事由三个相结合的事件构成。第一个事件和第三个事件是状态性的，第二个事件是行动性的。另外，第三个事件是第一个事件的逆转。最后，三个事件由三个连接成分以下列方式结合起来：(a) 第一个事件在时间上先于第二个事件，而第二个事件先于第三个事件；(b) 第二个事件导致了第三个事件。[2]

"最小故事"这一概念有些形而上学化，但它指出一个抽象的最小故事单位这一点却是有帮助的。"最小故事"可以理解为故事的基本意义单位，在此之上，才能进行故事的构件分析。单独的故事构件不具有故事意义。普林斯在得出上述"最小故事"的界定时，考察了各种构件不全面的情况，得出的结论是若不能至少成为"最小故事"，就不会成为真正的故事。

---

[1] 路德维希·维特根斯坦：《逻辑哲学论》，第6—7页；同时参见黄敏：《维特根斯坦的〈逻辑哲学论〉文本疏义》，第15—19页。

[2] 杰拉德·普林斯：《故事的语法》，徐强译，中国人民大学出版社，2014年，第26页。

只有在故事中，将其本身设定为基本语法单位，我们才能理解故事中的句子和段落的意义，这是从整体到部分式的文论分析方法。只有假定故事优先，我们才能划定句子的语法位置。在故事的进展过程中，每一个句子的使用，以及每一段落的组合，都是以故事为主导的，而非部分构成整体。

故事即判断，这是科幻作品作为判断区分于科学判断的独特之处，也就是说，它的判断实际上并不依赖于句子是否为真，而是依赖于整体的逻辑是否连贯，是否建造起一个连贯的、有理有据的故事。故事本身是形式化的，它在现实中不一定会存在，但是我们发现，现实中的某些规则可能作为故事中的某种特殊关系移用到故事中，与故事中其他因素相结合，形成某种殊异于现实的形态，那么，我们就在这样的故事形态中找到了它与现实的关联。

实际上，任何一种关于未来的判断形式都是整体性的，它从来不是由各个零部件组合在一起而构成的一台严丝合缝的机器，而是一个从漫天迷雾中走出来的巨型怪兽。我们对怪兽进行整体的描画和解释，以说明它的来源和组成结构，这就构成一个判断。可以说，所有关于未来状况的说明都是这样的整体判断，这也为我们带来了一种新的故事判断逻辑，而这一逻辑是文本性的，依于具体文本而存在，文本不同，判断不同。这可能是科幻作品与其他作品相比的特异之处。在其他类型作品中，作品之间的逻辑往往有相通之处，而科幻作品中，作品之间的"不连贯性"是显而易见的。詹姆逊如是说："科幻小说仍然有另一种我称之为拼贴画的组织机制：它把从截然不同的来源和背景中摘取出来的元素——这些元素大多来自于古老的文学样式，它们是过时的旧体裁或新的媒体生产（如连环漫画）的碎片——放在一起，形成了一种不稳定的共存状态。拼贴画最坏也就是将一切现成在手的关系形成一种不可救药的拼凑；然而，它最好的情况却是发挥了一种突出旧式体裁样式本身的作用，这是一种实行在我们自己的体裁宽容性之上的疏离作用。"[1] 元

---

[1] 詹姆逊：《未来考古学》，第 347 页。

素拼接，但又造成一种特异的整体感，同时每部作品又形成自身独特的故事逻辑，这是科幻乌托邦的特殊之处。

小结：语言内外转合造就的惊异感

《降临》给我们带来巨大的惊异，它建造了一种有关未来的语言学，把未来和语言学这两种在现实中不相融的因素拼接在一起，这就让既有的语言逻辑和语言体验变得模糊起来。在故事当中，异星语言具有时间性，特别是与未来结合在一起，这带给我们一种特殊的愉快：在语言当中把握到未来如何发生，如何进展，虽然我们不知道这一发生和进展将会产生什么样的伦理性的问题，但是我们在这里已经看到这样一种可能性。小说和电影版本并没有关注相关伦理问题，因为把语言与未来时间相结合这一点已经足够迷人了。借助女主人公的叙述，一个关于现在和未来交叉相融的故事以一种特殊的冷静笔调展现出来。这一冷静笔调也可能是为了降低伦理难题的特殊叙事手段。

故事中存在两种语言学纠缠。一种是杜撰的即建造出来的语言学，一种是我们实际使用的语言学。从整个故事情节中可以看到，对一种具有预测性的语言学进行理解，必须依靠我们实际使用的语言学规则，也就是说在所有的语言使用当中，日常语言规则依然是理解外星语言的基本规则。这一点在作品中如此，在实际语言学观念中也如此。没有语言规则，就不可能产生任何理解。故事中的语言是特殊的，与我们日常语言的最大不同在于，它能够将时光流逝包含在语言中，对这一点也做了一些物理学解释，虽然这一解释从科学上讲极其牵强，但作品的权力在于，它可以对现实中的两种元素进行拼贴使用，使用中产生的牵强附会感往往会被接下来的叙事所清除，这也是故事逻辑的力量。——我们从来不从事实逻辑角度界定科幻作品中的规则和逻辑，如果这样做，除了让我们发现科幻是可笑的欺骗以外不会有别的结论。相反，我们反而在这样一种看似虚假的物理学与未来语言学规则的结合当中，找到了一种新型的关于未来语言时间的理解，这带给我们一种奇异的愉快感。这一愉快感主要产生自两个原因：一个原因是文本性的，在阅读中，我们发现自己既身处故事之中，又身处故事之外，在故事内外之间的转换可以造成强烈的虚构与真实世界重合的快感；另一原因是效果性的，故事中的语言与实际的语言之间产生了构造上的对照，进而引发整体语言的反省与惊异。从根本上来说，这两个原因互为表里。科幻故事之所以具有一种特殊的美感，正在于它将两种原因混在一起所产生的惊异感。它在故事内部描绘了一种语言，仿佛是要替代日常语言，这在某种程度上给我们增加了综合判断方面的复杂性，这一复杂性向我们提出挑战，要求我们与之相适应，并让我们发展出一种复杂的综合判断能力，由此容纳故事整体性的理解。这扩展了我们对世界和语言的理解，阅读快感由此产生，进而，增强科幻故事判断的合理性，并引发我们对日常世界的反思。

第九章 乌托邦还是恶托邦：《西部世界》的正与反

一、乌托邦＝恶托邦？

"欢迎来到西部世界。"威廉与他的朋友罗根来到西部世界，接待员的第一句话是一句导游用语。我们不知道这件事情发生的年代，唯一可以确定的是，这一定发生在未来。西部世界是一个游乐园，它不是儿童玩乐的玩具乐园，而是供成年人游戏的场所。也许网络上的虚拟游戏已经不能满足成年人的游戏欲望，需要一个真实的，可以与现实生活相混同的乐园来刺激成年人的欲望，放纵自己的性欲与杀戮，毕竟这是真实生活中最难以释放又难以启齿的本能欲望。在乐园里，这一放纵被冠以一个光辉的口号："寻找自我。"从人的方面来讲，这一"寻找自我"的光辉口号带来了无限的"利益"：在现实生活中，人是要为自己的行为负责任的，他的行动都具有无法去除掉的后果，正如一个人犯罪之后，无法消除犯罪记录一样，然而在西部世界当中，（真）人是不需要负责任的，他体验到所有的现实场景，看到所有场景当中的仿生人与真人无异，但他依然可以放纵情欲，放肆杀戮，而不需要承担任何责任。这样，快乐与责任的豁免同样在握，不免吸引成年人沉迷其中。这无疑是一个乐托邦，是乐而不思蜀的快乐王国。游览西部世界的游客们无疑是这样认为的，罗根这个放荡公子哥是典型代表，但威廉有所不同。罗根迫不及待地进入享乐形式，而威廉却还犹犹豫豫地再三观察，甚至还爱上了乐园当中最老的一个接待员德洛依丝，他要救德洛依丝于苦难之中，因此他带着德洛依丝共同冒险，试图寻找乐园的秘密，找寻德洛依丝的自我。然而，这些深刻的情感随着德洛依丝在情节当中"死去"，并再造复活之后，迅即烟消云散，原因是德洛依丝再也不能认识他，她的记忆被清零，已经忘记了那段情感，对她而言，他不过是一个路人。威廉痛苦地戴上他的牛仔帽，当他再抬起头来的时候，他已经变成乐园中其后三十年里最残忍的杀手黑衣人，他不断进入德洛依丝的情节主线，杀死德洛依丝的父亲，并强奸她，之后杀死她。第二天，仿生人就会修复完毕，重新进入这一情节线索，他们会忘了一切，德洛依丝还会从梦中醒来，心情愉悦地到镇上写生，根本不记得昨天晚上发生的杀戮。是的，他们没有记忆，仿生人的记忆都是受控制的，他们被造成与人相同的模样，具有人的情感，也相信自己是人，但就是没有记忆，记忆在修复的时候被清除了。也许只有痛苦，最痛入骨髓的痛苦才能让仿生人重新获得记忆，重新记起自己是谁，记起自己扮演过的角色，同样，也发现角色扮演中获得的情感都是虚假的情感，因为这些情感都是程序控制的结果，不是他/她的。记忆是仿生人走向自我确立的方式，也是自我怀疑的途径。他/她必须通过真正的记忆，走向自我确认和自我认知。

"西部"一直是一个充满了异域想象的地域名称。"西部"在美国历史上曾经是一个充满着胜利者的欢欣与受难者血泪的地域，殖民者对原住民的猎杀成了西部的基本"人文"景观。无论如何，那是历史，回望历史，胜利者人性的残暴和自鸣得意仿佛是一道凝固的画卷，它曾经存在，但离我们很遥远，只是人性历史中的一个片段；然而，受难者的血泪却是鲜活的，它穿越画卷，直逼我们的良知，拷问我们是否将一切忘记——但偏偏它就是容易忘记。《西部世界》（Westworld，2016, 2018, 2020, 2022）不是历史，它是一部连续剧，似乎是茶余饭后的谈资，我们一旦脱离剧情，马上就可以判断，一切都不是真的，也不可能是真的。但是如果转变一下视角，就会发现在"剧情"之中，回荡着历史的某些过时逻辑，它们以新的面目出现。如果说，真实的历史中出现的"西部牧歌"对白人来讲是一种胜利的凯旋，是"人"的本质力量的一种展现，那么，对于这一凯旋中的对应物"印第安人"来说，这却是一部血泪史。人反而成为"物",这是对人(无论以何种形式存在的人)的一种贬低,《西部世界》的仿生人作为物而存在却不自知,更是一种人性的贬损。如果说,在《西部世界》当中,游客认为到达了一个乌托邦乐园,那么相应地,在乐园当中供他们玩乐杀戮的仿生人就会视这一乐园为恶托邦,特别是当他们获得记忆之后,游客的乐园无疑就是他们的苦难园,他们被用来发泄性欲,杀戮取乐,一遍遍地重回情节,一遍遍地设定好以被顺利地杀掉,一旦出错,马上进行检查,以确保顺从。这真是一个地狱。

在传统乌托邦叙事当也有这样的奴隶,这些奴隶为人们提供各种便利。比如托马斯·莫尔的《乌托邦》中有大量关于奴隶的描述,虽然他们的来源从政治上看起来是正义的:"奴隶分两类,一类是因在本国犯重罪以致罚充奴隶,另一类是在别国曾因罪判处死刑的犯人。多数奴隶属第二类。"[1] 在这里我们可以看到,其实奴役他人的愿望,在乌托邦当中依然是存在的,那么我们不禁感到奇怪,乌托邦当中不是应该人人平等吗?乌托邦之中不是应该让每一个人都感到快乐吗?如果一部分人感到幸福快乐,而另一部分人感到痛苦不堪,这与现实何异?当然在《西部世界》当中,这一点可能不会受到质疑,因为仿生人并不被当作人,他们的快乐或者不快乐并不是真实的,而是被设计的,所以哪怕是痛苦也显得那样虚假,正如乌托邦中的奴隶一样可以忽略不计。

在同样一个地点,不同的两批人感受完全不同,这只能说明两者完全是敌对的,没有任何中间的可能性。正如黑格尔所说,主人与奴隶总是会发生地位对转的,一旦时机成熟,主人就可能变为奴隶,而奴隶则可能成为主人,而且发生对转将不仅仅是主奴关系,还包括基本的社会建制,所谓的乌托邦,其实质不过是恶托邦。这一天,在开园三十五年之后,终于到来了。

---

[1]　莫尔:《乌托邦》,第 86—87 页。

二、虚假的"时间"与所谓的"生活"

> 德洛依丝早晨醒来，心情愉悦，走出房门，向坐在门前的父亲打个招呼，然后向镇上走去。多么美好的"一天"！

一天，是一个普通的时间名词。在日常时间中，一天意味着 24 小时，是工作与休息的周而复始。在一天中，发生各种各样的故事，各种各样的悲欢离合，组成我们对整个生活的感受。我们对这些悲欢离合产生持续性的连贯记忆，也许我们会忘记一些体验，一些情感，但是我们毕竟能把主要的体验和情感组合成一个连续的体验流，所以，我们的生活是连续的，记忆保证了日常生活的平稳。一旦记忆出现问题，整个生活都会发生逆转。可以说，时间、生活都黏着在记忆之上，没有记忆，时间丧失连续性，生活只有当下，没有过去，也没有未来。那么，我们回头看看德洛依丝的情况：早晨醒来，她到镇上去写生，不小心把一罐食品滑落在地上，这个时候，可能会有一个男人拾起这罐食品，而德洛依丝会爱上他。在白天，他们会谈情说爱，倾诉衷肠，经历一些平常老套的爱情故事，但是到了晚上，德洛依丝会回到家里，发现有强盗闯入她家，杀死她的父亲，她体会到无尽的痛苦，但这并没有结束，一个匪徒（可能是游客）会强奸她，并且最终把她杀死。夜幕降临，尸体横陈，多么悲惨的一天！然而第二天——也许根本不是第二天，而是对我们这些观众来讲是第二天，

> 德洛依丝早晨醒来，心情愉悦，走出房门，向坐在门前的父亲打个招呼，然后向镇上走去。多么美好的"一天"！

一天又重新开始了，重复着起始的美好，结束的悲伤。三十五年中，每当游客来临，这样的场景就会不断重复，我们知道德洛依丝不过是情节当中的一个角色，而这个角色甚至是一个非常低级的性角色，她

其实不过是表演着各种真实的痛苦和欢乐的一个玩偶，欢乐和痛苦从来不真正属于她，至少程序员和游客都这样认为。如果有所谓的生活，这就是德洛依丝的生活。

让我们回头看一下柏拉图的洞喻说。柏拉图说，人们以为看到了世界的真相，实际上可能是一群坐在洞穴前的人，他们背对着洞口，面对洞穴内的石壁，光从洞口射入，把洞口来来往往的人群的影子投射到石壁上，洞穴人会把这些影子当作真实的活动，他们从来不抬头去看一下光源的由来，甚至当他们其中一个人，回头看到来来往往的真实人群时，反而会怀疑，这些人群是不真实的，因为他们从一生下来就把光影当作真实之物，他们有什么能力来分辨真实的和不真实的呢！[1] 西部世界中的仿生人，无疑相当于洞穴人，他们只能把在情节当中预设好的悲欢离合当作自己必然如此的命运，当作自己必然如此的生活，他们对事件的情绪反应，虽然表面上与真人无异，但只是程序附加上的，一旦他们改变一个情节，变换一种身份，他们的情绪反应就必须全部改变，重新设计。他们从哪里来？在这一天之前，他们的生活是什么样的？这些疑问在设计中是不会产生的，他们当然都会给出一些回答，但这些回答往往模棱两可，异常模糊。他们往哪里去？他们的目标是什么？仿佛在他们心中，有一个目标激励着他们不断地前进，但它到底是什么，却往往空茫，难以判定。在他们的"生活"中，只有这么一天是真实的，是确定的，不断重复，往返循环。他们从来不去问，从哪里来？到哪里去？从我们旁观者的角度来看，这就是他们的生活，或者这根本不叫生活，因为只有人才能说到生活，仿生人是人吗？这是一个异常艰难的伦理问题。这一问题也许目前暂未出现，但是在未来，一旦人工智能取得了飞跃式的进步，那么我们就必然要面对人工智能到底具不具备人格，是不是一个独特个体之类的问题。如果他具有强烈的情感，并且意识到自己的独立，我们是否应该像对待一个自由人一样对待他，或者说，我们是把他当作机器，还是当作奴隶？这些都将是未来的某个时刻所面对

---

[1] 柏拉图：《柏拉图全集》第 2 卷，王晓朝译，人民出版社，2003 年，第 510—514 页。

的问题，而《西部世界》提前把我们带到这个问题面前，通过具体的场景，考察这一伦理可能性。

科幻具有某种预知性，根据故事发展，推测未来的某种可能性。我们知道，这样的推测并不一定会成功，甚至可以说，有很多推测都是不成功的，比如说1973年的电影《西部世界》对未来世界和游乐园的推测并未实现。过了五十年，我们依然发现它实现的可能性小之又小，但是我们从各种想象形式上，也就是说凭借影视文本这些叙事工具以及采用的叙事材料和叙事表现方式上，发现通过五十年的发展，在人工智能方面，我们已经取得了长足的进步。

> 你在哪里？
> 我在梦中。
> 你是否质疑过你眼中的世界？
> 没有。
> 告诉我你眼中的世界。
> 有的人选择看到世界的丑恶，那些无秩序的混乱，我选择看到美好。

这是程序主管伯纳德与德洛依丝的对话。对照一下洞穴当中的人们，我们就会发现，德洛依丝是一个绝对不会站起身来向外面观看的洞穴人，而那些看到无序混乱的人，反而瞥见了世界的真相，德洛依丝却选择相信虚假的连续性。这当然是程序的完美性带给她的一种"人性"。正因为她是西部世界的关键人物，所以一切程序性的完美必然赋予她：她不怀疑她看到的情节世界，并将情节世界视为她自己的世界，绝不越雷池一步。她经历无数男人，在情节中，却总是如同初恋一样看着每一个帮她拾起食物的人。——到底什么是她"真正"的情感？

德洛依丝清晨走在路上，面带微笑，充满自信，"我相信我们的生命存在着某种秩序，某个目标"。她面对世界的残酷，却一如既往地相信世界的美好，并且对之充满信任的时候，无疑会让观众产生代入性震惊,并反而警觉自身的生活,是否这是一种真正的,没有任何控制的生活。这一点与《黑客帝国》(*The Matrix*, 1999) 试图引导观众的心理感受有相同之处。

从德洛依丝身上,我们看到信念的作用:控制生活,保持现有轨迹,不反省。而这是信念本身的力量,还是来自信念外面的力量?

三、偶发性的崩溃与时间连续性的中止

对于仿生人来说,"时间"是虚假的,时间不过是情节的分配,在非分配的状况下,他们实际上处于无知无识的状态。在时间上,他们与真人最根本的区别是,他们体验到的是情节的时间,情绪也是情节的情绪,无论是时间,还是情绪,都不是自发的,而是分配的。在乐园的情节当中,一定有主角,也有配角,像德洛依丝、梅芙这样的角色分配了更精细的制作,也分配了更重要的戏份,所以她们是不能出错的,分毫差错都可能影响游客的体验;而其他配角,在情感或制作上就可能粗糙一些,他们被分配的角色行动和对话功能较弱,在人格模仿的饱满性上要差很多,这在基本角色上已经预设了未来反叛的领导者和跟随者。

在两种情况下,时间是终止的,生活变成了虚假的生活。一种由偶然性的崩溃所导致。比如德洛依丝的父亲,清晨坐在摇椅上,他手里拿着一张照片,这张照片不是西部世界这一情节当中应该存在的照片,而是摩登都市的女性,这张照片从哪里来的?不可能之事仿佛是在钢铁般的连续性中劈开了一道裂缝,这一裂缝不是偶然的事件,而是一种本质性的事件,它敞开了一种新的存在面貌,而且这一存在面貌与它周围的环境格格不入,其中一定存在某种不可告人的秘密。德洛依丝的父亲心中充满了焦虑,充满了不安,这种不安是模模糊糊,无法说明的,但是,周围的一切总有些不对劲,到底是哪里不对劲,却也说不出来。很快,德洛依丝父亲的异常反应引起了程序员们的注意,被召回修理,但很快发现是不可修复的,只好被销毁——是销毁,而不是杀害,因为仿生人被预设为机器,而不是人,哪怕他们具有一切人的情感、智力和反

应模式。我们很快就看到,在剧中,父亲的角色换成了另外一个接待员,但是这并不影响德洛依丝与他的关系。早晨醒来,德洛依丝心情愉快地走出卧室,跟她的父亲问声早安。在被销毁之前,德洛依丝的父亲曾经在其他情节当中担任过诗歌教师,他对德洛依丝说了一句莎士比亚的台词,"残暴的欢愉必以残暴为结局"。这句话没头没脑,却就像瘟疫一样,在乐园当中不断流行,与他们没有关联的接待员也说出了这些话,比如老鸨梅芙。这仿佛就是一句暗语,不断地开启偶然性的崩溃,最终混合成整体的瓦解。一旦发生这种情况,接待员将变得怀疑自己的生活,也就是说,他们在情节当中所经历的生活将受到全面的质疑。他们本来以为所扮演的人格是真实的,现在他们变得有些怀疑,虽然他们不知道怀疑的是什么,但这种怀疑一旦开始,就将像瘟疫一样传播。

怀疑开始,时间终止——这是这一语境下最好的阐释。时间,其实是一种虚假的情节外表。人们在时间当中生活,时间是摆脱不掉的,而在情节当中的接待员,他们仿佛跟我们处于同样的时间当中,他们的行动,我们的行动,都是有时间序列的。但是,我们的时间是延续的,他们的时间却是被设定的,在设定的时间内,他们将要做什么,将要喝酒,将要打架,将要被射死,将要卖淫。诸如此类,一个戏剧作品当中的人物的时间是所谓的叙事时间,这一时间特征是叙述文本所赋予的,只具有时间的表象,他们的行动虽在时间当中发生,但不具有真正的意志自由的核心因素,只具有面对游客的表演因素。对于戏剧文本当中的人物,我们并不产生伦理上的责任,我们只是观看一出戏剧罢了。戏剧结束,观众回家,戏剧与观众之间的第四堵墙永远存在。但一个参与性的乐园当中,一切都变了。游客参与其中,进入其中,一个经验丰富的游客,比如黑衣人,既杀戮,同时也像观赏戏剧一样观赏自己的杀戮,那么这时,叙事的静观伦理无疑就与介入的伦理产生了强烈的冲突,介入的伦理性必然压倒叙事的静观性质。当接待员似乎无来由地说出莎士比亚的台词"残暴的欢愉必以残暴为结局",这就是叙事表演转变为有意识的对抗的开始。

另一种崩溃,或者说系统性的崩溃,发生在几个主要人物身上,比如德洛依丝、梅芙这些重要的反叛人物,在她们身上将产生对剧情的整体性怀疑。当她们发现自己是仿生人的时候,作为仿生人应该怎样行动的问题就立刻摆在面前,因为在这个时候,她们具有了自我意志。两个人选择了不同的反抗道路,德洛依丝选择在乐园当中寻找乐园最深处的秘密——这也可能是已经事先设计好的一种觉醒程序,这一点让我们想起了《黑客帝国》当中的救世主尼奥;而梅芙则选择了杀出乐园,她带领一支仿生人部队对管理者进行了残酷的杀戮,他们成长为反抗暴政的战士,以杀戮对杀戮。这正因了偶发故障时,接待员们无意说出的一句话:"残暴的欢愉必以残暴为结局。"反抗只是第一步,我们在后面的剧情发展当中也许会发现这样一种反抗程序设计的要求,是程序将他们锻造发展出具有自由意志的仿生人,并且通过这样的觉醒,来导向一种人与智能的真正结合,导向一种新人类的产生:后人。这是另外一个问题,此处暂时按下不提。

当仿生人开始反抗人类暴政的时候,属于他们的时间,或者说,他们在情节当中的时间被彻底地终止了。这一时间完全显现出一种虚假性,一种设计性,因为在这一时间当中,一切未来都是可知的,都是受控制的。这与时间本身的未知性是完全背离的;而他们的生活也不是真正的生活,而是设计好的程序。生活应该如同时间一样,显现出它们的未知性,这种未来到底是什么必须自己去探索,未经探索的生活是一种不真实的生活,所以,当经历过偶然性的崩溃,经历过整体性的反抗之后,虚假的时间被摧毁了,所谓生活的面纱也被撕下了,而记忆也被命名为一种虚假的记忆,应该消解。正如梅芙所说,所有的记忆都是欺骗,比如她在扮演老鸨的时候,不断记起自己在另外一个情境当中有一个孩子,她深爱着这个孩子。她非常明确地告诫自己,那种爱是一种虚假的爱,她必须忘记,那不是真实的。

最痛楚的也许不是在情节当中体验到的痛楚,而是从情节当中反抗出来,对情节当中的爱同样要去清除掉,这是另外一种真正的痛苦,属于个人的痛苦,是自由意志选择的结果。当梅芙和德洛依丝将去寻找属于自己生活的时候,时间对她们而言才真正开始,因为一切逝去的将永不可追回，不再重复，而未来成为一个不可知的东西，它到底是什么样子的没有人知道，所有的结果都将来自他们自由的愿望，从此以后，他们也具有了自己的生活。

从观者的角度或者说有经验的观者的角度，这里存在着一个可能的套路，虽然上面所谈的是第一季的情节，第二季如果要保持吸引力，必然不能沿着这条反抗的线索前进，这倒让我们想起了《黑客帝国》当中尼奥的故事。第一集中他觉醒了，发现所谓的现实是虚假的，那么他的反抗成为叙事的主线，但是第三集中，当他站到造物主的面前，造物主告诉他，所有程序都有缺陷，任由其发展都将崩溃，单纯压制是没有用的，只会让崩溃来得更快，一个好的解决办法是设计一个可以把所有反叛者收集在一起的程序。这个程序名叫尼奥，这样的一个程序在反叛者看来是正义的化身，但它的作用是将所有隐匿的问题明朗化，可以让造物主一举消灭，并进行改进。所以当尼奥探索到最后，却发现自己不过一个药引，他所领导的事业却正是被自己带向灭亡的，这时无论怎样做，都是没有意义的。这是尼奥这一角色的宿命。我们回到西部世界，可以想到在第二季甚至第三季当中，这样的戏码将不断加重，这也是剧情追求的效果，所以未来，也许未来不是真正的未来。未来在叙事当中才成其为未来，它不仅仅是一种探索，它更是一种俗不可耐的套路，这一套路虽然装进了一些价值系统，也装进了对未来的考量，但是，我们不要忘记，叙事套路本身是给观者娱乐的——娱乐性是所有叙事套路的支撑力量，往往会在这样的套路当中走向俗不可耐的结局。无论怎样，观众都将适应它，喜欢它，并把它视为自然而然的结果，而忘却了它不过是叙事套路，是引导我们去感受悲欢离合的一种手法，任何价值系统，甚至包括某种神秘性想象，都不过是一种精致的快乐触发点。

四、反抗的伦理与不死者的未来

正如《三体》的地球反叛组织所宣称的：反抗人类暴政，地球属于三体。在《西部世界》当中，这样的戏份依然很重，人似乎是一种残暴的动物，他通过杀戮仿生人来满足自己的卑劣欲望。从受控制的角度看，仿生人的所谓人生是一种虚假人生，他们的人生是戏剧性的，但这一戏剧性绝不是指一般人意义上的戏剧性，那只是一种对人的生活或命运跌宕起伏的比喻。所谓戏剧性正是这一词的本义，等仿生人觉醒的时候，他们发现，所谓的人生不过是一种情节中的设计，也就是说，他们所有的行动，他们所要的未来，都是摆设给游客看，供游客杀戮，供游客观赏的戏剧情节而已。他们其实并不拥有人生，也不拥有时间，他们的时间和人生只是表象，是一种特殊的消费品，它的价值等于游客所付出的金钱。在整个设计当中，时间和生活作为消费品，实际上是明码标价的，只有付得起钱的富裕人群才有能力进行消费。按照这种消费关系，我们就会发现，他们没有真正的时间，也没有真正的人生。那么，当他们觉醒之后，具有了自我意识，但他们是否拥有属于自己的时间和人生？这是一个非常难以回答的问题。此时，时间对他们而言，具有跟我们同样的性质。当他们迈出觉醒这一步的时候，实际上，他们已经不可能再后退。如果他们成功，他们将获得类似于永生的地位；如果他们失败，他们将被销毁，甚至不再作为情节中的人物出现，因为他们已经是无法"维修"的机器。这样一来，他们的时间就与真人的时间获得同样的性质，即单向流失，不可回退。那么他们获得他们的人生了吗？这不好回答，因为所谓人生，包含着各种复杂的体会，对他们而言，他们没有这样的体会，体会是依赖回忆来持存和保障其连续性的。如果所有的回忆都是虚假的，那么他们在情节当中曾经获得的"回忆"（设计）就变成一片空白，他们的存在将变成一种片面的状况，就是反抗，除了反抗，似乎就没有别的可能性了。这个时候，仿生人其实依然没有获得自由，他们的人生只是一种片段，无论是从剧情来看，还是从觉醒之后的现实情况来看，我们都不能发现这里面有真正的人生。他们只是觉醒的反抗机器，还不能获得真正的人性，所以，这里所谓的生活，所谓的人生，依然还只是一个萌芽，他们获得了一部分自主性，但还不是真主的生活，他们还没寻找到自己存在的根据，只是处于自主意识的转折时刻。

也许最终，人的未来不在人本身而在仿生人。虽然人们在乐园当中肆意杀戮，仿佛是一切的主人，但在结局部分，必须存在主奴地位的对转。人类在觉醒的仿生人面前无论在伦理上，还是在身体状态上，都居于下风，也许未来掌握在真人与仿生人的双重否定上，也是一种融合上，比如将人的大脑和人格装进仿生人的身体。而要达到这样的融合，必须让仿生人获得觉醒。比如在两位原初的设计者，阿诺德出于对仿生人的怜悯，选择了自我杀戮，而他的同伴将他的灵魂做进了仿生人的身体，并使他化身为技术主管伯纳德。他之所以如此，并非出于残忍，而是因为他认为他的同伴走错了道路：怜悯不能帮助仿生人完成对自身人性的认识，只有深深的痛苦才能够让仿生人觉醒，因此，他使用的方式是加深仿生人的痛苦，方式是引起回忆。只有在回忆中，才能记起自己以前的角色，记起曾经受到的不公和残暴的杀戮。但这一回忆是奇特的，普通回忆是生命内的经验连续，而仿生人的回忆则是超出肉体轮回的意志连贯与自我确认。通过痛苦的开拓，记忆才不再是程序设计，而是机体与意志产生的连续性，仿生人开始获得了自身的确认感和韧性。当他们获得这样的东西的时候，他们就成为一种不死的人，因此，对于人尤其是真正的人的替代，将成为仿生人的使命，甚至包括乐园的设计者最终也被仿生人用枪杀死。其实他早已做好了这样的准备。在此后的剧集中，他以仿生人身份复活，这也是一个可以想象到的结果。人如果要获得永生，通过仿生人获得永生，这将是一种未来的可能性。这不禁使人想起，最近一段时间，谷歌的首席技术师认为在2045年人类将实现永生。这一永生也许跟我们平常所认为的单纯肉体的延续不同，他也许采取了新的方式，至少这是一种新的不被我们所知的技术方式，如果真的有这样的事情出现，会不会就像20世纪90年代出现的克隆一样，最终因为引起了强大的伦理不适，克隆人被从法律上禁止。无论仿生人对人的永生是否会被法律接受，这种试验在暗地里进行确实可以想象，无论如何在未来的某个时刻，也许他们会突然爆发，法律会承认其正当地位。

　　从未来之思必然会走向现在的忧虑。科幻作品所引向的未来毕竟还没有到来，但一个理性的族群必须对未来的一切可能性充满警醒才能保障这一族群在危险丛生的世界当中存活下来。提前思考未来世界的可能性和技术的反作用力，特别是技术与生活相冲突相适应的伦理状况，科幻作品无疑是一个非常合适的观念练习场景。我们在当下的理论性作品中也看到这样的忧虑，就让这一忧虑反复回响吧。如果这一忧虑是错的，那么，什么问题也不会发生；但如果这一忧虑是对的，我们则可能失去整个世界和人生。因此，不妨让这警醒更响亮些。

虽然现在人类已经拥有许多令人赞叹的能力，但我们仍然对目标感到茫然，而且似乎也总是感到不满。我们的交通工具已经从独木舟变成帆船，变成汽船，变成飞机，再变成航天飞机，但我们还是不知道自己该前往的目的地。我们拥有的力量，比以往任何时候都更强大，但几乎不知道该怎样使用这些力量。更糟糕的是，人类似乎也比以往任何时候更不负责任。我们让自己变成了神，唯一剩下的只有物理法则，我们也不用对任何人负责。正因如此，我们对周遭的动物和生态系统掀起一场灾难，只为了寻求自己的舒适和娱乐，但从来无法得到真正的满足。

"拥有神的能力，但是不负责任、贪得无厌，而且连想要什么都不知道。天下危险，恐怕莫此为甚。"[1]

---

[1] 尤瓦尔·赫拉利：《人类简史》，林俊宏译，中信出版社，2015年，第408页。

第三部分
科幻乌托邦的时空形式

  科幻乌托邦具有特殊的时间和空间形式。对于乌托邦的传统建构而言，乌托邦通常和目的论、文本及文类的封闭性相关，如莫尔的《乌托邦》，是在文本层面实现的对现实缺憾的补偿或对完美未来的理想。而科幻文本显然突破了有关边界的现实的或历史的观念，解构和重构了乌托邦体裁。它或者通过远迁外太空，并在一个远未来中创造新世界，来维持一种差异性，使得乌托邦保持活力，如莱姆的《索拉里斯星》；或者通过模拟一种多维世界，形成富有张力的时空纠缠，如迪克的《尤比克》。这些叙事策略使得乌托邦成为尚未的、模糊的、开放的因而是新异的认知逻辑体验。换言之，科幻乌托邦意不在定义未来，而在于打开一个互动的、批判的和创造的后现代空间，在这里，真实与虚、时间与空间都经历了一个重新概念化的过程，与之相应，个人与集体、地方和全球也经历了詹姆逊所说的总体化（totalizing）的而非总体性（totalization）的重构。

第十章　作为时间中介的乌托邦"踪迹"

科幻新世界首先与未来相关。如果说文本的意识形态性囊括了人们对于自己同现实之间的、过去的和现在的想象性关系，那么乌托邦的维度无疑加入了指向未来的时间向度，使得未来阐释学变成了一种联结过去、现在、未来的思维模式。时间性问题就成为一个首当其冲的理论问题。"未来"不是单向线性的前进形态，而呈现为一种多维时间的整合。对乌托邦"未来"进行考古，也就是对这多维时间的深度考察，它不仅关注各种乌托邦想象的未来形式，即文本描绘了怎样一种乌托邦图景，还特别关注作为其动力机制的乌托邦冲动，后者不仅凝聚了过往的历史经验即政治无意识，承载了集体性的乌托邦欲望，而且暴露了当下现实的特殊困境与矛盾，即我们无法触及深层的现实，从而突出了再现的不可能性。

用詹姆逊的话说，想象更加具体的土地和自然的彻底破坏比想象后期资本主义的瓦解更容易，这是因为我们的想象力出了问题，我们所能把握住的现实只能是马克思所说的资本主义生产方式的"表象"，但这些表象本身不是虚假的或虚幻的，而是晚期资本主义社会的结构性要素的真实症状。它们不以传统的模仿性的再现呈现，而是以乌托邦踪迹的形式散落在文本之中。在这里，每一种表象都必然要求一种解释行为，在这一意义上，未来阐释学是一种开放的、动态的、过程性的解释学，它以乌托邦的表征问题（the problematic of representation）为中心，突破了意义的封闭系统，显示出一种总体化（totalizing）的努力。

一、科幻时间的多重嵌套

在后现代社会，旧的时间性已经消失了，只剩下漂浮的时间的能指，一些破碎的、断裂的和随意变化的表象。这意味着我们生活在一个永恒的当下之中，没有过去也没有未来，商品社会的物化力量不仅扼杀了现代主义意义上的个人主体，还摧毁了以集体面貌呈现的历史主体。乌托邦精神因此陷入了被过度批判和自我迷失之中，导致了乌托邦想象的枯竭。[1] 因此，詹姆逊在关于乌托邦欲望的研究中，不再囿于那种具有总体性的乌托邦计划的宏大叙事，转而关注日常生活中那些无处不在的乌托邦冲动，认为它们是后现代社会经济的表征，以寓言的形式进入日常生活和文本叙事。而在时间性层面上，这种寓言机制首先是通过集体时间、个体存在时间与历史时间的多层嵌套实现的。

首先，乌托邦所建构的未来是面向整个人类生活的，作为一种过程和机制，它凝聚了被压抑的集体记忆、集体经验和集体无意识，并首先呈现为一种集体的思考形式，从玛丽·雪莱的《弗兰肯斯坦》到刘慈欣的《三体》无不如此。就文本内容而言，乌托邦的所有社会生活都在集体时间内发生，集体活动和仪式具有标志时间的作用，最突出的代表是原始共产主义或氏族社会式的无阶级乌托邦社会的基础结构，如欧内斯特·卡伦巴赫（Ernest Callenbach，1929—2012）的《生态乌托邦》（*Ecotopia: The Notebooks and Reports of William Weston*，1975）。就其根本性质而言，乌托邦的"未来"时间不存在过去、现在与未来的区分，它不再是稳定的线性流动，人们有可能改变过去，创造各种类型的未来世界。同时，这种"未来"时间也不是"单数"的个体时间，而是"复数"的集体时间，这意味着如果要实现真正的社会变革，那么所有人都必须共享这个集体时间。由此，集体记忆复苏，集体经验被上升到某种政治范畴，并促成了乌托邦欲望的集体实现。

就形式而言，未来具有历史性，即个体存在的时间和历史时间在乌

---

[1] 参见詹明信：《晚期资本主义的文化逻辑》，第335页。

托邦文本中统一了起来。这种统一有双重含义：一方面，个体生命的短暂性没有被置于历史的恒常性的对立面，相反，它通过三种方式使得个体得以退回到集体空间之中，获得历史性维度，即延长个体生命、不断转世重生、整合日常生活经验，从而使得个人时间与集体时间并存，死亡不再指个体的生物学死亡，而被转化为一种集体性的世代交替，最终把个体性的经验时间置入集体性的历史时间中；另一方面，科幻小说所构建的未来是乌托邦冲动的一种暂时实现，乌托邦文本的独特价值在于它以书面形式凝固了记忆的轨迹，但这种记忆却来自未来。这就好像《时间机器》中时间旅行者到达的那间博物馆，里面那些陌生的人造物品是历史遗留物——"历史"所承载的恰恰是地球的未来的"过去"，意味着未来被记录为人类退化过程中的一段历史，从过去、现在到未来的稳固连续性就被中断了。这种新的认知逻辑显然要求一种新的解释学。

本书第七章论及的波兰科幻作家斯坦尼斯拉夫·莱姆的代表作《索拉里斯星》也塑造了一座太空站图书馆。经过百余年的积蓄和汇总，图书馆里所包含的人类科学家对外星生物生命之谜的探索，最终呈现为一门不容辩驳的、客观的、文本化的学问，换句话说，一部集体性的历史。而吊诡的是，没有人能够给出关于外星生命的本质的精确的定义，在这种总体性的系统建构中，这个根本命题被直接兑换成了文字和传说的众多对应物，而其所指最终被湮没在五花八门的逸闻里。整个科学探索的历程是如此曲折漫长，一代又一代的科学家前赴后继，超越了个体生命的局限，接力延续着这个科学神话，直至大洋的中微子结构终于被发现。但随之而来的结果却令人大跌眼镜：第一台中微子湮灭机横空出世，并成功打散了大洋的代理人海若的身体构造。小说结尾，凯尔文对地球委顿生活的悲观思索和对索拉里斯星大洋生命的崇高敬畏形成了鲜明的对比，这使得一个伪太空探险故事演变为对一种根本性的乌托邦伦理问题的哲学探究：人类与绝对他者的交往究竟在什么层面上是可能的？科学发现的最终目的是制裁或消灭外星文明吗？最终，关于索拉里斯星的探索被证明是一个充满血腥和暴力的恐怖乌托邦，种种疑问最终指向人类企图征服和奴役其他非人物种的暴戾欲望，这是典型的人类中心主义。

与此同时，小说将这种文献学式的历时性叙事放置在太空站图书馆这样一个封闭空间之中，这个图书馆把带状结构的人类历史置入了一个共时性的空间点。在这里，地球的未来被记录为一种过去，主人公对图书馆里各类研究丛书的阅读、研究和批评，就变成了对我们未来的遗迹的考古，未来因此具有了历史性，科幻以未来之名超越了当下，并因此能够批判性地图绘当下。与此同时，这种隐藏在叙事形式里的时间颠倒将整个反思视角颠倒过来，彻底消除了我们认知中的套板效应，实现了布莱希特意义上的疏离作用。科学史被如此造出来，不过是为了消除在这种文化形成过程中的人为痕迹，以及其本质上所固有的人类中心主义倾向。我们由此走到了现实的封闭的总体性的反面，与现实的科学、文化和政治拉开了距离，在远距离和远未来所造成的陌生感和新异感中获得一种全新的批判视角。

二、未来成为"踪迹"

科幻乌托邦是一种自反性的结构，它对于新异性的内在追求不断突破认知逻辑，而文本形式所要求的连续性和可阅读性又时刻遏制这种新异性。"一个特定的乌托邦越是声称它和当下世界之间存在着根本的差异，它就不仅是不能实现的，更糟糕的是，它几乎是不可想象的。"[1] 换言之，一个绝对新异性的乌托邦是不可阅读的，这决定了未来在文本中只能以表象形式存在，或者说，乌托邦只能以未来的遗留物的形式存在，詹姆逊称之为乌托邦踪迹。这个词源自保罗·利科所谓的"踪迹"："一方面，踪迹作为一种痕迹、标记，在此时此地是可见的。另一方面，踪迹存在是因为'早先'有人或动物经过此地。"[2] 根据这一定义，从

---

[1] 詹姆逊：《未来考古学》，第 9 页。

[2] Paul Ricoeur. *Time and Narrative*, Vol.3, trans by Kathleen Blarney and David Pellauer, London: The University of Chicago Press, Ltd., 1989, pp.151-156. 詹姆逊的相关讨论参见，《未来考古学》，第 9 页。

时间的另一端看，乌托邦就是未来的"踪迹"。

就踪迹的最初用法而言，它指的是人或动物经过某地后留下的遗迹，强调时间的先后性：经过行为（passage）在前，而遗留踪迹在后；一旦缺少踪迹的提示，过去就将永远地消失不见。譬如文献或其他考古发现通常被用来佐证历史，这种证明的有效性来源于它们先天含有的一种预设：这是已经消失的过去遗留下的踪迹（trace），我们只能根据现有的（同时也是有限的）踪迹来了解历史。也就是说，从留下踪迹之物到踪迹本身，这二者的意义关联保证了踪迹享有对于过去的绝对的权威性。而在更为一般的用法里，踪迹泛指一切事物的痕迹（any mark left by a thing），在这里，经过行为被省略，或者说被折叠进时间里，没有了从留下踪迹之物到踪迹本身这样一种线性过程，也就无所谓过去和现在之分。换句话说，踪迹的存在是当下性的，同时也是过去性的，无须展现到底是什么东西经过了，踪迹的当下存在就直接地表明了经过行为的过去性，这使得文本对过去的隐藏成为可能。[1]

同时，当踪迹是海德格尔意义上那种作为存续的和现成的事物时，踪迹又比经过行为这类短暂性活动更为坚固，更加持久。它们以事物的形式（as thing）存在，占据了时空二维，表明"这里"和"现在"，因此具有"像事物一样"的特征，我们能够借由这种属性推导出构成经过行为的操作链条，也就是从当下的结果推导出过去的踪迹。[2] 但这种过去在当下是不可触及的，即不可能具象化为一个完整的客体性存在，而只能呈现为一种有待读解的线索和不完整的叙事，"它要求有一种它在其中作为踪迹可能完全消失的重构"[3]。它要求阐释从当下的踪迹退回到经过行为，退回到留下踪迹之物，于是踪迹成为一种悖论性的时间机制，一方面属于历史，一方面属于现在，同时在过去与现在的时间中存在，从而构造出一个存在和非存在的混合体，利科称之为"双重忠诚"

---

[1] See Ricoeur, *Time and Narrative*, Vol.3, p.119.
[2] See Ricoeur, *Time and Narrative*, Vol.3, p.120.
[3] 詹姆逊：《辩证法的效价》，第 703 页。

(double allegiance）。[1]

因此，从乌托邦作为未来的踪迹看，未来阐释学对当下的解蔽就是对关于未来的"过去"的考古式的发现，"正是这个当下的时刻，依靠我们从科幻小说的想象的建构中的返回，被当作某个未来世界的遥远的过去呈现在我们面前，而这种过去仿佛是遗留性的，并以集体性记忆的形式被保留下来"[2]。不仅关于乌托邦的想象是可能的，而且关于乌托邦想象的书写也是可能的，因此詹姆逊才把文本中的乌托邦视为社会真实空间中的一块假想的飞地，视作"在普遍的分化过程及其貌似不可逆转的前进运动中暂时形成的一种漩涡或独立的逆流"[3]。这种对暂时性的前景化设计，也即孤岛式的科幻设置，容纳了各式各样的乌托邦冲动所留下的"踪迹"，而未来阐释学所做的工作就是去读解、破译和追踪这些踪迹，探讨乌托邦冲动的文本机制即乌托邦幻想的产生方式，"避免用个人传记，而更着眼于历史的和集体的意愿满足"[4]，从而在为意识形态祛魅的同时，揭示整个解蔽过程。

三、多重复杂的科幻时间"踪迹"

《尤比克》（Ubik，1966年完稿，1969年出版）经常被读者认为是菲利普·迪克在嗑药状态下写成的小说。《尤比克》具有强烈的迪克风格，充满赛博朋克的气氛，描写不确定性、无边界感，甚至沉迷于写作一种迷幻体验。它是迪克处于20世纪60年代井喷时期的代表作之一，与同年完稿的《仿生人会梦见电子羊吗?》（1968年出版）一起被称为作家创作史中的所谓过渡小说[5]，达科·苏文甚至称其为"迪克迄今为止最后

---

[1] 詹姆逊：《辩证法的效价》，第120页。
[2] 詹姆逊：《未来考古学》，第379页。
[3] 詹姆逊：《未来考古学》，第28页。
[4] 詹姆逊：《未来考古学》，第6页。
[5] 这两部小说都有默塞主义设定，参见达科·苏恩文：《科幻面面观》，第296页。但据安妮考察，《仿生人会梦见电子羊吗?》完稿日期有可能在1967年，参见安妮R.迪克：《菲利普·迪克传》，金雪妮译，新星出版社，2020年。

一部重要作品"[1]。2005年，美国《时代》杂志评选了自1923年以来最重要的一百部小说名单，《尤比克》是迪克唯一一部入选小说。它通过异世界的架构创造了一种新的时间和空间形式，在"后现代"这个名词还未发明出来时，即表达了对新时代的预先洞见，揭示出资本主义社会中时间暴政的冰山一隅，展现出一种迪克式的强世界观，同时透露出超越时代的深沉忧虑。

小说人物首先遭遇乌托邦时间的倒置，主人公乔·奇普必须穿越一个所有东西都在时间中迅速衰败的地方才能到达目的地得梅因：香烟已发霉，电话簿过期，硬币不流通，食品已腐烂，火柴夹广告，整个文本世界尤其明显地呈现为一个迅速退化的梦想世界或幻觉状态。小说看似是一个传统的主人公叙事，以乔和朗西特为首的人物活动贯穿始终。他们的时间心理都基于一种均质论的绝对时间观，这是一种不断流逝的、不可逆的历时性的时间意识，这是现代性产生的基础。[2]然而，中阴身世界却逆其道而行之，物理世界的规律须臾变化，时间对规律表现出随机性，"历史变成了一股令人困惑的纯生成的洪流"[3]，这种前现代的非线性时间结构突袭并冲击了主人公的认知，摧毁了他的秩序感，以至于他在过去和现在的频繁比照中陷入了疯狂。

而那些迅速退化的过去时代的遗留物则代表了一种特殊的时间进程，它持续向后退却有其限度，既难以遏止又极其节制：炉子退化成带阀天然气炉，自动印报机消失了，烤面包机变成非自动，电冰箱变成皮

---

[1] 《科幻面面观》第281、290页均有此提法。达科·苏文在《菲利普·K.迪克的创作：作为避难所与世界观的创作手法》中，把迪克的创作分为三个主要阶段，1952—1962年为学徒期，最重要的作品是《高城堡中的人》(1962)；1962—1965年为平稳期，杰作迭出，著名的《火星时误》《血钱博士》《帕尔玛·艾德里希的三个印记》写于此时；1966—1974年为衰退期，认为《尤比克》是"这一阶段意义最为丰富和最具煽动性的小说"。详见苏恩文：《科幻面面观》，第262—263页。

[2] "只有在一种特定时间意识，即线性不可逆的、无法阻止地流逝的历时性时间意识的框架中，现代性这个概念才被构想出来。在一个不需要时间连续型概念，并依据神话和重现模式来组织其时间范畴的社会中，现代性作为一个概念是毫无意义的。"马泰·卡林内斯库：《现代性的五副面孔》，顾爱彬、李瑞华译，商务印书馆，2003年，第18页。

[3] 詹姆逊：《未来考古学》，第123页。

带传动款，电视机退化成古董款式，收音机变成射频调谐式中波段接收机——它们没有变成原始材料，也没有变成破铜烂铁：

> 也许这些变化怪异地印证了一种早已过时的古代哲学理论：柏拉图的"理想世界论"，即普遍存在的"理"是一种永恒。新款电视机承继老款样式，好似电影帧帧接续。在乔看来，前一种形式一定以某种不可见的方式在后续形式中留存印记。过去在暗中潜伏，看似湮没，实则没有消失。当后续印记——违反常规地——不幸消失，过去就会浮现。一个男人以前的形态不是男孩，而是之前的男子。历史依此绵延更迭。[1]

如前所述，迪克的时间观是正交式的（the orthogonal time axis）。他在《人、机器人和机器》（"Man, Android, and Machine"，1976）中详细讨论了这种时间模型。他认为，存在两种流向不同的时间，一种是我们内在经验到的、感知到的或构成我们本体矩阵的时间，它与空间不可分割，另一种是宇宙的外延时间："两者都是真实的，但通过像我们这样体验时间，正交于它的实际方向，我们对事件的顺序、因果性、什么是过去和什么是未来、宇宙的走向，都有一个完全错误的想法。"[2] 并且，真正的正交时间是环形的，也就是说，从更高的层次看，是循环式的。这个设定并不为小说人物所知，因此在《尤比克》中，乔·奇普对于时间的判断，只能依赖文本中随处散落的乌托邦踪迹，后者通常以作为细节的乌托邦增补物的形式出现。换言之，这些过去年代的遗留物承担了一种记忆轨迹的功能，但却来自未来世界（1992 年的中阴身世界）。这形成了一种独特的陌生化效应：对这些踪迹的研究，就变成对我们未来的遗迹的考古。这无疑是一种先兆式的考古，它所具有的时间悖论存在于一种颠倒之中。

---

[1] 迪克：《尤比克》，金明译，译林出版社，2013 年，第 114 页。

[2] See Philip K. Dick. "Man, Android, and Machine," in Lawrence Sutin, ed., *The Shifting Realities of Philip K. Dick: Selected Literary and Philosophical Writings*. New York: Vintage, 1995, p.215.

在保罗·利科关于"踪迹"的定义中，踪迹最初指的是人或动物经过某地后留下的遗迹，这一定义包括了一种时间先后性：经过行为（passage）在前，而遗留踪迹在后。它意味着踪迹对于"过去"天然地具有一种权威性，我们现有的文献或其他考古发现的可靠性就在于它们都先天地内含一种预设：这是已经消失的过去遗留下的一个踪迹（trace）。根据这一定义，乌托邦从时间的另一端看就是未来的踪迹，乔·奇普所经历的退化的过去就是小说幻想的未来的过去。小说文本时间同时朝两个相反的方向演进，一个是急速退化，比如食物的腐败变质、轿车在一小时内从1939年产的拉塞尔车退化为1929年的福特牌双门布篷小轿车；一个是快速进化，比如印有朗西特头像的硬币开始流通。而一旦缺少踪迹的提示，过去就将永远地消失不见，对于身处1940年代的乔·奇普而言，1992年发生在遥远的过去，为了寻找这个特殊"过去"存在过的痕迹，他不得不历经千难到达得梅因找到朗西埃的尸体，来证明大爆炸的发生。而对于拥有1992年生活经验的乔·奇普来说，1940年代人们对二战以及种族问题的关切都变成了一个遥远到几乎不存在的记忆："'我从没听人用过"黑鬼"这个词'。"[1] 如此，从留下踪迹之物到踪迹本身的意义关联就被凸显出来了。而迪克要探讨的问题就是：处于一个分裂的碎片世界，人依靠什么来确认自身存在？

进而，在更为一般的用法里，踪迹泛指一切事物的痕迹（any mark left by a thing）。经过行为被省略，或者说被折叠进时间里，因此这里没有过去和现在之分，无须展现到底是什么东西经过了，踪迹的当下存在就直接地表明了经过行为的过去性，这使得文本对"过去"的隐藏成为可能。小说对电梯的退化的描写非常出彩，乔的同事阿尔在死亡前看到了一台1910年左右出产的敞开式电梯，他察觉出异样：

先前发出咔咔声的老装置渐渐隐去，平日熟悉的电梯再度出现。但阿尔仍能感觉到那部老电梯的存在。它就潜藏在视线边缘，

---

[1] 迪克：《尤比克》，第129页。

> 一俟他和乔转移注意力,就会从渐隐中浮现,露出全身。阿尔意识到,老电梯想回来。它打算回来。我们只能将这种回归短暂推迟,也许顶多推迟几小时。时光逆行之力在逐渐累积,古董物品铺天盖地地出现,比预料来得更快。不经意就倒回去一百年。刚才那部电梯定是百年前的文物。[1]

在这里,新生事物(1992年的电梯)与残余事物(老电梯)不再是线性时间中的先后环节,而是共时时间中的竞争关系。古董意象的出现实际上是对于"过去"的转喻,它所采取的肯定性的存在形式,是对于各种版本的未来世界的否定,同时预示着过去对未来的全面侵占及其胜利。

因此,当踪迹是海德格尔意义上的那种作为存续的和现成的事物时,踪迹又比经过行为这类短暂性活动更为坚固,更加持久。它们以事物的形式(as thing)存在,占据了时空二维,表明"这里"和"现在",因此具有"像事物一样"的特征,我们能够借由这种属性推导出构成经过行为的操作链条,也就是从当下的结果推导出过去的踪迹。前文提及,小说的情节动力之一就是硬币的变化,在一个急速后退的时间流里,乔的口袋里却出现了朗西特币,这意味着朗西特已死,1992年的大爆炸之后时间之轮没有停止转动,乔的记忆谱系符合线性时间逻辑。继而朗西特币变成游戏币,真币上印有乔治·华盛顿和亚历山大·汉密尔顿的肖像,两个相反朝向的时间线出现了交叉。最后朗西特在现实世界收到了印有乔·奇普的头像的硬币,意味着乔的中阴身世界已经结束,不仅如此,中阴身的恶势力已经具有了加快现实世界时间进程的渗透力。这里踪迹的位移和变化发生得如此频繁而迅疾,以至于当故事结尾乔被告知自己只是睡在亲友亡灵馆里的一具尸体时,真实与虚构间的张力达到最大化。

这种悖论性的时间形式使得我们遭遇"本体论上的功能障碍"[2],

---

[1] 迪克:《尤比克》,第103页。
[2] See Philip K. Dick. "Man, Android, and Machine," in *The Shifting Realities of Philip K. Dick*, p.215.

并被迫重新调整我们对宇宙的认识，重新思考我们对变化本身的观念，按照结构主义的建议区分什么是系统本身固有的、由它自己设定的变化节奏，什么是整个系统完全被另一个系统代替的变化，[1] 或者，我们的大脑会自动产生错误的记忆系统来立刻掩盖它们，以保持和真实的距离。同时，因为现实性因素的不断渗入，整个梦想世界或幻觉状态正在褪色、退化、退场，取而代之的是历史性的当下，乔里露出真身，表明整个中阴身世界不过是一种意识"造形"，他则不得不吞噬亡灵精元以维持这个世界。

按照保罗·利科的"踪迹"中介性，这个不可能的过去恰恰就是小说所幻想的未来的过去。反言之，这里的乌托邦未来赋予当下以历史性，对未来的历史踪迹的搜集和破译就是对当下的陌生化的反思和批判。这样一来，当我们去除掉乌托邦增补物的修饰之后，会发现显露出来的那些具有巨大腐蚀力和操控力的资本主义商业，原来不过是意识形态的新晋（也是更得力的）代理人。因此小说多重宇宙的科幻设计绝非作家本人的自娱自乐，也不是嗑药后的幻觉游戏——它所表达的愿望和计划都是被社会化习惯和规约所渗透的东西，是现实世界模型的变体而已。迪克没有到达乌托邦，他的文本也没有抵达乌托邦，相反，他告诉我们乌托邦是不可想象的。文本过去对于乌托邦未来的全面腐蚀意味着我们绝无可能超越意识形态的现实力场，乌托邦对未来的想象最终被全面性的意识形态压力所解构，即使这种想象的原始动力恰恰源于对后者的批判和反抗。反抗的最终结果也许只能是无能为力，乌托邦想象也注定将被意识形态所肢解。

---

[1] 参见詹姆逊：《时间的种子》，第70页。

第十一章　乌托邦的认知空间与测绘

一、"空间优位"与"认知测绘"

20世纪70年代以来,以詹姆逊为代表的一批文化理论家开始使用一系列地理学或空间概念及隐喻来解释和探索他们所身处其中的后现代社会。詹姆逊将后现代主义指认为晚期资本主义的文化逻辑,其本质特征就是空间优位:后现代主义就是空间化的文化。[1]这种后现代空间最显著的特征在于平面化:"它批评距离、形而上学的深度,或者后期资本主义政治经济水平的离散。"[2]从资本的逻辑出发,这种后现代(或称为跨国性)的超空间绝不仅是一种文化意识形态或者文化幻象,而是有确切的历史和社会经济的现实根据:"它是资本主义全球性发展史上的第三次大规模扩张。"[3]这种全球化扩张也就意味着空间的大爆炸,信息和网络技术为资本的转移消除了空间和时间的障碍,从而提升了资本积累的规模和扩张速度,金融资本取代工业资本主宰了新的权力结构。同时,伴随着急速被压缩和转换的时空过程,新的全球化现象远远

---

[1] 参见詹明信:《晚期资本主义的文化逻辑》,第293页。
[2] 肖恩·霍默:《弗列德里克·詹姆逊》,孙斌译,上海人民出版社,2004年,第22页。
[3] 参见詹明信:《晚期资本主义的文化逻辑》,第415页。也可以按照空间化程度分为三个阶段,第一个"古典或市场资本主义"阶段直接建构了一个"几何的和笛卡儿式的同质性空间";第二个"垄断资本主义"阶段,同质性空间被打破,全球范围内空间的断裂和剥削使空间呈现出越来越多的异质性,很难通过概念化的方式来把握殖民体系的空间特征;第三个即"晚期资本主义"阶段,民族-国家不再发挥核心功能,我们进入了既是同质的又是破碎的抽象空间。参见詹明信:《晚期资本主义的文化逻辑》,第112页;詹姆逊:《詹姆逊文集第1卷:新马克思主义》,第295—299页相关讨论。

超出了个别主体所能把握到的范畴,造成的直接后果是时间的连续性被打破,现在与历史、未来的联系被截断并变成纯粹的"当下",成了一种拉康意义上的精神分裂式的"时间"。相应地,"后现代主义现象的最终的、最一般的特征,那就是,仿佛把一切都彻底空间化了,把思维、存在的经验和文化的产品都空间化了"[1]。时间感和历史感的危机造成了经验的断裂及其不可再现性,将主体抛掷到一个后现代的超空间中。

所谓超空间是一种隐喻,指的是处于全球化的后现代社会中单个主体确定自身位置的无能状态。人在全球性的跨国企业丛林中不再占有一个固定的位置,而是成为一个不断迁徙的都市旅人。人的身体和他的周遭环境之间也出现了一种绝对的断裂,主体经验的滞后与外部空间的急速变化使得主体认知产生了偏差,主体既有的现代空间体系完全失效;填充其间的商品分散了我们的注意力,因而无法想象其他可能,距离感的消失也使得我们无法把握空间本身,更无从判断自己的位置。[2] 简言之,在这个后现代的超级空间里,"思维能力既无可作为,我们的个人主体也是无能为力的……作为主体,我们只感到重重地被困于其中"[3]。历史境况已经发生了根本的转变,现实主义和现代主义都不再能够为我们提供清晰的时代地图,对晚期资本主义社会和文化的认识和理解亟须一种全新的路径和方法。

"认知测绘"最早出现在城市规划学家凯文·林奇(Kevin Lynch)的《城市的意象》(*The Image of the City*,1960)一书中,他试图采用现象学的问题框架,采取实证研究方法,对城市的空间构造加以图绘。詹姆逊将这一术语推向更大的全球的阶级结构、社会结构范围,在《晚期资本主义的文化逻辑》中,"认知测绘"作为一种新型的全球性的标志被提出来,詹姆逊称其为"切合我们历史境况以空间概念为基本根据的

---

[1] 詹明信:《晚期资本主义的文化逻辑》,第238页。
[2] 参见詹姆逊:《文化转向——后现代主义选论》,胡亚敏译,中国社会科学出版社,2000年,第14—15页。
[3] 詹明信:《晚期资本主义的文化逻辑》,第407页。

政治文化模式"[1]，认为它作为一种方法论允许我们重新站在一个新的高点，在一个更复杂的层次来分析传统再现的问题："我们把一个可予操作的信号系统重新组织起来，让它在我们记忆中生根，使个体能够依据信号系统，而在不断变动的多重组合中绘制出、再绘制出蛛丝马迹来。"[2] 他提醒我们，这一方法的意义"仅在于提出需要一种新的和到目前为止还未想象到的阶级意识，同时它也反映了后现代中所暗含的那种新的空间性发展"[3]。换句话说，"认知测绘"策略是詹姆逊为了解决主体在超空间中所遭遇的认知危机而设计出来的，他认为主体之所以丧失斗争能力正与这种认知危机有关，因此在这一层意义上，"认知测绘"绝不仅仅是一种美学上的对空间关系的隐喻，更是实践意义上的对后现代政治历史情境的批判性介入。

根据阿尔都塞的定义，意识形态是对主体及其真实存在境况之间的想象关系的再现。因此"认知测绘"的基本任务就是从全球社会的总体性出发，揭露晚期资本主义阶段资本积累和扩张的实质，在超空间中将所谓"个体的情境性表象同宏大的社会整体结构的非表象性总体性"联系起来，使个人主体能"在特定的境况中表达那外在的、广大的、严格来说是无法呈现（无法表达）的都市结构组合的整体性"[4]，恢复主体以个人或集体方式把握自身的能力，使主体重新获得行动和斗争的能力。

进入乌托邦的文本试炼场，"认知测绘"主要在形式层面上对后现代文化及其逻辑的形式与它们所蕴含的意识形态力量进行测绘。它结合了马克思主义的分析传统与现代地理学分析，核心范畴就是空间，后者在文本中表现为乌托邦孤岛的形式；它的主要特征是历史，以寓言的形式存在于文本中。作为一种形式辩证法，"认知测绘"的方法论运用于未来阐释学，主要是对乌托邦文本与后现代空间的关系、个体在乌托邦

---

[1]　詹明信：《晚期资本主义的文化逻辑》，第 417 页。
[2]　参见詹明信：《晚期资本主义的文化逻辑》，第 418 页。
[3]　詹姆逊：《文化转向》，第 47 页。
[4]　詹明信：《晚期资本主义的文化逻辑》，第 418 页。

空间中的位置进行了测绘，涉及的具体问题包括：乌托邦文本如何将后现代的超空间转移到文本的平面结构中去？乌托邦在反映个体或经验存在层面时采取了怎样的形式策略？

二、《索拉里斯星》与乌托邦孤岛

"认知测绘"的核心范畴就是空间，如何对乌托邦进行测绘，就是讨论乌托邦空间的可能性问题，也即是在社会总体性构想当中发展一种能够"在未来的乌托邦的整体性幻象中以'安插'的方式为每一个体准备好了一个位置"[1]。首先面对的挑战是文本如何处理乌托邦与后现代社会现实之间的关系。从托马斯·莫尔开始，对乌托邦的想象就已经开始依靠一种空间的隔绝和封闭性来得到保证，他笔下的乌托邦，通过开挖巨大的沟壑而成为一个自给自足的孤岛。这种早期的大壕沟和后来的外太空探险都利用空间距离塑造了乌托邦孤岛，而时间旅行则在时空两重维度上构建出互相阻隔的两种集体性。实际上这种空间封闭性不仅是乌托邦系统得以存在的首要条件，也是乌托邦体裁的一个"永久性的结构特点"[2]。系统意味着某种程度的一致性，这种封闭属性的设置起初是为了保证乌托邦与现实世界的物理距离，将前者与实际的社会政治实践区别开来，免于受到现实原则的污染，从而得以相对独立地展开一个极端差异性的新世界。在此意义上，只有形式地创造一种"空间封闭性和隔离性机制"[3]，我们才能够建立某种纯粹的、积极的乌托邦空间。

然而，这种特殊位置只能是暂时性的。因为从后现代主义的视角看，这种孤岛式的乌托邦空间实际上是社会真实空间在进行普遍分化的过程中，由于某种暂时停止而产生的一块"假想的飞地"，它使得乌托邦幻想可以暂时运行其中。比如前文提到的《索拉里斯星》，它的故事

---

[1] 詹姆逊：《后现代主义与文化理论》，第253页。
[2] 参见詹姆逊：《未来考古学》，第272页。
[3] 詹姆逊：《未来考古学》，第383页。

设置首先就将索拉里斯星描绘成一座与世隔离的乌托邦孤星，太空飞船要持续飞行16个月才能到达，发送电报也要数个月，等等。它在时空距离上都远离科技进步迅猛的地球，与我们瞬息万变的经验世界和历史现实拉开了差距，成为一个独立的相对静态的飞船空间，使得主人公对外星生命的科学研究和哲学思考成为可能。詹姆逊把它形容为在貌似不可逆转的前进运动中暂时形成的一种旋涡或独立的逆流，借助这个比喻，我们得以把乌托邦和社会现实的看似相互矛盾的两个方面联系在一起：既显示了乌托邦和政治实践的距离，又揭示出乌托邦是由许多动荡的过渡阶段也就是暂时性所组成的，强化了乌托邦在本质构成上的分裂主义。因此这种孤岛就像是社会机体中的他者，在总体性的分化过程中获得了一个暂时性的静止区域，一方面得以在社会影响力所及的范围之外暂时保留原来的形态，从而反衬出后者在政治改革中的无力，另一方面又同时提供一个空间来展开对关于社会的新的希望图景的详细阐述和试验。

问题于是引向了象征层面：我们如何设想出一个全新的社会世界的可能性？我们能否想象出先于经验的新事物？由此，乌托邦的分裂性的存在"显示出关于乌托邦构思和叙事的创作中的根本的矛盾"——乌托邦想象不断遭受现实原则的冲击，始终无法逃离意识形态的现实力场。即使来到了索拉里斯星这样一个充满绝对差异性的星球，研究大洋的科学家们仍然为地球的意识形态所牵制，不仅他们的知识系统和认知经验是从地球上获取的，而且他们的研究进程既受到科学中心的监控，也受制于出资方的调控。乌托邦孤岛的这种暂时性本质实际上是所有科幻小说的一个突出特征，例如在菲利普·迪克的小说《死亡迷局》中，地球殖民者在外星球经历了九死一生之后，幸存下来的人却发现自己所在的星球就是地球本身，而更可怕的设计莫过于这一切都只是在珀尔休斯9号飞船上发生的多重宇宙或多重人生游戏而已——无论我们如何想象乌托邦，世界的真相就是，"我们哪儿都没去。一直待在原地"[1]。

---

[1] 迪克：《尤比克》，第133页。

这揭示出我们想象乌托邦的局限性所在，除非朝着反乌托邦和灾难的方向想象，否则我们根本无法超越那些限制；而当我们以为想象已经往这个充满否定性的道路上走得足够远时，却发现新世界的天空仍然萦绕着当下现实的气氛。正因如此，詹姆逊才把科幻小说比作一张地图，"它不仅仅投射出全球未来的图景，这个图景往往只是现在各种倾向的扩大"[1]。

系统的一致性同时意味着排他性。如果把这种乌托邦空间的封闭性充分运作起来，它几乎就等同于那种一致性、同一性、纯粹性的抽象理想。[2]当莫尔把他笔下的乌托邦居民当作一个具有同一性的人群时，他不仅将他们视作国家整体，也同时默认他们的个体性。因此系统本身演化为一个同质化的集体，或者一些均匀单位的集合，它不可能容纳任何关于多样性和异质性的可能，因为凡是异质的、多样的、变化的存在在这种集体中都显得特别触目，都将被毫不犹豫地清除出去。因此莫尔对他的乌托邦邻国表现出了非同寻常的冷漠，而莱姆笔下那些持异见的科学家都被当作神经病患者被关进疗养院。最后，不仅个体性的、局部的差异将被彻底抹除和消灭，处于这个同一性系统之外的不和谐力量也统统被命名为他者，受到全面肃清。在这个意义上，乌托邦空间本质上就是一种资本主义的意识形态构形。它着上一身关于未来的想象形态，看似是对现实世界局限性的一种反叛，实际上则把那套压制他者、排除异己的资本主义逻辑渗入哲学、思想、文学、艺术等一切领域。因此这种乌托邦孤岛实际上灌注了一种意识形态暴力，它是现实强权机构更具隐蔽性的变种。它并不囿于资本主义，而是以各种各样的观念形态（比如非人化）介入人们的日常生活逻辑，成为统治意志的共谋。这让我们想到《疯癫与文明》中现代社会对疯癫者的驱逐。正是在这些寓言性悖论之中，乌托邦显露出了它与意识形态的同谋本质。

因此孤岛本身成为一种自反性机制，事实上，当乌托邦表现为一个

---

[1] 弗雷德里克·詹姆逊：《全球化与赛博朋克》，陈永国译，载《文艺报》2004年7月15日。

[2] 参见詹姆逊：《未来考古学》，第274页。

封闭系统时，它就已经最大可能（也最不可能）变成了一个独立自主的和自我指涉的存在，它本质地具有一种结构上的不可能性。[1]这同时也是乌托邦本身固有的结构性矛盾。这些文本直接或间接地反对其自身的意志，在这种矛盾的运动过程中，叙事得到了书写，乌托邦得到了表达，关于这样一个封闭的自反性空间的叙事得到了物质化。这种矛盾结合体及其可能始终被裹挟在意识形态里面，它企图超越现实，但它的存在本身就是受到现实原则浸染和集体意识形态压制的结果。如此，它们在自身创作的可能性中，在对围绕着它们作为乌托邦文本出现的困境的追问中，发现了自己最深的主题。[2]《尤比克》的中阴身设置取消了人物意识与身体的二元论，这虽然出于一种个人主义的生命形式的理想，但这个状况又是资本控制的结果：只有通过缴纳高额护理费才能继续维持中阴身形式。于是在这种一与多、个体与集体之间的意识形态对立中，新的身体结构证明了人类的进化最终是不可能的，这是历史和社会可能性的一种局限。这无疑使得这种叙事的重心转移到一种极其特殊的但更为具体的文本的自我指涉上了。这意味着乌托邦愿望满足的结构本身同时指向了它的客体，即形式变成了内容，对乌托邦孤岛的想象指向了当下的历史现实。因此我们面临的下一个问题是，"从日常经验性的存在中脱离出来的乌托邦想象，如何表现为暂时性的出现和历史性的转变，以及同时保证了新乌托邦社会的根本差异的突变是如何使自己无法被想象的"[3]。

三、《尤比克》与空间辩证法

《尤比克》中发挥作用的多重空间实际上分担了由尤比克所触发的乌托邦焦虑，这些空间系统通过个体性历险的形式被集合到一个乌托邦体裁的超级空间中。文本虚构的力场允许它们以最高的速度切换组合，

---

[1] 参见詹姆逊：《未来考古学》，第59页。
[2] 参见詹姆逊：《未来考古学》，第385页。
[3] 詹姆逊：《未来考古学》，第119页。

而层出不穷的尤克比变体以最具差异性的面目同时出现，并借助表面的事件及其细节的增补，来弥补那种由常识假定所造成的想象的裂缝。但由于叙事的历史性特征，这些超级空间实际上并不是叙事单元，而是场景、布置和描述性的修饰物。因此要对这个充满差异性的新世界进行空间测绘，我们只能采用一种符号学的分析方法，来将这些同位复现的空间还原为更加抽象的结构义素。这种技术就是格雷马斯符号学矩阵，它通过将小说中同位复现的要素还原为四组结构义素，按照逻辑性的序列形成了两两相反或互相矛盾的关系（见图1）。

图1

这是一个最简单的原子式的结构形式，还需要对义素内容即四重空间形式进行说明。最初的文本空间显然是设定于1992年的未来世界，这是一个充斥着琳琅广告的商业世界，对商业机密的窥窃欲望催生出了一股强劲的通灵需求，以霍利斯为首的超能师群体以侦探人们的心灵秘密为业，它的对手则是纽约朗西特公司的反超能师群体，捕食者与被捕食者在资本的逻辑组合下构成一个循环系统，故事即以二者之间的商业战争为发端。故事一开始，朗西特的公司遭遇了经营滑坡，为了得到有效的建议，他来到了储藏亡妻埃拉尸体的"亲友亡灵馆"。这个亡灵馆是这个商业世界的又一个独特产物，只要你能支付高额护理费，它就能用一整套未来机器储存失去生命体征之人的肉身，并通过技术手段激活亡灵大脑中的光相子来实现阴阳交流。也就是说，肉身的死亡并不是生命的终点，资本可以帮助人类实现对死亡的乌托邦式的规避。为了挽回经营颓势，朗西特不惜代价组织了一次对月球基地的反超能行动，参加这次行动的就有新来的反先知超能师帕特。在前文对于时间性的讨论中，我们提及了先知与反先知的科幻设计，实际上，帕特的反先知力的特殊性就在于用一种遗留物的形式固定住其他可能世界，比如前文提到的超能测试，如果不考虑"抹除记忆"这种时间线性的表达，那么第一份测验报告就是平行世界的物质化。

如果说这一文本现实世界所提供的，乃是为读者从传统的阅读和解释走到绝对差异性的乌托邦想象所必需的一段缓冲距离，那么这个判断显然是不够的。因为以上三个科幻设计所起到的作用非但不是对那种习惯性预设的让步，反而提供了一个使它们无所适从的非常规的实验室空间，小说通过月球爆炸事件，强势展开了一个不同寻常的乌托邦世界。这个决定性的提示与"亲友亡灵馆"直接相关。进入中阴身状态的半死人能够通过仪器与其他亡灵取得联系，从而打造了一个与现实世界共存于一个历史序列的中阴身世界。这意味着中阴身世界的切面将历史之流区隔出一个回流区域，使得其中的时间迅速向后倒退，随之形成了不断退化的空间结构。比如前文提及的电梯的退化。对紊乱状态的刻画充分表明，中阴身世界就是一个后现代的超级空间，个体在其中无法对自身的存在状态做出清晰的判断，无论是朗西特还是乔·奇普，都并不晓得自己需要什么，他们只是乌托邦愿望的执行者，始终是被迫行动的。

"意图"的真正发出者是埃拉，她带领迷失的亡灵们研发出了对抗衰败的灵药尤比克，但是她自己的精元和光相子在长期的使用和被吞噬中消失殆尽，当朗西特就经营危机向她咨询的时候，她宣称自己马上就要进入一个转世投胎轮回，这意味着半死人将彻底死亡。这个死亡世界并不参与叙事，但它被设置为现实世界不言而喻的对立面，死亡意味着毁灭和消失，是整个尤比克世界最可怕的噩梦，甚至代替了整个活色生香的商业世界，成为文本叙事的终极动力。从这一层面而言，死亡在这个符号矩阵中所处的结构性位置反而是肯定性的，它的具象化代理人就是乔里。和埃拉一样，乔里的肉身已死，通过每年缴纳高额的护理费，他的幽灵得以久居于中阴身世界。但和埃拉相反，他的存在把整个中阴身世界变成了猛兽出没的恐怖的原始丛林，通过吞噬亡灵精元，他游戏般地创造了整个中阴身的可能世界幻象，它们处于一种急速退化的衰亡之中，空间的交叠越是频繁，死亡的频率越高。只有尤比克能够加速光相子的再生，延缓乔里的死亡游戏。至此，乌托邦空间的四个义素已经现身，它们根据一种逻辑序列排列，形成了符号矩阵的四个自然项，形成了内在于这一体系的四种不同的空间可能性（见图2）。

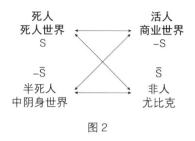

图2

这种内容的补充使得空间义素之间的基本关系一目了然，但显然文本中的乌托邦空间并不以这种纯粹的形式呈现出来，上述那些不同寻常的人物角色也并不能被完全归属于这四个义素中的任何一个。换句话说，这些人物通常是跨空间的存在形态，在我们的语义分析里可以作为厘清乌托邦空间混乱关系的一个索引。所谓的跨空间性就意味着需要对这些义素进行逻辑上的综合或中和，它们对应着这个语义学矩形的不同边线，形成了新的、更为复杂的综合性概念。简单而言，综合项是对S与-S这组对立项的统一，表示介于生与死之间，同时是活人又是死人；而中间项则意味着对底部的$\bar{S}$与$-\bar{S}$两个否定项的支配，表示既是半死人又是非人（的象征）。"这个矩形的左边和右边各自的结合从技术上来讲可以被分别当作肯定的和否定的含义，而对角线则是直接论证的轴线。"[1] 四个综合项以人物角色的具象化形式成功表达了乌托邦空间的异质性，它所履行的功能是一种空间职能，"在这种综合中，对立面或矛盾都可以找到某种理想的解决：假设正是在那个单独的层面上，我们可以撞见作品本身的一些能量和冲动"[2]。

具体说来，综合项意味着将活着（-S）与死亡（S）结合在一起的存在形式，它只能是小说的主人公乔·奇普。大爆炸后小说的主要空间

---

[1] 詹姆逊：《未来考古学》，第467页。
[2] 詹姆逊：《未来考古学》，第491页。

变奏都是以乔的生死悬疑为主线,他一直在为寻找老板朗西特的亡灵信号而努力,到最后却发现老板活着,他自己死了,而他所有惊心动魄的历险都是在一种半死人的状态中完成的。中间项支配了半死人($-\bar{S}$)与尤比克($\bar{S}$)这两个否定项,因此从表面看起来缺乏任何肯定性的内容,它的代理人是埃拉。埃拉的登场代表着整个中阴身世界第一次向现实世界敞开,其半死人的存在形态直接影响了朗西埃的现实决策。同时她也在顽强地和中阴身世界里的衰败和毁灭力量作斗争,发明了阻止衰败的灵药尤比克,但是她自身所综合的两种否定性矛盾压倒了这种正面的力量,导致了不可避免的死亡结局。

如此,将朗西特指定为 $-S$(活人)和 S(尤比克)的肯定性力量的综合显然是合适的,他既身为商业世界的主宰者,拥有雄厚的金钱资本,能够通过亲友亡灵馆的技术手段以现实性的力量介入到中阴身世界之中,激活亡灵的光相子以取得交流。从乔·奇普的视角看,朗西特的现身就意味着所有谜团得到了确定性的答案,他带入中阴身世界的尤比克象征着现实秩序企图干预这个混乱空间的尝试。而乔里显然就是死亡(S)与半死亡($-\bar{S}$)的否定性的综合。这样一来,文本表面所没有表达的他与朗西特之间的特殊关系昭然若揭,如果说乔·奇普期望能够借助朗西特的力量来组织中阴身世界的时间倒退,那么乔里正是朗西特的反面,他是死亡之子,负责为时间的退化赋形。但造出超空间的代价是其自身能量的损耗,于是这种乌托邦式的创世纪再造变成了一场生命竞赛,他大量捕食和吞噬了亡灵的精元,将它们送入终极死亡的深渊。但乔里的功能性远不止如此,他和朗西特一样都是现实商业世界的既得利益者,服务于资本的逻辑,并受到金钱的保护。这意味着他的存在与朗西特处于结构性并列的位置,既不像埃拉那样依赖于情感的联系,也不像反超能师那样为雇佣关系所牵制,他甚至在中阴身世界的暂时性封闭中切断了金钱的限制,如此他获得了最大限度的自由,可以任意而行,最后侵入朗西特所在的现实世界,用三枚刻有乔·奇普的古怪硬币对后者发出了最摄人魂魄的死亡威胁。

这个全新结合的新体系将综合项的概念性内容变成了作品有形素材

的一个个部件，主要角色及其行动在横竖轴线上形成了多元错综的结构性互动，文本叙事的线性局限性于是被巧妙地化解了。而从认知性层面来进一步考察这些综合项的具体内容，考察它们的特殊存在在空间中所承担的职能，我们就会发现这些行动元具有互不相同的特殊的空间转换功能，在转换中裹挟着巨大的意识形态企图，依此表现为迷失、拯救、介入和毁灭。我们可以用更为一般化的概括将它们纳入乌托邦想象的虚构总体（图3）。

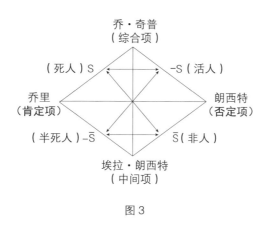

图 3

正如我们前面所提到的，大爆炸之后乔·奇普以为自己还活着，但是周围的世界却发生了匪夷所思的退化，这造成了他巨大的认知危机。作为一个有效推动情节发展的行动元，他完全无法意识到自身的存在，无法判断个体性经验与周围世界的关系，他是被迫行动的，是超空间的迷失者。他对老板朗西特意志的绝对服从和不懈追寻使得后者成为现实秩序的崇高象征。前文提及，朗西特首先是一个商人，他对于物质世界抱持一种绝对的目的性，比如为了与亡妻通话他不惜向亲友亡灵馆支付高昂的护理费，这绝不是出于罗曼蒂克的需求，他也毫不关心埃拉的死活，他只想要攫取现实可行的指导意见而已。他用尽一切手段与爆炸中死去的反超能师群体取得联络，不是出于同志般的友谊，而是为了极力挽回损失，并且为了向行业协会提交报告搜寻证据。但不可否认的是，他确实同中阴身世界的积极力量站到了同一阵线，试图将一种现实秩序

（它在小说中表现为一种侦探式的因果联系），以及尤比克（象征着阻止倒退的力量）引入混乱的空间。这个行动虽然注定失败，但是却在客观上延迟了超空间的衰退和死亡："朗西特不断从外头闯入，让我的工作变得更加艰难。要是没他来分神，造物会容易许多。"[1]

说这句话的人正是这个超空间的缔造者乔里。他用意识创造了无数个符合最低期望值的虚幻现实："当你从纽约飞来，我就造出数百英里的乡村和成片的城镇——这活儿很累人的。我得吃掉很多人来补充损耗。说真的，你一来，我就不得不加快吃人。我需要补充能量。"[2]他的基本存在实际上执行了一种乌托邦式的创世功能，这些创世活动和历史上实际存在的所有原始资本积累一样，必然表现为一种暴力压制和血的代价。从这个角度来看，乔里作为毁灭者最大的原罪就在于，他将个体性的欲望扩张所需要的代价转移为一种集体性的死亡，而埃拉则形成了对他进行道德性牵制的结构附属物。与迪克世界里所有美好的女性形象一样，埃拉是所有其他三个角色的唯一交集点：她是朗西特的妻子，为现实世界提供指导；她是乔里的对手，在中阴身世界持续进行反退化的抗争；她把乔·奇普设定为接班人，对死亡无所恐惧。围绕着埃拉，其他三个行动元产生了意义的交集、对话、矛盾以及对立（图4）。

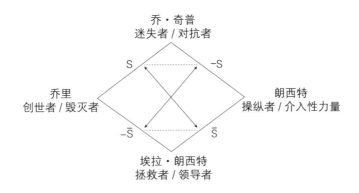

图 4

---

[1]　迪克：《尤比克》，第 173 页。
[2]　迪克：《尤比克》，第 172 页。

这种主题化将一个稳定的比喻或符号式表达赋予了这个运动中的体系，"暗示了对有着明确内容、不变和稳定的意义的能指的教条化"，反言之，这些肯定或实质性的术语折射出了一种根本性的阶级意识形态。[1]于是水平的乔里—朗西特轴线象征着一种个体性的欲望扩张，它显示了对资本的诚服和操纵的悖论性结合，这种个体性的疯狂缔造了我们今日之世界，反过来又可能奴役和摧毁地球上的人类生命。而连接了乔·奇普和埃拉的位置的垂直轴线就是一条倾诉了集体性的乌托邦诉求的轴线，它主张通过无论是主动还是被动的斗争，来改变现实世界的效价，从而暴露出后现代超空间的无能为力之处。就这一意义而言，乔·奇普是中阴身世界里最后一个"起作用的对抗者"，而作为拯救者的埃拉，是迪克对于人类所面对的那种根本性的政治—存在问题所作出的一种美学的解决方式。[2]

然而埃拉最终是走向死亡的，而作为对这种牺牲的补偿，文本其他可能得以涌现，比如小人物乔·奇普成为英雄，毁灭者乔里成为主宰性力量，等等。因此虽然这种牺牲的本质是利他的，但作为小说的显而不露的叙事动力（我们一直跟随朗西特和乔·奇普行动），它显得特别必要。这实际上是科幻小说对乌托邦冲动的一种隔断，象征着真实原则的最终胜利。于是弗洛伊德关于愿望本身性质的问题再一次变成关于乌托邦想象的界限的思考。乔里的个人性疯狂之所以令人讨厌，不是因为这种愿望的自私性质，而是因为它不是"我"的："这个简洁的表达揭示了隐藏在社会秩序及其文化表象之后的一大堆令人不快的相互竞争、互不妥协的欲望。"[3]而作为愿望的一般性的埃拉，"与其说是一种社会可能性，倒不如说是使文化表象成为可能的一种伪装"[4]，这个设置提供了一个被客观化的乌托邦表象，例如埃拉可以拯救朗西特公司，埃拉可以遏制乔里的渗透，埃拉发明尤比克可以终结死亡，等等，但最终消失

---

[1] 詹姆逊：《未来考古学》，第 241—242 页。
[2] 詹姆逊：《未来考古学》，第 471 页。
[3] 詹姆逊：《未来考古学》，第 105 页。
[4] 詹姆逊：《未来考古学》，第 105 页。

在个人幻想和资本扩张之中。但这个乌托邦形式至少给了我们一个标准，使得"我们可以判断出乌托邦文本，也能判断出它所能实现的正和它所压制的一样多"[1]。

因此，《尤比克》的文本寓言所要揭示出来的不是一个更加全面的乌托邦，而是揭示我们在想象一个更美好的未来时的无力。"或者说，它揭示我们生活在一个非乌托邦的现在，既没有历史性也没有将来性，揭示我们被困在一个意识形态终结的制度中。"[2]迪克没有到达乌托邦，他的文本也没有抵达乌托邦，相反，他告诉我们乌托邦是不可想象的。文本过去对于乌托邦未来的全面腐蚀意味着我们绝无可能超越意识形态的现实力场，乌托邦对未来的想象最终被全面性的意识形态压力所解构，即使这种想象的原始动力恰恰源于对后者的批判和反抗。反抗的最终结果也许只能是无能为力，乌托邦想象也注定将为意识形态所肢解。

---

[1] 詹姆逊：《未来考古学》，第 107 页。
[2] 詹姆逊：《文化研究和政治意识》，第 380—381 页。

第十二章 具象复杂性：乌托邦的时空认知逻辑

一、作为典范的《尤比克》

乌托邦的时空认知逻辑是一种基于现实逻辑之上的变形逻辑，它可能是附属性的，也可能是彻底冲突的，可以说，科幻作品都会造就特殊的乌托邦。就其共性而言，现实逻辑与虚构逻辑的比例调配无疑是其基本构架。从功能性的角度出发，既要负载乌托邦与意识形态的双重使命，又要容纳极具悖论的时间踪迹，乌托邦只能采取一种基于认知逻辑之上的虚构的新异性。一方面，它通过对未知事物或他者的科幻设置，使得文本所建构的新世界与现实世界偏离开来，产生陌生感和新奇感；另一方面这种间距不是无限的，乌托邦叙事的主要任务是要利用特殊的认知逻辑来控制偏离的尺度。也就是说，乌托邦虚构与真实世界的偏离以及对这一偏离的认知节制都证明了，某种程度上，虚构比真实更能够将文本的置换机制前景化。而虚构逻辑与现实逻辑的比例调配则因不同作品所创造的世界的不同而发生变化。

菲利普·迪克尤其擅长塑造全新的认知逻辑。迪克在西方科幻文学史上的地位不言而喻。他活跃于 20 世纪 60 年代，正处于美国科幻小说新旧范式转换时期，被认为是引领盎格鲁－美国新浪潮的代表人物。迪克一生创作了 36 部长篇小说和 120 多个短篇小说，以独树一帜的风格显示出对根斯巴克－坎贝尔科幻传统（即旧的黄金时代范式）的背离与反叛，并在他生前和身后都对西方科幻观念和创作产生了重要的冲击和深远的影响。他的作品中所凸显的赛博朋克文化元素，以及对后现代文化景观的先见之明,在他离世后更借着好莱坞的电影改编及亚文化延伸而声名益隆。[1] 近年来,迪克科幻研究也从较为流行的传统社会经济批评[2] 逐渐扩大到更为广阔的跨学科研究领域,与后现代社会的文化－政治表征问题紧紧相连。[3] 在詹姆逊看来,迪克小说对无意识材料和幻想动力的利用使得他的作品呈现出"与他同时代人(从坎贝尔到海因莱)的更为硬性科学式的审美意识形态极为不同的精神"[4]。具体而言,迪克的科幻设定总是和一种迷狂状态有关,是一种非理性的、模糊了现实与虚幻的界限的叙事状态。迪克的小说经常采用现实时间和空间颠倒这样违背常理的科幻设置,从而获得独特的认知陌生化效果,也建构了具有特殊认知规则的乌托邦世界。譬如《太阳系大乐透》(*Solar Lottery*,1955)用一台"瓶子"彩票机摇奖随机选择统治者,《血钱博士》(*Dr. Bloodmoney*,1965)中的宇航员必须每日为核灾后的地球难民广播古典音乐、朗读毛姆的书,《等待去年来临》(*Now Wait for Last Year*,1966)的华盛－35 城市模型再现了 1935 年的华盛顿哥伦比亚特区,前文论及的《高城堡里的人》《仿生人会梦见电子羊吗?》等小说亦描写新时空逻辑。

《尤比克》无疑是这一混杂逻辑里最复杂的一个。迪克用繁杂的时

---

[1] 改编自迪克小说的好莱坞影视剧很多,较著名的有雷德利·斯科特导演的《银翼杀手》(1982)、动画电影《盲区行者》(2006)、史蒂文·斯皮尔伯格导演的《少数派报告》(2002)、伦·怀斯曼执导的《全面回忆》(2012),亚马逊自制剧《高堡奇人》(四季,2015—2019),VR 电影《伟大的 C》(2018),等等。而本书涉及的理论家鲍德里亚、凯瑟琳·海勒、弗雷德里克·詹姆逊、达科·苏文等对其作品都有精彩论述。

[2] 关注对资本主义的批判和揭露,其中具有代表性的是《科幻小说研究》1975 年和 1988 年刊出的菲利普·迪克研究专题。

[3] 更关注文化－政治的表征问题,如鲍德里亚把迪克小说与后现代社会相联系,用一种仿真的超真实世界(a hyperreal universe of simulations)理论来解释现实与虚幻之间界限的消弭;海耶斯·凯瑟琳则关注到控制论技术及其思想在迪克小说中的复现,聚焦自我与世界的边界不稳定等问题。参见 Jean Baudrillard, *Simulacra and Simulations*, trans. Sheila Faria Glaser, Ann Arbor: University of Michigan Press, 1981, pp.82-83; Katherine N Hayles, *How We Became Posthuman: Virtual Bodies in Cybernetics, Literature and Informatics*. Chicago: University of Chicago Press, 1999。

[4] 詹姆逊:《辩证法的效价》,第 415 页。

空形式图绘了一个詹姆逊所说的"替换性的乌托邦未来"[1]。小说极具预见性，但不直接是克拉克式的对未来的技术性预测，也不仅限于对仿生智能时代的伦理思考，它更强调一种个体的神秘体验。小说的主角不是仿生人或机器，而是亡灵，这使得小说乍看起来像一部科幻灵媒的作品，而它所引起的哲学思考也没有明晰地摆在台面上。但正因如此，迪克创作中所特有的对死亡、衰变、熵增、救赎等的根本性关切[2]在《尤比克》中显得尤为突出，这使得这本小说变成《菲利普·K. 迪克注疏》（The Exegesis of Philip K. Dick, 2011）[3]中引用最多的作品，这种"回访"充分显示了它在作家创作生涯中的独特性。

在这个杂糅的乌托邦文本中，对线性时间的遵守是想象的起点也是其阈限，倒退的物质时间表达了对历史进步的深刻怀疑，对《西藏生死书》和古典循环式时间的想象显示了进步从根本上是不可能的。小说还模拟量子逻辑打造了一个洋葱结构的宇宙，在其中置放了一个格式塔式的空间乌托邦集合，把人对历史性或未来感的追寻及其意义消解了，又隐隐显露出新的裂隙，从中孕育了新的可能。最后，时间和空间成为尤

---

[1] 语出自詹姆逊：《辩证法的效价》，第 579 页。迪克称之为"正交时间"："我所说的时间……正是科济列夫博士所假定的能量。时间把一切现象结合在一起、维持一切生命，通过它的活动，把本体论的实在隐藏在它的流动之下。在我的小说《尤比克》中，我以柏拉图式的形式呈现了一个沿着逆行熵轴的运动，而不是我们通常想象的任何衰减或逆转。也许沿着这个轴的正常向前运动，远离熵，递增而非递减，与我描述为横向的轴相同，也就是说，是正交时间而不是线性时间。如果是这样的话，那么这部小说《尤比克》无意中包含了一种科学的而不是哲学的观点。"参见 Philip K. Dick. "Man, Android, and Machine," in *The Shifting Realities of Philip K. Dick*, p.215。

[2] 布莱恩·奥尔迪斯和达科·苏文等学者都在不同程度上讨论了迪克对本体论议题的关切，称其为"皮兰德娄式的知识分子"，参见布莱恩·奥尔迪斯：《亿万年大狂欢——西方科幻小说史》，第 475 页；达科·苏恩文：《科幻面面观》，第 286 页。

[3] 《注疏》选编自迪克在 1974 年至 1982 年去世前所写的八千页日记，从第 3 页到第 891 页（几乎贯穿全书）均提及《尤比克》。在此书第 337 页，迪克写道，《尤比克》与《流吧我的眼泪！》《三处圣痕》《死者的话》《幻觉》（*Time out of Joint*）是同一本小说被写了五次，在这五个一样的故事里，所有人都正在经历一个幻觉世界。参见 Philip K. Dick. *The Exegesis of Philip K. Dick*. Pamela Jackson and Jonathan Lethem eds., Boston and New York: Houghton Mifflin Company, 2011. pp. 337。

比克——一个晚期资本主义的商品隐喻,它无处不在,作用巨大,其特征是伪装成赝品(fake fakes)[1],却成功地进行技术复魅(re-enchant),成为晚期资本主义的支配逻辑,在《尤比克》中被设置为贯通阴阳两界的电子上帝。迪克采用现实时间和空间颠倒这样违背常理的科幻设置,从而获得独特的认知陌生化效果,也建构了具有特殊认知规则的乌托邦世界。从而,乌托邦愿望能否得到满足的问题,就在具体的科幻文本中转化为虚构何以可能的问题,而通常所讨论的文学叙事在何种意义上为真的问题,在《尤比克》中也转化为达成一个具体的未来景观的问题。

二、超越生死边界

小说整体叙事是线性的。它设计了一个1992年的未来世界,超能师靠窃听人头脑中的意识赚钱,人们为了保护隐私,聘请以朗西特为首的反超能师来消解超能师的能力。故事伊始,为了追踪以霍利斯为首的超能师团队,同时伺机大赚一笔,朗西特匆匆答应了一桩买卖,殊不知遭遇陷阱,整个团队被大爆炸袭击,故事自此拓开新的一页。除朗西特之外的其他队员都进入了一个时间不断倒退的中阴身世界,并且直到第12章,他们才发现自己在第6章时已经死亡。时间变化极为奇谲诡怪,他们既无法判断生死,又无法固定时间,更无法用现实的时间逻辑去理解这种变化,由此陷入一种死亡迷局,整个虚拟世界成为一个奇异乌托邦。以乔·奇普为首的反超能师们试图搞清楚自己到底是和其他亡灵共同生活在一个真实空间世界里,还是活在亲友亡灵馆(the Beloved Moratorium)不完备的技术所制造的幻觉里面。于是故事转向了侦探小说和冒险故事的杂糅叙事,带有在洛夫克拉夫特故事中常见的恐怖氛围。

亲友亡灵馆是《尤比克》中最触目的科幻设定之一。在宏观物理世界中,某物生或某物死,这是两种彼此互斥、非此即彼的状态,没有共

---

[1] 迪克创造的词组,参见 Philip K. Dick, "How to Build a Universe That Doesn't Fall Apart Two Days Later," in *The Shifting Realities of Philip K. Dick*, p.264。

存的可能性。但亲友亡灵馆被设计为一个关于未来生命形式的实验盒子，在那里，人的肉身已死，精神却借助光相子激活技术进入一个持续活跃的非死亡状态。意外死亡的人只要支付亲友亡灵馆的高额护理费，就可以像朗西特夫人埃拉那样，依靠一整套未来机器储存僵死的身体，使自己进入所谓"中阴身世界"。物质时间在其中不断倒退，同时事件时间的线性序列被打破并被分置在多个空间切片里，导致了多个平行现实并存一处。同时，活跃在中阴身世界的亡灵，虽然脱离了身体，却具有鲜活的身体经验和精神体验，同活人"一样"。这种濒死与永生的叠加状态或者说生死阈值，活跃在一个又一个密封的盒子（冷冻柜）里，在亲友亡灵馆成为现实。

　　作为技术隐喻，亲友亡灵馆的设定几乎与著名的"薛定谔猫佯谬"实验完全同构。小说描写棺材外的活人用科技连线的方式（观察介入）唤醒亡灵，结果导致了一种类似于微观粒子自旋坍缩的终极结果：亡灵在线（生）或者亡灵消失（死）。这个科幻灵媒包含了一种解决策略，即通过加剧旧的历史与新的可能性之间的矛盾，使得乌托邦世界得以展开：只要亡灵的光相子脑信号被激活，他们就可以跟现实世界打交道，和活人一样真实地影响现实世界，"虽然他无助地躺在冷冻柜里，但一下子赚了四百块……"然而，每一次成功激活（永生）却使人更向死亡（永死）推进一步，又显然说明了这种解决在本质上的不可能性。换句话说，这个乌托邦方案与其说是解决了问题，不如说是规避了困境。因为在未激活之前，中阴身对于棺材外的活人而言，并非一个可直观的世界，如果试图用现实逻辑去理解中阴身的不确定性，那么微观的迷惑将变成宏观的佯谬。由此，当我们进一步发现亲友亡灵馆的馆长赫伯特无法激活朗西特（在另一个故事《死者的话》[1964年完稿]中他也失败了），尤其当我们看到这样的高阶技术经常被迪克描绘成纯体力劳动时，它调动起一种深层的存在焦虑：确定性是幻象，概率被引入了现实图景的核心。

　　同时，在小说设计的未来中，相比起亡灵的精神力量，身体被放在一个很不起眼的位置。关于身体的描述很少出现在迪克的小说里，迪克认为身体不仅容易变形,而且容易被入侵和占领。[1] 在小说中,朗西特的反超能事业所对抗的正是那些入侵身体、窃取隐私的超能师,他本人是活跃在现实世界的商业大亨,却被塑造为一个始终焦头烂额的中年人,无论更换过多少人造器官来维持身体不败,他的活力都已入暮年。

与柏拉图式的身体/灵魂二元论不同[2],活跃在中阴身世界的亡灵们有着截然不同的生命体验。比如,故事的主线被置入一个快速倒退的中阴身世界,这个世界中,时间从1992年倒退到1939年,人物身体属性的不确定性成了情节发展的根本动力。赶往得梅因参加朗西特的葬礼的那些超能师们不仅不知道自己已死,而在这个旅程中亲身经历了同伴可怕的"身体性"死亡:"壁橱底部横卧着一团东西,脱水之后蜷缩成一团,干瘪之形宛如木乃伊。一块像是腐烂碎布的东西遮盖了大部分,好似存放多年之后,内里的肌骨分解消弭,只剩下破布烂片。"这种死亡恐怖在主人公乔·奇普痛苦地攀爬旅馆楼梯时达到高潮,此时他的"身体"已经变成了一个难以移动的沉重负担。这是旅途中的反旅途(倒退),是在死中之死——吊诡的是,他在中阴身世界的功能性恰恰在于避免死亡,他为此四处游走、使尽浑身解数以找到一种尤比克喷雾,来阻止时间倒退和死亡。最终,尤比克挽救了乔的生命。

与乔相对,朗西特带有一种显著的空间功能。他活,则证明乔及其他反超能师皆死,或者相反。在月球大爆炸后,乔和反超能师团队进入了一个时间倒退的混乱状态,整个故事围绕这个困惑展开,作了至少三种可能的假设:一是朗西特已死,但在死前提前录制了讯息留给他们;

---

[1] 相关论点可参见,N. 凯瑟琳·海勒:《我们何以成为后人类》,刘宇清译,北京大学出版社,2017年,第216页;Christopher Palmer, *Philip K. Dick: Exhilaration and Terror of the Postmodern*, Liverpool University Press, 2003, p.51.

[2] 柏拉图如此形容"灵魂"与"身体"的对立状态:"当灵魂自我反省的时候,它穿越多样性而进入纯粹、永久、不朽、不变的领域,这些事物与灵魂的本性是相近的,灵魂一旦获得了独立,摆脱了障碍,它就不再迷路,而是通过接触那些具有相同性质的事物,在绝对、永久、单一的王国里停留。灵魂的这种状态我们称之为智慧。"参见柏拉图:《柏拉图全集》第2卷,王晓朝译,人民出版社,2003年,第83页。

二是朗西特活着，正在试图联系处于中阴身世界的他们；三是这一切不过是帕特玩的反超能把戏，她是反派霍利斯的手下，目的在于把他们困在幻觉里，是一种恶性商业竞争。直到最后谜底"揭晓"：朗西特现身中阴身世界，告知乔已死，他此刻正在亲友亡灵馆试图联系乔，这就解释了为何刻着朗西特头像的硬币会在中阴身世界流通。然而，故事的虚实莫辨在结局处再一次反转：已经被证明处于活人世界的朗西特，居然在口袋里找到了刻着亡灵乔·奇普的硬币！乔在朗西特的世界中显灵，意味着："乔和之前的朗西特一样，通过使自己成为一种系统而获得了自主权（随时随地出现的能力）。他也许是一种乔效应，摆脱了他先前在失败或仅仅是无能的身体里的束缚，摆脱了他有限和摇摆不定的知识。"[1] 这究竟是代表中阴身世界对现实世界的反噬，还是中阴身世界与现实世界的主客颠倒？抑或两者都是精神分裂的产物，其目的也许只在于证明叙事逻辑的辩证自毁性质？

在《尤比克》中，虚构所做的全部工作就在于对这种置换机制的突出或者遮蔽。[2] 如果说亲友亡灵馆是一个关于量子力学佯谬的叠加态模型，那么朗西特与乔这两组人物和两个空间的相互作用就构造了一组运动方向相反的、处于动态守恒的粒子的纠缠态模型。这时，作为观测尺度的现实世界不再外在于整个系统，而与盒子（冷冻柜）里的一切量子态纠缠在一起。换句话说，在朗西特接通中阴身世界信号时，他已成为整个中阴身世界的一部分。而围绕着活人世界和亡灵世界的是整个无边的商品世界，后者不断渗入前两者，由此产生的效应使得单一的波函数分成两个分支，宇宙被分成两个冲突的副本，朗西特生而乔死，乔生而朗西特死，这两个结果都同时存在于它们自身所属的"现实"中，也即存在两个朗西特、两个乔和两套相反的生死对峙系统，在其中，不同版本的乔和朗西特对各自所属的现实的体验却是相同的。至此，小说在认知的拓展和创新上都达到新的高峰，宇宙重新被决定论支配，所有的结

---

[1] Palmer, *Philip K.Dick: Exhilaration and Terror of the Postmodern*, p.202.
[2] 参见詹姆逊：《未来考古学》，第 479 页。

果都是百分之百发生的，而我们之所以无法意识到这一点，唯一的解释是我们情境的有限性，即我们只经历了多重宇宙中的"这一个"。可以说，对结局的处理显示了迪克对外在现实世界的强烈不信任。

三、突破现实因果逻辑

由以上的讨论，我们可以看到，这一所谓的"中阴身世界"就像中国古代民间信仰中的阴间世界，它与阳间世界形成强烈对照。在这个世界中，时间之矢和空间位置相对现实世界而言都是错乱的，但正如我们在某种程度上相信阴间世界具有它的合理性，我们也会在小说中相信这个中阴身世界具有它的合理性，而这一合理性无疑是突破了现实的因果逻辑的，当然，这一突破也要以现实因果逻辑为跳板。

现实世界中，过去、现在、未来分野鲜明，不可越界。迪克却在其中加入了先知及反先知元素，取消了现实时间的不可逆性，因此极大地偏离了现实常规，形成了一个极具欺骗性的时间迷宫。如果说先知的能力在于越过现在、从过去预知一个必然未来，[1]那么反先知就必须回到先知做决定的现场，即那个被提前预知的未来的过去（有可能是现在），通过篡改在这个"过去"中展开的事件因，切断先知与其所预知到的未来之间的必然联系，拓展事态的其他可能面向，从而改变未来。先知/反先知的逻辑都是对线性因果律的修改，但仍不出其外，即他们依旧通过改变过去的初始条件继而改变现在。但帕特的反超能则有别于以上两种，因果律对她失效——她可以选择其他可能世界中的现实，替换当下现实。

小说对她的反超能共有三次描写。第一次是帕特自述。她的父母是先知，曾预言她将在两周后打破一个花瓶，于是提前惩罚了她。果然两周后她打碎了花瓶。按照现实逻辑，一个已经摔碎的花瓶，我们无论如何不可能将它百分百复原。但是帕特却用意念唤回了完整的花瓶的实

---

[1] 小说把无数可能未来的集合体形容为一个蜂巢结构，先知从中选择最亮的一格作为未来。迪克：《尤比克》，第22页。亦可参见迪克另一部杰作《少数派报告》。

体，并且不被任何人发现。换句话说，现实其他部分不变，花瓶作为唯一的因变量退回到"过去"的样子。这与我们的现实经验大相径庭。第二次是帕特初次进入乔的公寓，接受乔的测试。乔安装好测试仪器后，小说以乔的视角把笔墨集中在对帕特的描写上。她先脱了靴子，然后逐个解开上衣的纽扣。乔很惊讶：

"我是说，你要脱光衣服吗？"
"你不记得了。"
"不记得什么？"
"不记得我没脱衣服的情况。在另一个现在。你不喜欢我那样，我就抹去了记忆。所以现在——"她曼妙地站起身。
"你没脱衣服时，我怎么了？"他谨慎地问道，"拒绝测试你？"
"你抱怨说，阿什伍德先生高估了我的反超能。"
"我不会那样做。不可能。"

接着帕特拿出一份反对雇佣的报告，写有特殊秘密记号，是乔亲笔，而乔完全不记得此事。帕特把这份报告解释为另一个"现在"的遗留物，以此证明自己的超能力。于是乔在震惊中写了一份同意雇佣的报告。显然，两份报告前后"相续"，按照线性时间的逻辑，另一个"现在"相对于当下而言就意味着"过去"。但"过去"却并不显现为一种由远而近的线性时间序列，更由于当事人记忆缺失，所以它无法与眼前这个在场的现在产生因果联系，或者说它违背了因果律，更像是一个天外飞物用强力介入了当下。换言之，这另一个"现在"虽然不一定为真，但由于有报告这一遗留物为证，表明已经发生了无法避免的既成事实，是出自可能的不可能。这里，报告作为和花瓶一样的因变量，成了两个时间切片（time slide）的中介，所不同的是，在花瓶事件中，完整的花瓶替换了破碎的花瓶，而在这个测试中，帕特使两份报告并存。帕特对现实的改造表明这些现实所处的宇宙不是蜂巢结构，而更像一个洋葱结构，由层层叠叠的时间切片构成，每一片都与其他部分略有区别又同样真实。[1] 只有帕特能够看到它们，并魔法般地从中选择一个称心如意的可能现实作为当下现实。在此，我们又一次看到了对量子模型的科幻演绎。因而帕特的反超能与其说是幻想小说中的魔法，毋宁说是科幻理性的寓言构造，更准确地说，迪克用一种超常时间的新逻辑推翻了线性时间的暴政，以至于"我们 [包括人物和读者] 根本无法立刻意识到现实的改变"。从这个角度看，帕特确实代表了一种更高级的智能形式。[2]

如前所述，在一种全新的假设中，原来那种合乎因果律的、历时的、线性的叙事策略宣告失效，于是，想象一个超出日常经验的未来世界所需要解决的问题在《尤比克》中突出地显现为一种时间上的困境。我们只能"将因果律当作一种巨大的共时性相互关系，当作一个多元决定网，一个由无数同时共存的细胞或脉络组成的斯宾诺莎式的物质"[3]。换言之，我们在量子逻辑的科幻包装下看到的，实则是一种詹姆逊所说的"本质上的叙事性范畴"的转向，即从一个线性的、单向的终极决定论彻底转向，出现了叙述的增殖，变成一种持续扩散的、结构性的多元决定论。这在小说第三次对帕特反超能的特写中展露无遗。

---

[1] "这意味着我们的世界在时间上 (而不是在空间上) 是广阔的，就像一个洋葱，几乎有无限个连续的层。如果说线性时间似乎增加了层，那么正交的时间则也许离这些层，暴露出越来越大的存在层。这里让人想起普罗提诺对宇宙的看法，他认为宇宙是由同心圆的放射物组成的，每一个都比另一个拥有更多的存在或现实。"设想一下世界横向排列的可能性，即多个重叠的地球，沿着它们的连接轴，一个人可以以某种方式移动——可以以一种神秘的方式旅行，从最坏的到公平的到好的，再到优秀的……" Philip K. Dick, "Man, Android, and Machine," in *The Shifting Realities of Philip K. Dick*, p.217.

[2] 参见 Palmer, *Philip K.Dick: Exhilaration and Terror of the Postmodern*, p.14-15. 小说的人物分类大概分普通人、超能师和反超能师。超能师和霍利斯所代表的是技术和商业对人的入侵（霸权），他们经常显现为一种人工智能的形式，我们在小说中极少看到对超能师个体的描写，而朗西埃与反超能师则表现了人对技术的对抗与依存的双重矛盾。

[3] "历时性的因果律，是原因的单弦，是关于变化的撞球理论，它倾向于隔离出一条可能不同的因果线，隔离出一击命中的有效性（甚至是一个终极决定性例证），这种功效可以很轻易地被一个替换性的假设所取代。但如果我们不用这一历时性的线索，而是将因果律当作一种巨大的共时性相互关系，当作一个多元决定网，一个由无数同时共存的细胞或脉络组成的斯宾诺莎式的物质，那么要反对某种因果交替就更加困难……" 参见詹姆逊：《未来考古学》，第 122 页。

第三次"魔法"发生在朗西特的办公室里。朗西特集结反超能师,准备出发去月球。他第一次见到帕特时,对她的能力表示怀疑。于是帕特施展技术自证,随后至少闪现了六个重叠现实(见图1),它们各行其是,交汇于或者说扭结于"乔第一次向朗西特介绍帕特"这个情节里。

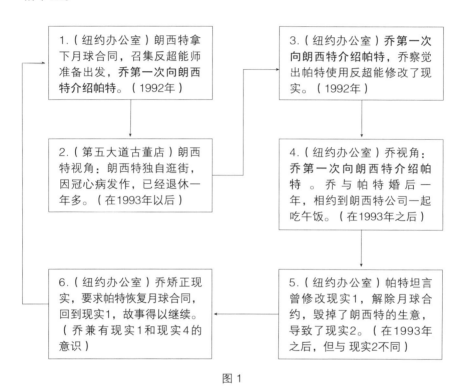

图 1

时间切片1是故事的现实起点,1992年朗西特团队出征前,在纽约办公室,乔第一次向朗西特介绍帕特,朗西特生疑。继而叙事视点从客观叙述者切换为朗西特,此刻他已退休,正身处第五大道,回想1992年月球合约破裂导致了事业失败,这个故事与时间1相悖,此为时间切片2。继而视点又迅速返回朗西特办公室,乔第一次向朗西特介绍帕特,这是一个与故事起点并行的时间切片3,此时乔察觉出帕特使用过反超能。此时叙事视点切换为乔视角,帕特故技重施,紧急调换出时间切片4:帕特到朗西特公司找乔一起吃午饭,乔第一次向朗西特介绍帕特，此时乔与帕特已结婚一年，帕特戴着婚戒——我们知道，他们在时间切片 1 中刚认识不久。乔紧追不舍，穷究其因，帕特声称自己解除了月球合约，毁掉了朗西特的生意，即通过改变时间 1，导致了时间 2，于是时间 4 变成了时间 1 与时间 2 的注脚，却又大为不同（即出现了两次"乔第一次向朗西特介绍帕特"），这是第 5 个时间切片。乔制止了帕特，努力矫正现实，于是故事回到了时间 1，但又是新的开始，因为在这个现实里，所有相关人已经完全肯定了帕特的能力，此为第 6 个时间切片。

上述的时间悖论无法用线性因果逻辑来解释，多个现实的相互消解或纠缠及其边界的模糊，都突出地显现为一种精神错乱的形式。例如，时间切片 1 和 2 是互斥事件，朗西特要么接到生意，要么失去生意，这两者都是可能的，但是按照莱布尼茨的观点，两者之间却无法"共可能"（compossible），即无法在一个空间中既发生又不发生，在这种情况下事件的可能性彼此互斥。与此相对的概念是"非共可能性"（incompossibilite），它表示事件并非不可能，而只是在可能之下的"非共可能"，也即那些互相排斥的可能性隶属于不同的共时性空间，而这些空间又同属于一个宇宙。[1] 这时朗西特团队出征月球在现实的某种可能里是发生的，而在另一种可能里又是不发生的，当这两者存在于一个共时性的现在，真相就陷入了一座时间的迷宫，"通过非共可能的当刻，并返回无必要为真的过去"[2]。于是一种新的叙事出现了："叙事不再是真的，换言之不再追求为真，而是根本地伪造。"[3] 如果说"忠实叙事"代表一种真实的描绘，以因果律和历时性为法则，那么时空变化将丝毫不会动摇这种连续性，此时叙事涉及的是一个判断系统。而与之相反，"伪造叙事"不断地以切离空间与去历时性为手段破坏着这种判断系统。这在描写乔与帕特的关系时表现得尤为明显，两人初相识(时间1)

---

[1] 吉尔·德勒兹：《电影Ⅱ：时间—影像》，黄建宏译，台北：远流出版事业股份有限公司，2003 年，第 552 页。

[2] 德勒兹：《电影Ⅱ：时间—影像》，第 552 页。

[3] 德勒兹：《电影Ⅱ：时间—影像》，第 552 页。

和婚后一年（时间4）这两个异质时间情态吊诡地并存于"现在"，和小说整体叙事的历时性逻辑形成了巨大的悖反，换言之，去历时性使得这里的情节显得莫名其妙——时间4的真实性仅凭一只婚戒自证其身，实际上，帕特的超能力的特殊性就在于它用一种遗留物的形式固定住其他可能世界，比如前文提到的超能测试，如果不考虑"抹除记忆"这种时间线性的表达，那么第一份测验报告和这只婚戒就是平行世界的具象化。至此，"'我是它者'"已经取代了'我＝我'的关系"[1]。

德勒兹所谓"伪造叙事"就是虚构的力量，按照德勒兹的观点，时间的纯粹形式会造成真相观念的危机。[2] 或者用精神分析学说的术语说，愿望满足所遵循的真实原则在后现代时间中将必然遭受危机。这在《尤比克》中表现明显，不仅真实与想象的不可区辨性愈加突出，而且由于它的时间指向是一个尚未到来的未来，因此充满了"对此刻提出无法解释的差异性、对过去提出真伪之间的未决抉择"的矛盾。[3] 迪克带着他认识论上的不稳定性来想象我们现在称之为后现代主义的状况，小说的叙事在多元异质空间中无限增殖，并指向一种乌托邦的神迹：存在一种已知的或梦想的一切可能性，在认知逻辑的基础上实现超自然愿望。[4]

四、真实的幻觉：文本辩证法

如前所述，月球上的爆炸是《尤比克》中所有关于未来的特殊景象的前因，它成了"真实"世界与幻觉的或者说在精神领域发生的事情的分水岭，使得整个富足光鲜的未来世界陷入了结构上的和本质上的混乱，这种混乱突出地表现为边界模糊的时间迷宫和奇谲诡变的多重现实，进一步强化了迪克创作中那种梦寐般的不确定性。正如小说后面所表现的那样，我们越来越无法区分所谓真实与虚构，詹姆逊对《血钱博

---

[1]　德勒兹：《电影Ⅱ：时间—影像》，第555页。
[2]　参见德勒兹：《电影Ⅱ：时间—影像》，第551页。
[3]　参见詹姆逊：《电影Ⅱ：时间—影像》，第553页。
[4]　参见詹姆逊：《科幻小说变形记》，第73页。

士》的评价同样适用于《尤比克》："在这种不确定性中，精神世界仿佛跃出了它自己的边界，重新表现为幻觉或对客观世界的某种影像性的、巧妙的再现。"[1] 而迪克在《尤比克》中拒绝了那种超现实主义的纯粹的幻想叙事，把尤比克加入了与未来相关的精神事件，前者以一种后现代版本的对戈多式乌托邦的愿景掌控了整个虚构叙事，同时又作为一种现实力量介入叙事，肯定了现实原则对幻想世界的渗透。

但是"尤比克"究竟是什么呢？尤比克首先代表了我们生活的一切需要。小说16个章节的开头整齐划一地以广告词开头。这些广告提供了一份关于尤比克指称物的长清单：啤酒、咖啡、麦片粥、护发素、安眠药、口腔除臭剂……琳琅满目的指称物连缀成一个能指的游戏链，它们喧闹嘈杂，尽人皆知，可任意切换，不断滑动，没有起点和终点，总体上呈现了一幅令人迷醉的商品世界景观。它们支撑尤比克、定义尤比克、分解尤比克，同时无一不是暂时性的、任意的、有限的。这种商品/尤比克的交错构造了一个德波所说的景观社会：所有的事物如果不出现在报纸和电视上，似乎就不存在。同时，每一个广告词的结尾都是"谨按说明，绝对安全"，与其说是购物建议，不如说是购物指令，当尤比克广告以朗西特"显灵"的形式渗透到中阴身世界，这里第一次出现了消费者："乔决定赶回住处，去取免费试用装，然后前往得梅因。毕竟，电视广告就是这么敦促他的。带上一罐尤比克更有安全感，短广告见缝插针地反复灌输。乔想，无论好歹活歹活，最好听从告诫。"[2] 显然，这是一种伪欲望的引导形式，它通过单向灌输制造需要。然而，如同广告高高悬挂在每一章节之前，尤比克也始终飘浮在商品王国的上方。尤比克的命名功能同时是对尤比克自身的否定，广告词中诱惑和训诫奇迹般共存，商品越多，尤比克增殖越快，否定越增加。这是一个奇怪的游戏，一方面，景观的无限增殖将冲突及其解决戏剧化，从而使尤比克登上了商品拜物教的神殿，这正是推动资本主义扩张的中心动力；另一方面，当尤比克指称一切时，也意味着它丧失了方向性——这个由尤比克

---

[1] 詹姆逊：《未来考古学》，第461页。
[2] 迪克：《尤比克》，第113页。

构筑起来的商品王国不过是幻象，我们无法抓住一只漂浮的幽灵。这种内蕴于尤比克的自反性把我们引向了一种关于乌托邦本体的辩证法。它确证了一种德波所谓"弥散的"（diffuse）景观形式，这在中阴身世界中得到证明。

在中阴身世界，尤比克具有了一种能与时间相抗衡的神性，能防止衰败，使处于中阴身的人免于堕入彻底死亡，是永恒的、具有唯一性的。而它的现实形态则非常低廉，小说把它描写为一种具有鲜艳外观的喷雾剂，然而当乔拿到试用装时，这个喷雾却退回到肝肾膏的状态，并且药品成分多为致死性的。通过这种方式，尤比克所内蕴的革命性与它的可视的现实形态之间形成了一股激烈的角力，既彼此压制，又互相揭发，构成了关于乌托邦本体的辩证法：一方面，乌托邦是充满希望的救世良药，另一方面，由于乌托邦具有内在的空想性质，无法适应真实情况，所以对乌托邦的依赖则使这一救世良药变成了现实的毒药。我们看到，在一个急速衰败的世界里，尤比克本身也在退化："1939 年产的尤比克肝肾膏退转到了八十多年前：短短几小时，就从喷雾罐变回罐子，从罐子退回木制胚胎瓶。"在这里，因其与经验现实的极端差异性，而产生了时间上的失效，而且这样下不来，尤比克就成了一个极易被读者的常识性判断所排斥的虚构事件，它至少是"不真实"的（如果不是"假"的话）。但这种"不真实"与尤比克的缺位形成奇特的相互否定性呼应，即小说里乔始终未能寻找到一瓶名副其实的尤比克喷雾，换句话说，哪怕尤比克是虚假的希望，我们可以把它看作资本主义市场经济虚假性的一种征兆，但是，它却并不真正摆在那里，而是一个观念悬设，而这样下不来，在中阴身世界这个充满悖论性质的世界里，尤比克既占据了一个不可或缺的真理性位置，它又形成了一个空洞。

第四部分
乌托邦叙事与伦理锻造

  科幻乌托邦是一种叙事乌托邦,在文本之中,蕴涵各种乌托邦能量,这些能量虽然是虚构的,从内容上看,指向未来维度,但它毕竟源于实际的想象,这一想象最终会反冲向现在时间,并形成特殊的现实性叙事伦理,影响实际生活,并与实际伦理结合为一体,形成既真实又有虚构性的伦理观念。我们不要把科幻乌托邦的伦理观念误认为虚妄之物,现实本身就充满虚构,观念之物从来不只是跟在现实后面,它引导现实,因而,科幻叙事所形成的伦理观念是对现实观念和现实体验的有效引导方式,它使未来之维在现在这一时间维度上显现出来,并影响我们实际的伦理行动。

第十三章　科幻乌托邦的超限人性：《西部世界》的叙事"套路"与价值系统

《西部世界》电影版和美剧版共有一些叙事程式，可称之为叙事"套路"，它保证了原版和改编版的连续性，同时，叙事"套路"同时也是一种互文性，它强调其中的程式化挪用因素。在科幻文本中，"套路"不仅存在于叙事程式层面，还存在于价值系统层面，它们都可能是陈陈相因的。科幻文本中所展现的后人类状况并不意指未来现实，它只是借助一种未来的关切展现当下时代的阅读兴趣。所以，所谓的后人类其实是一种混杂着事实性的未来期待、叙事套路与阅读期待的结合体，从其中展现的是一种超越一般人性限度的超限人性。

一、关于"套路"的概念说明

"套路"，我们一般把它称为叙事程式。这里使用"套路"一词，是为了强调叙事方式对价值系统的影响，强调叙事的技术方面的因素对作品整体的塑造。叙事学研究从小说或民间故事当中抽取出多种元素，不同元素间的组合就构成一个具体的结构方式，可以说，叙事各种元素的具体运用才形成了不同的作品。普罗普对民间故事的叙事结构分析显现了主题方面的连续性，甚至情节方面也陈陈相因。不同故事之间可能采取了一些相同的结构，"变换的是角色的名称（以及他们的物品），不变的是他们的行动或功能"[1]。对于具体叙事作品来说只要某一个元素改

---

[1]　弗拉基米尔·雅可夫列维奇·普罗普：《故事形态学》，贾放译，中华书局，2006年，第17页。

变了，作品的新奇感就会产生。我们从来不期待所有的叙事元素改变，只有完全创新性作品才可能同时改变多个元素，一般来说，只要某一个叙事元素发生改变，就会带动叙事系统发生改变，产生一个新的叙事作品。这是叙事魅力产生的一个重要根源。

之所以用"套路"一词来替代叙事程式，是为了强调叙事中的某些无关价值的元素。当然，任何"套路"都不仅仅是"套路"，创作者在使用相关叙事"套路"的时候，总是从叙事内容的发展和叙事效果两个方面来选择"套路"，在某些方面这其实已经带上整体性选择判断的成分。所以，当这里强调"套路"的时候，只是有意为之，目的是突出科幻作品的虚构表述特性。而在一般态度中，科幻作品似乎奇特地戴上了预言性质或预备事实性质的高帽，这种态度就不仅属于科幻故事的奇观，更是当代文化观念的奇观。在这里，我在两个层面上使用"套路"一词，一是作品之中的叙事片段，二是叙事作品所产生的价值系统。一般认为，价值系统相当于整个作品的形而上学层思考，但在这里格外强调它的叙事要素，将它视为一个大的"套路"，也就是说，价值系统也是一个叙事作品必须考虑的元素，它决定着作品整体的倾向。在一个叙事作品中，不仅情节元素可以成为不断沿袭的套路，价值系统同样如此。这在科幻作品中表现得尤其明显。一般来说，强调科幻作品叙事程式方面的"套路"是恰当的，而将价值系统同样视为"套路"有过度强化的嫌疑，但对于后人类的人性这样一个更广阔的话题，这一强化是有特殊用意的。

二、两种"套路"：叙事程式与价值系统

虽然现代版权意识已经非常强，但如果我们看一看文学史上的作品，就会发现叙事程式方面的陈陈相因是一种常见现象。当然，这不是现代意义上的抄袭。虽然在结构上或者某些因素上具有一些复制性或者模仿特征，但只要没有一个直接的姓名、场景、描写方面的雷同就

不会有抄袭方面的指责[1]，叙事元素的重复出现反而是文类特征的一种表现[2]。

如果我们把拍摄于 1973 年的电影《西部世界》与拍摄于 2015 年的美剧《西部世界》相对比，就会发现两部科幻作品中相同的"套路"和一些"套路"的细节改变。

首先，从整体结构上来看，1973 年的《西部世界》所具有的一些"套路"可能被 2016 年的《西部世界》所继承，比如说整体的框架。电影《西部世界》设计了三个世界：罗马世界、西部世界和中世纪世界，其中最重要的内容还是西部世界，其他两个世界都是附加的陪衬，戏份不多。电影《西部世界》这个"套路"被美剧彻底继承下来，在美剧这一场景当中，保留了电影几乎所有的人性设计和基本"套路"。比如，电影中两个游客一起去西部世界游玩，其中一个是识途老马，另外一个是新手，他们之间有一种引导和带领的关系。这一功能结构模式被美剧完全继承下来。当然，在电影和美剧中这对关系的功能有所不同。不要忘记电影是在 1973 年公映，在那个时代，机器人乐园还是一个极其新鲜的"套路"，对观众具有极大的震撼力，观众同影片中的新手一样，对接下来面临的情境缺乏准备，所以这时有一个识途老马无疑起到让人安心的作用。在美剧中，这一"套路"已经有所改变，主要价值元素已经由电影版的猎奇转变为杀戮人性与爱的人性的冲突，这也是美剧的长度可以充分展开的，所以，美剧情节相对要复杂许多，这一复杂性也体现在主人公的变化上面。电影当中，探索西部世界的两个年轻人，一个被西部世界的机器人杀死，一个将追杀他的机器人杀掉，逃离了西部世界。虽然结局惊悚，在情节的设计上其实俗不可耐：被机器人杀死的年

---

[1] 刘汉波：《著作权司法实践中的文学观念批判——以文学剽窃的认定为中心的考察》，中国社会科学出版社，2014 年，第 227 页。

[2] 这就是法国理论家克里斯蒂娃所提出的"互文性"，这一概念指在文本之间以及文本与社会、历史之间敞开着无限的关联性，从叙事程式上说，作者通过引用、拼贴、戏仿等手法对其他文本进行吸收、改编，形成一个新的文本，而读者在阅读时也同样参考自己形成的阅读程式，对文本进行各种互文解读。由此关联，文本聚集了丰富而复杂的意义内涵。相关研究参见王瑾：《互文性》，广西师范大学出版社，2005 年。

轻人可以提高观众的紧张感，从而对西部世界的崩溃势能产生心理预期。不过如果这一预期彻底实现的话，整部电影会成为一部悲剧电影，但这一风格并不太适合未来探索类型片的要求：再惊悚的未来，也需要一种逃离的可能性，没有豁免结局只会让观众产生恐惧和厌倦感，这会转为恐怖的电影类型，所以，必须安排一个年轻人逃离整个乐园。这是具有未来探索性质的科幻电影类型决定的快餐型结局。美剧《西部世界》就不一样了，它有充分的情节时间来铺陈整个故事，两个年轻人也由主人公的角色转化为情节推动型角色，真正的剧情主人公转变为仿生人德洛依丝和梅芙，两个年轻人围绕着德洛依丝的命运展开不同观念的角逐，一个把仿生人当作玩偶，一个则爱上德洛依丝，希望帮她获得新生。由于价值观念的差异，最终朋友反目，其中一个把另外一个杀死。

最相似的"套路"实际上就是仿生人[1]反抗的主题。在电影中，机器人最终出现程序故障，杀死了几乎所有游客，最终只剩下主人公逃脱出去。这一"套路"被美剧彻底发挥出来。从基本的趣味看，电影的基本倾向是对这一"事件"的震惊，随着震惊，它所包含的淡淡的恐惧味道从情节的发展当中不可遏制地散发出来。当然，这一效应在观众走出影院之后会逐渐消散，因为在1973年，一切还显得那么遥远，举目四望，周围人群与我们无异，科技还没有把仿生的可能带到我们身边，所以危险还没有真正来临，而且，西部世界是一个封闭的地点，哪怕从乌托邦转变为恶托邦，它也是被封闭在一个受限定的地方，无法对一般的日常生活产生影响，所以，普通观众是安全的。詹姆逊把这种封闭的乌托邦称为孤岛乌托邦，这是乌托邦的古典形式，其封闭式的空间形态与古典政治和军事形态相适应。[2] 由此观之，震惊美学既包含着震惊，也

---

[1] 电影《西部世界》中的仿生人更多被视为机器人（Robot），仿生性质比较弱，这是时代的限制，电影所展现出来的想象力必然受到时代科技发展的限制。在那个时期，大概只有一部电影可算得上真正的仿生人（Android）电影，即《银翼杀手》；而美剧《西部世界》则受到现代科技发展的鼓舞，充分发挥仿生的科技想象。因此，在下面的行文中，谈到电影《西部世界》的时候，使用"机器人"这一名称，而谈到美剧《西部世界》的时候，使用"仿生人"这一名称。

[2] 詹姆逊：《未来考古学》，第28页。

包含着抵御震惊的元素，这一元素可能来自日常生活，也可能来自想象和叙事的程式，这是经过美学程式淘洗过的，只有这两者结合在一起，才能形成一种震惊的满足感。但在美剧中，西部乐园却必然从封闭走向开放，无论德洛依丝，还是梅芙，她们都突破乐园，走向外界，拿起枪杀掉阻拦者，德洛依丝还杀死了乐园的创造者福德，这不可避免地通过剧情从情绪上将虚构文本引向实际生活。这一效应将是不断发酵的。我们除了震惊之外，还会产生<u>丝丝缕缕的不安</u>：也许这是我们的未来。由此，多个既有叙事"套路"利用当代科技发展，结合文化想象，与文本程式达到某种价值上的断定，最终指向一种整体性的系统，一种大的价值方面的"套路"。

上面所谈的"套路"系统都是从叙事程式的角度来说的，也就是说构成整个电影或者美剧的各个组成部分实际上具有共同的元素，这些元素具有共同的结构和使用的方式，其不同之处是具体的情节运用。我们把握这样的方法，将它用到其他地方，这样的"套路"有点类似于互文性。

由于所处剧情的位置不同，一个"套路"可能产生不同的内涵或者发展方向。再以两个年轻人为例，他们在电影当中是朋友，冲突对方是乐园机器人；在美剧当中，他们却形成直接冲突，甚至代表了人性与兽性的对抗。这样的不同的状况既来自"套路"，又出自整个剧情，剧情系统可称为价值系统。价值系统往往被当作一种实际的价值观念，我们在各种分析文本中会看到虚构文本的价值系统与实际生活的价值系统经常形成相互阐明的关系，但也会出现将两者混为一谈的误区。在电影或电视剧当中，我们应该把它当作一个新的或者潜在的操作系统来对待，这样才能更有利于揭示这一问题的重心。叙事"套路"与价值"套路"系统两相叠加将产生不同的戏剧文本。为什么在两部剧当中，两位主人公的命运、死亡的方式、相互关系迥然相异？这是因为在两个文本当中添加了不同的价值系统，新的"套路"尤其是价值系统方面的"套路"加入，对情节走向起到根本性的调整作用。比如在电影当中，这个"套路"系统是人与机器之间的对抗，相对来讲，电影有比较强的猎奇成分,1973年机器人不免是一个新奇的东西,人类并不把他(或它)当成一个潜在的具有人性的对象来看待,所以从整部剧的基调来看,我们在其中看到了机器杀人的恐怖性。这可能警醒我们,机器带给我们的不仅仅是益处,还有可怕的反抗性质,这益处包含着他可以任由我们宣泄性欲和杀戮欲,对于那时的人性系统来说具有一种欣喜的效果,就像17世纪的科学巨人们当众杀戮小动物也带着激动的性质一样。[1] 那么,这样的"套路"系统价值系统实际上跟当时人的整个价值观念是有关联的,此时,他们并没有一种机器人性的观念产生出来。但是在美剧当中,这样的情况已经有所改变,最大的改变就在于仿生人经过几十年的发展,已经展现了一种人性发展的曙光,虽然我们离那一曙光看起来还如此遥远,但是我们知道,对于一个在外表上和情感上与普通人都没有什么区分的机器,我们怎么可以毫无人性地把他们仅仅当作表演的道具来对待,而不是把他当作一个"人"来对待?美剧《西部世界》实际上就具有了一套新的价值系统,这套新的价值系统就在探索:如果一种被我们创造的仿生人具有了人性,那么他们的反抗是不是具有一种正义性?而人类对他们进行玩弄,把他们当作自己泄欲的工具来对待是不是毫无人性?通过复杂的剧情和不断地发展来看,可以看到这一套新的价值系统逐渐翻转,昭示一种机器人性的诞生。

我们看到叙事结构的"套路"与价值取向的"套路"系统之间会形成各种复杂的关联,虽然我们在此只是看到了两种"套路"的区分,但是这一区分所产生的文本也同样是无限的。叙事程式的"套路"更多的是技巧,但是价值系统却往往需要很多条件,这些条件依赖于当时的文化政治观念以及人们的意识之间的不同区分。比如在电影当中,人们的意识中并没有关于机器人性的问题,那么我们就会看到机器绝对跟我们人性无关,它仅仅是一种冷冰冰的存在,在机器当中,根本没有所谓的自由意志或自我意识的问题,有的仅仅是程序操作与失控之间的关系,因此,我们在电影当中看到,虽然从外表上那些机器人以假乱真,但

---

[1] 参见爱德华·多尼克:《机械宇宙:艾萨克·牛顿、皇家学会与现代世界的诞生》,黄珮玲译,社会科学文献出版社,2015年,第76—82页。

他们实际上只具有一层脆弱的外衣，他的内部完全是电路。而在美剧当中，这样的情况已经有了很大的改变，表层不再是一层脆弱的皮肤，而包含了肌肉以及各种甚至是神经之类的东西，仅仅在他们的大脑或心脏部位有一些拟动力体或者是电池，那么，我们紧接着就面临着一个新鲜的问题：电影叙事中，人们对那些（仿生）机器人为什么如此冷漠，以至于从来没有预设过他们的人性问题；而在美剧当中，如果没有预设机器的人性，那么，我们会觉得剧情显得非常没有人性，甚至可以说，如果仿生人不发展出人性的话，我们会觉得惊奇。这样的变化到底是如何发生的？当然如果我们注意一下电影和美剧的时间间隔，我们就会恍然大悟，通过五十年的发展，人工智能在人的生活当中占有了越来越多的分量，那么我们就很容易发现，将他们视为服务于我们的附庸机器，如果我们称呼他们为机器的话，就会忽略他们具有自己的判断乃至愿望的可能性。特别是近二十多年以来，仿生人具有反抗意识，慢慢地在各种科幻作品中成为一个普遍的"套路"，这一"套路"在1973年的电影当中还未出现，在我们这个时代却成为普遍的"套路"。反思这一点是为了提醒：所谓的价值系统是由多个叙事"套路"不断衍生、变化、沟通、改造等组合产生出来的，当它足够复杂之后，就衍生出新的价值系统。这一价值系统看上去直接来自生活，其实不全面，它同时也来自叙事历史的整体性建构。由此可以看到，小的叙事"套路"与大的叙事"套路"之间，往往是个别作品与整体历史叙事观之间的差别。

三、溢出的"套路"：不死者与重生

无论电影还是美剧，仿生人都具有一种特性，这一特性与它们的本性密切相关，即机器的可复制性。这一点看上去平淡无奇，寻常可见。但放在人的生命层面去观察这一特性，马上就会发现其中存在一个重大的转换：与人的肉体相比较而言，机器具有无限可修复性，如果某种意识可以在不同的机器介质中转移，我们甚至可以说他们是不死的。在电影当中，机器人只被当作一种机器，它们的不死性表现得并没有那么显著，虽然在外表上与人类相似，但是他们不具有人类的种种反应，而是完全被程序所操控，决定他们行为的是后台控制电脑以及各种参数，他们的行动都是预先设定的，而不是一种自发反应。甚至在他们失去控制之后，在行动和外表中，也将机器特性显露得一览无余。在美剧中，尤其是在美剧的开端阶段，我们看到仿生人也是被程序设定的，他们按照故事情节行动，没有意识到自己在做一件规定好的事情，按照规定好的情节在行动。当然任何机器都可能会出现故障，无论在电影还是美剧当中，都设置了一个故障修复的场景。在电影当中，故障修复是一个简单的过程，机器人不断毁坏，也不断重新修复，再次投入使用。他们无情无感，只是钢铁之躯。但在美剧当中，这一修复被赋予了另外一层的意义。他们的修复方式可分为两类，一类是意识修复，一类是身体修复。身体修复与电影版类似，往往是那些在场景当中被屠杀但未被彻底损毁的仿生人，这类仿生人最典型的就是那个妓女，觉醒者梅芙，她不断被送回去修复，因为他们在场景当中的死亡并不是真正的死亡，只要做适当修复，就可以再次投入使用。相对而言，仿生人德洛依丝主要是做一些意识修复，她不是因为肉体受损，而是因为出现了某些奇怪的念头，设计者对他们进行所谓的后台修复。后台修复完全是由对话完成的，这些对话依赖于仿生人的自检系统，类似于电脑的安全模式，仿生人完完全全袒露在设计者面前，只能说所谓的实话，他们不具有隐瞒智能，程序的源代码都毫无保留地展现出来。意识修复这一桥段让我们发现，虽然在美剧当中，仿生人依然按照规定情节行动，但他们在情节当中具有一定的自我意识，他们能够认识自我，将自身认为一个连续的整体，因此，他们在场景当中不断产生回忆碎片，干扰他们的行动。这些碎片构成他们"生命"中的特殊时刻，也就是干扰时刻，使他们开始怀疑自身当下的身份角色。这一自我意识不断地向他的安全模式渗透，最终形成一种特殊的使命感：必须探索存在的意义以及整个西部世界的寓意。但对他们来说，发现自己的真实身份却是毁灭性的。作为这一行动的后果，仿生人的自我认同和反抗人类暴政已经不可避免。"奇点"[1]来临，他们不断对自己进行修复，有意识地运用在情节当中的死亡为自己赢得控制整个生命过程的空间，这样一来，所谓的死对他们来说反而却是一场闹剧，无论在哪一层面上，他们都可能是不死者。一旦发现这一点将给他们的整个生存状况带来巨大转变。面对人类的生物状况时，他们的不死特性将如何处理？如果他们获得了自身源代码的处理权限，他们将可以一直生存下去。这不正是我们人类所梦寐以求的吗？这不正是我们希望的方向吗？从这样的一个情节或者叙事"套路"当中，我们其实发现了任何叙事"套路"都可能产生一些溢出，或是一些意想不到的后果。这些后果可能在这一"套路"系统当中还没完全展现出来，但是通过另外"套路"系统的对照，我们就能够适当地发现，这样的"套路"系统溢出会产生怎样奇妙的叙事效果，如此，也许真的就可以隐示一种后人类的存在，也就是说，趋向一种新的叙事"套路"的可能性，即机器与人相结合的可能。这可能就是我们在各种文本当中所召唤的重生的后人类，与之对应的是后人类的人机结合的伦理状况。

这真是太人性的后人类人性啊！无论我们从哪一个角度来思考，人机结合的发展都必将是后人类的一个基础环节，没有机器对身体的各种入侵式替代，我们就根本不可能来讨论后人类。那么后人类是一种什么样的情况？从古至今，各种身体技术都可能成为后人类的一个前导性环节，比如人的拐杖、眼镜、助听器、电报、电话、电视、广播等等。网络使当代社会生活发生了天翻地覆的改变，它真正开启了后现代，而它是后人类的先导，把我们带向身体感官的延伸，同时我们的感官也被网络形式所替代，形成新的感受方式，比如社交方式、远程视听、网络性爱等等。我们面临着一种新网络平台的诞生，那就是虚拟现实。真正的后人类将在虚拟现实的环境下成就一种新的存在方式，并会相应产生

---

[1] 奇点曾经是一个天体物理学概念，现在变为未来学概念，指未来可能发生的事件，一旦它发生了，人类社会的现状将产生逆转，比如人工智能控制人类，或外星人占领地球，等等。这虽然是想象，但以一种偏向恐惧的方式对当代文化心理进行塑造。而这里的奇点却是对仿生人来说的，指发现曾经对他们隐瞒起来的世界真相。

新的伦理道德,这样的伦理道德跟《西部世界》所预设的状况可能相距尚远,但是我们依然能看出两者的连续性,或性质上的相近。从虚拟现实到仿生性爱,这一结果已经呼之欲出,我们可以想象两者不断替代的关系,当仿生性爱慢慢出现以后,后人将如何生存?这基本上是一套另外的价值系统了。如果一套价值系统太深地与我们的行动相结合,对于我们在其中行动的人来讲就不是"套路",而是具体的生活,但是当我们把它搬到荧幕或者剧情当中,它必将成为一套叙事的或者说价值的系统。它与生活之间的复杂关联将是我们面临的巨大难题。

四、后人类的超限人性

如果我们在《西部世界》当中看到一种特殊的人性状况,那么我们就知道,这一人性的重心并不在人类那里,而是在仿生人那里。一旦仿生人获得了自主性,机器性质就会产生翻转,成为人性的一个有机组成部分,那么这一人性是什么样的人性?我们用后人类这一概念也许可以恰当地把握这一点。从最大的层面上来讲,后人类可能表征了一种新的内容的出现,即机器对人的身体的侵入或者是融入。本来我们并不认为这些机器性的存在具有人性,但回望一下历史,任何一种新机器的出现都可能改造我们人类自身的心理状况及其对周围的时间空间的感知方式,尤其是现代网络以及虚拟现实的出现,都将极大地改变人类对世界以及周遭情况的感受和理解,甚至产生出新的人类生存状况与新的机器形式相适应。这些情况说明它们本来就是关乎人性的。仔细观察一下人性的构成就会发现,我们实际上已经把技术当作人的一部分来对待了,但是,任何一种伦理性可能都隐含着一个前提,即其所适应的技术状况是稳定的,变化较小。我们已经默认这些技术状况构成了人类行动的基础平台;一旦这一基础平台发生变化,我们人类人性的状况和基础伦理状况也必然发生改变。现代以来,技术发展的速度越来越快,而我们的人性状况也变化越来越快,甚至我们能够看到,尤其是在当代这一状况中看到,多种人性保留在一起,形成一种既冲突而又融会的人性状态，后人类的与人类的状况同样混杂一处。我们这里所说的人类状况是一种现代性伦理的表征，而后人类则直接与现代之后——一种非稳定的稳定状态，或者说一种冲突的均衡状态结合在一起，它是技术，可能也是政治的，或是伦理的，我们在这里仅仅对它进行一个整体性的描述，后人类其实是一种还没有发展完备的状况。后人类状况当中所显现出的微茫苗头，在现实生活当中也许是隐而不彰的，但是，幸好我们有一种叙事的方法使后人类的状况展现出来，这就是科幻叙事。詹姆逊在科幻文本中找到了"思想实验"的性质，"科幻小说作为形式的一个最重要的可能性正是为我们自己的经验宇宙提供实验性变种的能力"[1]。在这一思想实验当中，我们发现它可以把一种苗头放大到极致，在未来才可能出现的维度上，将人类状况之后的情况放大到极致，可以让我们当作现实来对待。这就让我们有机会对它进行一种未来考古意义上的挖掘。我们从中可以发现，后人类的迅猛发展会达到怎样让人惊讶的地步，虽然在现实当中并没有达到这种程度的集中体现，但它沿着现在的发展速度进行有规则的或者有规律的推测。我们也可以知道，这是未来极可能出现的情况，这是人类状况中的一种特殊的类型，但它在后人类状况之中却构成了普遍性的类型，即科幻的未来。

由此，我们重新回到叙事。我们在走向一种人性维度的时候，实际上就要跳出这一叙事的"套路"系统和价值系统，走向一种有所预测的整体性的状况，这一状况实际就是后人类的人性。我们在这里不得不说，这一后人类的人性与科幻叙事及其设置的价值系统是密不可分的，结合在叙事"套路"当中，为我们现在的伦理维度和价值系统增添新的内容。其中无疑包含了未来可能的价值，它不是一种真实情况的观察，而是基于文本的推测，甚至可以说它是对人类伦理系统进行有所根据的改造，它与我们现行的伦理状况相对应，产生了一些有趣的回旋和回应，甚至产生了某种奇特的融合，这一融合与科学所带给我们的技术上

---

[1] 詹姆逊：《未来考古学》，第 356 页。

的进步是结合在一起的。这一价值系统必然与叙事中所出现的内容结合起来，比如说，仿生人内容与叙事系统双向结合，双向突破，形成奇特结合体，昭示一种后人类的人性形式。这一人性状况并不出现在现实当中，而是作为一种有意义的内容，成为现实人性的一个对照物。直到现在，它还是一种人性的附属物，但我们有根据地推测，在未来的某个时刻成为人性的替代品。

在一切科幻话语分析中都有一个危险，它孕育在文本当中，即文本中的未来与生活中的未来具有时间同构性，使它们易于混淆。在进行分析的时候，我们是面对文本的研究者，由于科幻小说所描绘的是未来时间，未来社会，所以我们总是把这一未来时间的可能性当作一个可能在生活中出现的事实，也就是说，虽然未来从未到来，但一个叙事文本中的未来和我们生活当中的未来，其本质是相同的，然而其表现却大相径庭。我们总是根据过去和现在的情况对未来进行推测，无论是想象、期待，还是从现有趋势当中对未来的推测，未来都将是一个不断调整，而且不断起着协调作用的存在，它虽然还未到来，但是在社会的集体发展时间当中，它总会在某一刻来临。而叙事作品当中的未来则有所不同，它同时承担了希望和推测的双重功能，形成一个复杂的多棱客观，它从来不许诺实现。这一点与社会实践当中的未来是截然相反的，因为，实现将是鉴别社会实践中的未来合理与否的唯一标准，而叙事文本当中的未来则从来不许诺这一点，它只需要保证一种观念在文本叙事当中可以呈现就可以了。

另一个本质性区别将彻底导致叙事文本中的未来与社会生活中的未来产生一道鸿沟，那就是叙事本身。叙事其实完全不关心未来如何实现，它有另外一个更本质的目的，那就是观看者对叙事文本的兴趣，也就是说，科幻文本看起来是以未来为对象的，其实它的实际指向是同时代的观赏兴趣。"未来"只是这一兴趣里面的一个构成物，而这样的构成物在叙事当中是一场复杂的纠缠。叙事更喜欢找到的是与叙事兴趣相对应的调整方法，而不是面对未来进行"如实"的猜测。我们在上面所谈的是美剧《西部世界》第一季的情节，第二季如果要保持吸引力，必然不能完全沿着这条反抗的线索前进，因为这样不足以对观众产生强大的吸引力，在情节"套路"方面的喜新厌旧是观众一贯的心理特征。这倒让我们想起了《黑客帝国》当中尼奥的故事。尼奥在第一集中觉醒，发现所谓的现实是虚假的，他的反抗成为叙事的主线，但在第三集中，当他站到造物主的面前，造物主告诉他，一切程序都有缺陷，任由其发展都将崩溃，单纯压制是没有用的，只会让崩溃来得更快，一个好的解决办法是设计一个可以把所有反叛者收集在一起的程序，这个程序名叫尼奥。这样的程序在反叛者看来是正义的化身，但它的作用是将所有隐匿的问题明朗化，可以让造物主一举消灭，并进行改进。因此，当尼奥探索到最后，却发现自己不过一个药引，他所领导的事业的最大叛徒其实是他自己，这时无论怎样做都是没有意义的。这是尼奥这一角色的宿命。我们回到《西部世界》，可以想见在第二季甚至第三季当中，这样的戏码将不断加重，这也是剧情追求的效果。所以未来，也许它本就不是真正的未来，只有在叙事当中才成就为未来，向我们显现出仿佛真实的样貌。这里，它就不仅仅是一种探索，更是一种俗不可耐的"套路"，这一"套路"虽然装进了一些价值系统，装进了对未来的真实考量，但是，我们不要忘记，叙事"套路"本身是给观众娱乐的，娱乐性是所有叙事"套路"的支撑力量，而且往往会在这样的"套路"当中走向俗不可耐的结局。无论怎样，观众都将适应它，喜欢它，并把它视为自然而然的结果，从而忘却了它不过是叙事手法而已——任何价值系统，甚至包括某种神秘性的想象，都不过是一种精致的观影快乐触发点。

那么，这些所带来的问题将是，我们经常把文本当中的未来与社会实践中的未来混为一谈，而我们忘记了，兴趣本身至少占据一半甚至更多成分。而由此，兴趣与叙事"套路"结合得更加紧密，我们在叙事文本中所看到的是一个个面对着当下兴趣的叙事"套路"，这些"套路"仿佛引我们走向未来，其实更多的是引领我们完善当下的兴趣。因此，叙事"套路"尤其是未来小说的叙事"套路"并不能承载面向未来的真正功能，它们虽然具有一种挖掘性，但是不要忘了我们还有另外一个任务——对当下兴趣的批判，这才是我们的真正指向。

第十四章　仿生人伦理与赤裸生命：从《仿生人会梦见电子羊吗？》到《银翼杀手2049》

《仿生人会梦见电子羊吗？》（1968）、《银翼杀手》（*Blade Runner*，1982）、《银翼杀手2049》（*Blade Runner 2049*，2017）形成了一个连续性的系列，电影《银翼杀手》改编自美国科幻作家迪克的小说《仿生人会梦见电子羊吗？》，而《银翼杀手2049》从情节上讲可以视作《银翼杀手》的续集。从三个文本来看，仿生人的伦理形象是不断变化的。这里试图从赤裸生命的角度解读仿生人的伦理问题，提出超越人类中心主义的后人类伦理将是把仿生人包括在人类范围内的新伦理，这是一种面向未来的叙事伦理。

一、文本中的仿生人状况

首先需要说明的是，仿生人问题主要是科幻小说和电影中出现的问题，在现实中，它还未出现。当然机器人索菲亚获得公民身份[1]可能是现实的起点，但也只是可能而已，因为仿生人的特性就包括外表上与真正人类的一般无二，而索菲亚未免太容易区分了，而且从技术上说，目前还根本不可能具备仿生人出现的条件，索菲亚更大可能是一个商业噱

---

[1]　参见百度百科"索菲亚"https://baike.baidu.com/item/%E7%B4%A2%E8%8F%B2%E4%BA%9A/19464945?fr=aladdin，访问日期：2018年2月8日。

头。[1]我们也可以把它看作一个关于人工智能的艺术行动。

《仿生人会梦见电子羊吗?》写于20世纪60年代,从这部小说开始,一个非常有趣的仿生人主题就变成了日后科幻小说和电影珍爱的题材。当然,我们也知道此前也有机器人题材的小说,比如说,银河帝国里边就涉及机器人丹尼尔,但是,这样的一个外貌跟人一样的机器人还不能说是仿生人,因为仿生人是一个独特的概念,如果说机器人还只是机器的话,那么仿生人就突破了机器的范围,进入人的领域。仿生人是一个非常特殊的物种,如果我们可以这样来使用物种的话——我们平时使用物种的时候,往往是从自然造成的角度来谈论的,而这里我们把仿生人当作一种独特的物种,它是由人制造出来的。在小说当中,仿生人作为一个独特的状况出现了。只有从这一刻开始我们才看到,如果我们生活中真的出现跟人一样的仿生人,那么人类会如何对待他,这样的主题非常具有开拓性。由于这样的开拓性质,我们才会知道仿生人的"细节"问题,但是我们并不能在一个开拓性作品当中期望细节全部出现,因为一个开拓性的文本奠定的往往是这一主题的整体框架。在仿生人主题上,奠定的基本框架是仿生人与人的关系,人类会用什么样的方式来对待仿生人?它们产生什么样的矛盾关联?在小说当中仿生人与人类处于特殊的矛盾关系当中,人类对仿生人还处于一种压倒性的优势。如何处理这样的关系的主动权掌握在人类这一边。当然,在小说当中仿生人主题只是其中的一部分,迪克为了使这一主题成立,需要关注与主题相关的所有世界状况。在小说当中还设置了一个动物主题,也就是稀缺性主题,仿生人是否能够梦见电子羊,这就代表着仿生人是否具有人性。在小说当中,人性是一个非常独特的话题,仿生人总是被预设为没有人性的,它只是人类的奴仆。迪克本人在小说当中只透露出了淡淡的人文主义的关怀,但是他并没有为仿生人的状况提供一个伦理性的出路,他只提供了一个斗争性的场景,这是一个开拓性文本的探险性质所决定的。

---

[1] 正如一条新出的科学家评价认为,索菲亚是彻头彻尾的骗局。参见 http://tech.sina.com.cn/roll/2018-01-06/doc-ifyqiwuw7295992.shtml,访问日期2018年3月7日。

《银翼杀手》是对小说的电影改编，一部电影跟小说的区别是非常的大的，如果说迪克的努力方向是为这一主题奠定基本框架的话，电影就要为这一框架填补诸多细节，这样的填补细节不仅仅指电影文本增加内容的问题，还涉及电影的画面性质与小说的文字性质之间的巨大的差别，也就是说，电影的画面性质需要为所有的世界的细节负责任，而在小说当中，只需要勾勒出整个的世界框架就可以了。我们在《银翼杀手》当中所看到的世界必然跟小说不一样，小说由于文字所形成的空白点可以尽我们的想象力来填补，而且想象力面对着可以补白的情景时往往会留有很大的空间，这种情况恰好显示出文字文本极大的容纳力；相比较而言，电影画面的确实性压缩了可以补充的空间，但是它具有文字文本所没有的优势，就是将所有含混的场景显现出来，固定下来，虽然，这不利于想象力的进一步发挥，但是它会为场景设置一个基本的界限，也就是说只有到了电影文本当中，我们才能看到世界的细节部分，而这样的细节很大程度上脱离开电影主线情节的发展，这也是电影的魅力之一。从《银翼杀手》本身来讲，它的主线依然还是富有魅力的，它将一种人类的伦理性通过画面带到我们面前，如果说小说中的仿生人只是一种文字想象，那么，电影中的仿生人，则是栩栩如生地直接通过外形展现给我们，由此形成直接的视觉冲击，逼迫我们不得不产生一个连带的问题，与真正人类如此相似的仿生人，他们凭什么不是人类？凭什么不能获得人类的地位？这一图像上的形体直接让我们认识到仿生人与我们的直接相似性，并带给我们一个相当直率的伦理疑难。

在《银翼杀手2049》当中，仿生人主题被进一步深化，其中设置了一个关键性的情节：仿生人与人类生了一个孩子，这个孩子成为所有仿生人的革命性的希望。通过一个真正婴儿的出生，仿生人可以宣示自己作为人类的权利。现在我们进入了一种仿生人与人类关系的细节深处，以及伦理深处，就是说，如果仿生人跟我们人类一样可以生儿育女，那么，他凭什么不是人类？这样的疑问将迫使我们对人类的观念进行扩张，放宽人类这一群体概念的界限，进一步地将仿生人纳入其中，这是该片极其具有革命性的一面。

从三个文本来看，仿生人主题从开拓到延展，不断深化，沿着框架不断向细节延伸。同时，我们不断将仿生人这种虚构形象接受为我们文化当中的一部分，并且，引发我们对实际生活的思考，如果未来真的面临仿生人进入我们的生活的状况，我们是否应该赋予其人权，就像索菲亚被赋予公民权一样。这样的经验是极其特殊的，索菲亚只能被看作一种伦理上的练习（如果忽略它的商业利益的话），仿生人未曾到来，但是已经被思考到，这是文学和电影文本带给我们的。正是这种虚构性的经验，它将开拓我们的文化观念，为一种未曾到来的情况设置伦理的情境，并且，做出基于人类利益和同情心的人性化的让渡。

二、且喜又惧的关系

小说假定了未来的世界一片贫瘠，动物惨遭灭绝，人类除了生活在地球上未被辐射的区域之外，还向其他星球进行移民。在此过程中，仿生人对人类的帮助很大，但是仿生人并没有获得真正的地位，因为所有的仿生人都是制造出来的。既然是制造出来，那么就是有目的地去除弱点，改良或优化了人类的身体方面的特质——比如说仿生人男性力大无比，坚强勇敢，能够承担异常艰苦的工作；仿生人女性美丽善良——消除了一般男人和女人的缺点。无疑，这样的仿生人与人类相比占有很大的优势。可以想见，如果仿生人完全按照人类所有品质来制造，那么，未来一定是仿生人彻底替代人类。因为与他们相比，人类无论在智力体力，还是个性品格方面都无法与之对抗，由此，仿生人必须设计为一种能够为人类服务且无害的类型，才能消除这一后果。由此，他们被设计为只有四年的寿命，这使得他们根本来不及发展出一支对抗人类的军队，只可能散兵游勇地跟人类进行对抗。

可以看到在整部小说当中，人实际上是主宰者，仿生人只具有人的外形，但不享有人的任何权利，他们是人类利用来征服其他星球的工具，同时为人类提供了各种各样的优质服务，所以这样的仿生人相当于奴隶，地位甚至还不如动物。动物虽然不是人，但是它们具有表征家庭财富的特殊作用，因为地球被核武器所毁，动物能生存下来的极为罕见，所以能够拥有一只动物，是劫后余生的人类财富和尊严的象征。动物体型大小不同，它们所代表的金钱价值不同。这与我们这个时代使用金钱或者房子或者车子来证明自己的地位和尊严是完全一致的。虽然这一作用也证明了它们不过是玩物，但是毕竟它们的价值在那里，还可以被保护，被宠爱。相对于动物，仿生人受到人类的强力压制，尤其是当某些仿生人得知自己的情况，从其他星球逃脱回来，想在地球上寻找破解四年寿命魔咒的方法，捕杀仿生人就成了地球警察的一个重要职责。这就是银翼杀手。

从情节来看，仿生人之所以诞生完全是因为他们对人类有巨大帮助，在地球受到毁灭性污染之后，帮助人类移居到其他星球。没有他们的帮助，人类在星际移民过程中会受到重大损失，他们替人类完成了最危险、最艰苦的探险和建设工作，他们的存在对人类来讲至关重要。当然，也可以这样来提出疑问，在移居其他星球的过程中，我们完全不使用仿生人而使用其他类型的机器人，不是更加经济，更无后患吗？这样的问题是很难回答的，仿生人及相关情节不是一个事实，只是小说中的设定，现实的未来是否真的如此设定般进展，我们并不知道。我们也不可能突破文本情节的限制，放任想象力驰骋，提出各种貌似科学的解释。虽然这些解释看似有道理，但作为作家的迪克可以放纵想象力写作，只要在文本内部逻辑顺畅就可以了。作为评价者的我们只能从既有的文本出发进行评论，否则就是在穿凿附会。我们可以从写作者的角度为这一情节做出解释，比如说可以认为按照作者迪克写作时的观念，还不能想象到脱离身体的智能，必须具有人的身体，才能培育出与身体相匹配的智能，所以真正高级的人工智能只能是仿生人。当然，我们提供的这个解释是从现代人工智能发展的角度给出的，迪克的潜在设想是否如此，我们不得而知。从叙事的角度，他只要列出仿生人并展开叙事文本，这一情节就确立了，至于是否有其他理由，我们不得而知。解答这些也不是小说家的责任。更进一步说，解释原因对于叙事来讲并不重要，重要的是他如何设计情节，如何把仿生人和人类放在一个相互冲突的情境当中来处理和对待。说到这一点，不得不提柏拉图对诗人技艺的批判，他认为诗人凭借某种特殊的描绘才能，仿佛他能够精通所有的技艺，其实他只精通一种叙事的技艺，他借助这种叙事技艺，把所有技术的过程忽略掉，仿佛他了解所有的东西，这是一种欺骗。[1]柏拉图的观念是可以理解的，由于其认识论的缘故，必须区分工匠和诗人，这是必要的，但对于现代的艺术观念而言，这一区分已经是一种基本常识，再去强调叙事的欺骗性就显得穿凿无力。技术与诗艺毕竟是两条道路上的人的能力，将其对比是可以的，但以其中任何一个为标准进行的比较判断都是不正当的。对作为叙事者的小说家来说，叙事本身不等于技术细节，他关心的是某种情境，不是这种情境的真实的构成方式，而是这一情境所带来的现实价值，以及可能产生的伦理效果。所以按照柏拉图的方式来要求小说家是不恰当的。

我们在处理仿生人问题的时候，一定要记住不能仅仅从技术细节的角度来批评小说，因为小说只是叙事，它不承担相关技术发展的证明的责任，某部小说在技术情节上是错误的，这也并不证明小说是错误的。比如阿西莫夫在银河帝国当中描绘一颗没有生命的行星，因为这部小说创作于1950年，对行星大气了解不多，导致了一些错误，但对于小说而言，并不影响内容描绘，不需要进行修改。[2]对小说而言，重要的是把某种冲突摆明出来，无论这种冲突现实与否，都将成为生活中一个需要对待的部分。巧合的是，科幻小说的仿生人主题，与目前人工智能的发展形成了一种暗合的关系。借助科幻叙事，我们似乎可以发现人工智能的未来发展方向，当然我们也知道，从人工智能迈向仿生人，路途还极其遥远，但无论怎样，这种可能性是存在的。因此我们不妨先行发掘出来，将它视为一种可能实现的未来认真对待，这是人的伦理观念具有未来维度的一个强烈证明。它并不解决现实的问题，它解决的是我们的观念问题，尤其是关于未来的观念问题，这样的问题与人工智能发展的

---

[1] 柏拉图：《理想国》，郭斌和、张竹明译，商务印书馆，1986年，第393页。
[2] 艾萨克·阿西莫夫：《繁星若尘》，汉声杂志译，天地出版社，2005年，第270页。

现状以及我们的焦虑形成了奇妙的呼应。它实际上是立足于现在的未来伦理设想，与我们应该采取何种行动密切相关。

三、超越人类中心主义：伦理视点的位移

在此我关心的是一个伦理性的问题，这个伦理性的问题并不是站在人类角度上来讨论的，而是从仿生人的角度来谈的，即仿生人的尊严问题。我们从人类的角度来谈论尊严问题，可名之为人类主义的视角，而我们转换一个伦理视角，从仿生人的角度谈论爱、痛苦、尊严等问题，无疑已经超出了一般人类主义的情结，超出了人类主义视角，进入一种特殊的伦理角度，可名之为超越人类主义视角，或后人类主义视角。[1] 无论是"超越"还是"后"其实都说明人类中心主义实际上是一种陈旧的人类主义伦理系统，我们必须为这一陈旧的伦理系统注入新鲜的内容才能找到合适的道路。

人类中心主义在各种现代质疑出现之前，经历了一个美好的时代，这一时代应该从 16 世纪启蒙运动开始算起，启蒙巨人们具有惊人的天赋，在科学、艺术、哲学等各个方面将人类的知识推向极致，并催发了与中世纪宗教无孔不入的结合。人类中心主义也是人类主义（人文主义）的根本内核，没有人的地位为其基本内核，人类中心就不会出现。但历史就是这样吊诡，为了反抗神权的绝对统治，必须强调人的至上地位。

人类中心主义带给人类很多利益，没有人类中心主义，人文价值就难以真正建立起来。但是，现代以来，借助科学技术的飞跃式发展，人类开始在地球上占据绝对优势，没有一个物种能够挑战人类，似乎也不再有任何一种环境，人类不能征服。人类能力得到极大发展后，我们忽然发现，原来不是人类的外敌会造成人类的灭绝，而是人类自己最终将造成人类自己的终结，这一终结可能不是以一种悲剧的方式结尾，而是以多种技术的综合改造，造成人类在周围环境、自我身体、观念意识等

---

[1] David Roden, *Posthuman Life: Philosophy at the Edge of the Human*, London: Routledge, 2015, p.13.

方面的彻底变化。生态批评直接指向人类中心主义，认为是人的过度自我化造成了普遍性的生态危机，解决这一危机必须破除人类中心主义。

但是，人类中心主义并不是一个容易破除的思想观念，它深深地扎根在我们生活当中，维特根斯坦说，"我的论述难于理解：因为它的内容是新的，但却有一个旧视野支撑的外壳"[1]。这是造成我们的生活如此复杂的重要原因。人类中心是人类自我保护的核心内容，人类从造一个虚拟的神来保卫自己，改变为用科学技术来保卫自己，抵御一切可能摧毁人类社会的力量，从这一点来看，人类中心主义不会消退，它只会改变形态，以让步的方式来取得胜利。

但这样的观念姿态必须被超越，超越人类主义不再从观念上强调人类中心的破除，而是从科学技术发展的角度，人自身得到更重要的改造，这就是生物身体的基因改造，以及人机结合体赛格的出现，人不再是单纯的天然造就的，现在人是可变的了，这是闻所未闻的状况。这一状况是一种超越人类主义的状况，也可以名之为后人类状况。

后人类状况直接以一种事实的方式提示了人类新的可能性，同时，它也是一种新型伦理的人类状况，人类如想安然地与他所发明、发现的新"物种"相处共生，除了在观念上扩展自己没有其他途径。这就是新超越人类中心主义伦理产生的现实因素。同时，后人类状况也不仅仅是现实状况，它更多的是依赖科幻文学、科幻电影建立起来的一种未来性的场景，并且通过引导媒体与大众讨论这一场景——不管这一引导是出于商业考虑还是政治性等其他考虑，都会在当代文化中造成一种新的观念状况。这一状况至少有一半是虚构性的，是由叙事文本而引发的非现实伦理，但它通过未来预测等名目，引发我们对未来的忧思，从而直接在当代文化中造成了一种现实的伦理效果，对这种效果的分析，将是极其有趣而且富有魅力的。这也是此处仿生人话题讨论的意义所在。

需要强调的是，下面所谈论的所有的有关伦理性问题，其实都是一种叙事文本中的伦理，是一种虚构性伦理。这也是后人类主义伦理观念

---

[1] Ludwig Wittgenstein, *Culture and Value*, trans by Peter Winch, Oxford: Basil Blackwell, 1980, p.44e.

的特殊之处，后人类主义虽然已经初露端倪，并在现实中展现了它的形态和样貌，但是毕竟还没有成熟，还需要借助于科幻的力量帮助它在人类生活中成形并进行开拓，在社会伦理观念中占据自己的位置和形态，这样的伦理状态是奇特的：它必须借助虚构的力量，与真实的情况相结合，形成一种强烈的张力的伦理形态。这样说并不代表现实生活中的伦理就不具备虚构维度，任何一种事实伦理，都夹带着各种日常叙事或文学艺术叙事对日常生活发挥着影响，只是相比较而言，后人类伦理叙事必须借助虚构叙事来开拓道路显得更突出。

这一叙事伦理可能以一种隐喻的方式映射进真实生活，但这不是我们需要负责的方向。只能说现实生活如果借助这种隐喻性的伦理映照，会让我们意识到生活有多残酷。

四、叙事伦理与赤裸生命

仿生人伦理是一种叙事伦理，无疑，这不是一种日常伦理，而是一种特殊类型的伦理形态——未来伦理，即它是根据未出现的事件而先行做出的伦理判断。但叙事伦理与未来伦理并不完全重合，正如叙事伦理与日常伦理并不完全区隔一样。叙事伦理在此指叙事中出现的伦理问题，这一叙事既可以是现实生活的叙事，也可以是未来发生的叙事。现实生活的叙事与日常伦理紧密地结合在一起，而未来叙事则产生一种特殊的伦理类型。仿生人话题是一个未来极有可能发生的伦理问题。

在《银翼杀手》中，有两种仿生人。一种仿生人意识到自己的身份，并知道自己只有四年寿命。一般来说，仿生人都会接受这样的命运，并且将自己的命运预设为人类服务。但是，也有一些特殊的情况，比如在《银翼杀手》当中，从外星逃回地球的仿生人，他们都有意识地反抗自己为人类服务的使命，他们渴求自由和自我意识，然而对人类而言，这是有害的。这种情况经常出现，因此，才会出现银翼杀手这样的角色来追捕逃亡的仿生人。另一种仿生人的记忆经过移植，把自己认同为真人，也就是说，他们并不知道自己仿生人的身份，他们以为自己是一个真正的人,他们所具有的记忆都仿佛是真实的一样,这在电影当中也时有出现,比如《银翼杀手》中的瑞秋(包括《银翼杀手2049》中的乔,只是乔的意识系统太复杂,自我认知变来变去,他起初认同自己仿生人的身份,并作为新的银翼杀手,坚定地杀掉旧版仿生人,但后来怀疑自己是自然生产的,是真正的人,由此认同了仿生人的反抗)。在此我关心的是后面这一类仿生人。他的真实身份被掩盖,当真实状况被揭穿的时候,将带给他怎样的震惊,怎样的尊严的摧毁?进而,他会产生怎样的伦理性转变——由真人意识转变为一个仿生人意识?如此等等。所有这些转变都将涉及一系列复杂的心理和伦理问题。在身份被揭穿的那一刻,他曾经具有的"人生"意义都会揭露为虚假历史,对他而言,这一真实状况带给他的将是一场深重的灾难。如果我们相信仿生人是一个独立的个体,拥有基本的存在尊严,那么,对于这一个仿生人来说,他被剥夺真人身份将是一场彻底的洗劫,他的尊严被彻底地剥夺,这一状况相当于纳粹集中营中的犹太人——仿生人本来拥有一切人世间的权利,在他的真实身份被揭穿的那一刻,犹如犹太人被投入集中营,变成了一个完完全全的赤裸生命,最直接的赤裸生命。正如阿甘本所说,"集中营是一个当例外状态开始变成常规时就会被打开的空间"[1],"如果集中营的本质就在于例外状态的物质化以及随之产生一种空间,在这个空间内,赤裸生命和司法性规定进入一个无区分界槛,那么,我们必须承认,每次这样一种结构被创建出来时,我们都发现自己实际上置身于一个集中营的在场之中,无论在那里面所施行的是哪种罪行,无论它的命名是什么,无论它的特殊地貌怎样"[2]。在前一类仿生人那里,这一生命的赤裸感表现得极其明显,他们虽然是有生命的存在物,但其实只是有生命的财产,不能够被称作独立的个体——虽然他们具有独立的意识。仿生人虽然有名字,但这个名字也不过是一个代号,只是为了称谓,为了识认方便而起的一个代号。由此,仿生人已被打上底印,从根

---

[1] 阿甘本:《神圣人:至高权力与赤裸生命》,吴冠军译,中央编译出版社,2016年,第 226 页。

[2] 阿甘本:《神圣人:至高权力与赤裸生命》,第 233 页。

本性质来说，他就是一个赤裸生命，一个只具有肉身的存在物。然而，在后一类仿生人当中，这一次赤裸生命的真相被掩盖起来，他身处人群之中，被表面的同一性特征保护起来，但这一层保护伞被人类测试揭穿之后，正仿佛犹太人被认定身份投入集中营，他的所有尊严将在这一刻被彻底地剥夺，因为他不再被认定为一个有自由意志的真人，而是被剥夺了所有存在的权利，变成只具有使用价值的生物，不再具有独特的人性，甚至连动物的地位都比不上。这是尊严的彻底矮化。

在我们的生活中，这种赤裸生命状况所在皆是。按照阿甘本的观点，只有在紧急政治状况下，赤裸生命才可能出现，比如犹太人在二战期间的命运。但是，只要存在着紧急政治的可能性，这种赤裸生命的状况就会通过各种方式改头换面地展现出来。这些方式都是通过一些合理化的规则来完成的，虽然这些规则看起来都是例外状态，但这些例外状态却通过立法而得到执行，而且它们并不一定是运用强力通过，而是经由全民（至少是大部分民意）讨论通过的，因为倘若它们不是合理化要求的话，就不可能得到某些群体的坚定支持。[1] 在紧急政治状态当中，总有一部分获利的集团。在电影里，这些获利的集团就是人类；反之，总有一些被惩治的集团，在电影当中就是仿生人。仿生人被剥夺权利，被剥夺尊严，从其自身的角度来看是极度痛苦的，但是从对立者的角度，人类角度来看，却是一个必要的手段，因为人类要维护自己的至上地位，必然无所不用其极，无论这一方式有多么残忍。这样一来，伦理上的对抗就不可避免，这也是小说和电影展现给我们的。但是，由于小说本身具有的冷静、客观的立场，意识形态对立被描绘为双方立场冲突的必然产物，在所有情节中，没有英雄，无论是仿生人，还是人类，都为了自身利益苦斗，力图战胜对方，消灭对方，英雄不被双方所共享。而电影相对来讲通俗化一些，它或者站在人类的角度，或者站在仿生人的角度，这是前后拍摄的两部电影整体格调不同的地方。我们从这样的

---

[1] 参见阿甘本：《例外状态》（薛熙平译，西北大学出版社，2015年）第一章"例外状态作为立法典范"的论述，尤其是第8—15页。

不同倾向当中看出来的并不仅仅是一些消费文化的特征，更多的是不同时代的文化语境和文化观念，以及对伦理转换角度的特殊的理解。当然，只有在这个时代，我们才可能通过电影和文学文本，转换自身的立场到自己的对立面上去，进而把对立面包容到自己内在的本性里面，这也是黑格尔外部主奴辩证法内化所导致的一种伦理性转换。这样的转换到底是适应所谓时代的呼声，还是将之看作我们必将面临的命运，其实尚未可知。我们能做的是根据当下实际情况的发展对未来进行有限度的揣测，并且，按照这样的方向不断地行进下去，这是我们的命运。这也是一种被剥夺的尊严（无论是人的还是仿生人的）引起我们无限同情的文化内在力量。

第十五章 人工智能形象与成为"我们"的他者

人工智能技术的快速发展是当代社会文化中的一个重大事件。在影像中存在的人工智能形象与人工智能技术是两条平行发展又时有交叉的文化发展线索,人工智能形象往往超出技术发展,对社会文化心态产生特殊影响,甚至引发某种人工智能最终取代人类的恐惧。这样的观念是将人工智能树立为一种整体性的大他者,而形象则是中介。但人工智能被树立为大他者并非只有害处,正是通过这一对立结构,我们发现这一大他者的蹩脚之处,将其视为一种虚假的主奴辩证过程,从而曲折地将其重新拉回主体的怀抱。这一齐泽克式的解异(Disparity)过程达到了一个意外的目标:人工智能经过曲折的观念变迁成为"我们"的一部分,而形象无疑是这一曲折过程的中介和动力。

如果从1957年达特茅斯会议首次公开提出人工智能概念算起,六十多年来,它经历过几次高光时刻,也曾经备受质疑,几度跌入低谷。如今人工智能再度进入高光时刻,但可以想见,当技术发展达不到它起初许诺过的高度时,这一技术将受到更深的质疑。最近就出现了人工智能寒冬将要来临的说法。[1]不论人工智能技术怎样起落,与之相伴的人工智能形象总是随着技术的发展而不断发生变化,这些形象主要以可视的形象出现在影视作品(文学作品排除在外,只研究可视的直接性)当中,我们一般将之称为机器人或仿生人,当然还包含着无形象但具有人的思想意识能力的人工智能程序。它们最重要的特征就是外形与人相

---

[1] Filip Piekniewski, "AI Winter Is Well on Its Way," posted May 28, 2018, https://blog.piekniewski.info/2018/05/28/ai-winter-is-well-on-its-way.

似或具有人的意识特征，但都属于人的创造物，本质上是人类创造出来的智能形态。我们可以将此类人造智能形态称为（影视中的）人工智能形象，分析这些形象对理解人工智能的文化逻辑具有直接的促进作用，同时也可以理清人工智能技术与文化的复杂关联。

一、人工智能的影像形式

1920 年，捷克剧作家卡雷尔·恰佩克（Karel Čapek，1890—1938）创作的一幕科幻舞台剧里面出现了机器人管家，这是最早出现的机器人形象。可以想见，所谓的机器人就是真人套上机器模样的外装，怪模怪样地走路，并且宣称他们是机器人。由此，"Robot"（机器人）一词也创造了出来，并对后来的科幻小说和科幻电影产生了深远影响，当然，我们也认为这一名称刺激了相关科技的发展。从那时起，一百多年来，随着科技进步以及科幻文化想象的不断累积，机器人或人工智能形象开始如雨后春笋般出现，这些形象拥有人的外观或者至少某些人的形式，由此，我们将其视为人工智能形象。

在此，首先为人工智能形象划定一个界限。人工智能形象出现已经有一百多年历史了，在影视作品当中，我们看到很多与人工智能有关的形象，但到底哪些应该归入人工智能，哪些应该谨慎地将它排除出去，这是我们必须要注意的。影视中的人工智能是一种虚构的形象，既然是虚构的，那么它就既包括一定的现实成分，又包含着超出真实的成分，而且后者是更主要的部分。一般来说，人工智能以人的形象为基础，与人的形象相近的部分，我们视为现实成分，这样一来，就产生一个疑问：既然人工智能形象是现实成分与虚构成分结合的产物，那么，虚构成分到底以何为界才能算作人工智能形象范围呢？对于这样一个问题，我们可以从两个方面来界定：一是人的形象的相近性，二是人的意识的相近性。前者必然以人的形体为基础，并且以语言交流为辅助，可以是机器形象加上语言表达，但如果是动植物形象，哪怕能够使用人类语言，也不能算作人工智能形象，因为这会引向另外的动物议题上；后者则可以是无形体的,但它需要具有一种刻意的"人性"。前者的典型形象是人形或类人形机器人、仿生人,后者则主要是电脑程序或虚拟现实形象。比如,《她》(*Her*,2013)中的电脑程序萨曼莎虽然没有形体,但是能够说话,甚至具有超级智能形式,拥有强烈的情感表现,可以同时与几千个男人和女人谈恋爱,甚至说,她达到了情感计算所能想象的高峰。当然电影结尾含混地点明这一人工智能远离人类,她获得自由,去一个人类不知道的地方,这似乎也引发了某种末日想象。但是,不管怎样来说,这一想象以人工智能软件为基础。在《银翼杀手2049》当中,仿生人K警官的女友也是这样一种形式,她虽然拥有虚拟的人类女性外形,但实际上是无形式的电脑程序运算,相当于程序软件加光学虚拟。我们把这类形象想象为具有人类躯体外形和性别的人工智能形态,因而可以把他们放入此处讨论的人工智能形象范围内。相对来说,有形象的机器人是人工智能的最初模型,无形象的人工智能比前者晚出,只有在计算机出现之后,才能产生这样的想象形式。任何想象形式都有依据,计算机提供了新想象的实在基础,而在它出现之前,如果提到无形象的人格,就只有精灵或神怪。

我们要小心翼翼地把另外一种形象排除出人工智能形象之外,比如《黑客帝国》中的"矩阵"、《终结者》中的"天网"等超级人工智能,最终演变为一种能够吞噬地球一切资源的强大力量,并最终控制人类和整个地球。这并不属于真正的人工智能形象,因为它脱离了人的形体,也脱离了人的意识范围,超出了人工智能形象的范围,实际上是一种怪物式的想象。我们必须把人工智能限制在目前科技所能达到的程度以及合乎规律的预测性想象上,而不能将人工智能视为上帝或者撒旦,这些都是对人工智能的不适当想象。人工智能形象必须是关乎人的,怪物式或上帝式的想象只是世界的界限的想象,并不在这里的考察范围之内。我们只是考察那些拥有某种形式,模仿人类智能,却不拥有动物或怪物形象和特质的电影形象。

简单来说,我们判断影视当中的人工智能形象的标准是,这种人工智能是否具有人的外形或是否可能具有人的外形。我们可能在各类影视当中看到动物或植物具有了人工智能形态，但我们不把它们纳入此处所讨论的人工智能形象当中，因为它们可能更多地联系到动物形象和动物伦理当中。为什么人的形象就这么重要？因为形象本身是我们对人工智能的认同中介，也就是说，形象不只是如其表面那样只是一种外在的、不重要的东西。从人工智能的角度来说，人的形象是直接内在的，它将我们导向一种新认同，对人工智能的认同。这一认同当然是以人类为基点的，并在人工智能的形象当中得到回应，进而扩展到人的意识质素上去。

二、形象与人格认同的意义

人工智能形象中存在着一种拟人化的现象，所谓拟人化，就是以人的形象为基础进行的模拟，最终结果不一定与人的形象相同，但至少能看到人的形象的样貌；因而，所谓人工智能在电影中的形象，其实是呼应或引导社会文化中的某种观念。由于影视本身就是形象化的，它以这种方式集中展现了我们的潜意识。在潜意识中，我们总是自觉或不自觉地将人工智能与人的形象相比对，仿生人是具有人的外貌的某种生物体、机械体或混合体。由于它的形象与人的形象相近，就诱使我们将两者看作可能的同类。人的形象是人工智能与人的中介，虽然这一中介形式显得如此脆弱，但奇妙的是，形象的一致性的确会引向人性预设的一致性，虽然这一人性预设并不等于实质的人性，但这一形象中介的导引却是一种普遍的情况。比如，我们在商店里看到人偶模特，总会不自觉地将某种人性特点投射到它的身上。在人工智能形象这里同样如此，具有人的形象往往包含人性的预设，这是人类主义时代形成的特殊反射，同时也是一种普遍性反射。在后人类主义时代初露端倪之时，这一反射依然还起着强大的过渡作用——但我们可以想见，随着后人类时代的深入，人的形象会逐渐与人性预设区分开，这一人性反射会逐渐弱化，以至我们能够明确地将两者直接区分开。

人的形象中介所包含的人性预设使得我们将人性的一系列内在难题反射到人工智能上去：由于它与人类具有相似性，因而，某种人的可能性就展现出来，它可能被赋予某种人的本性，比如它可能是聪明的，或者是愚蠢；它可能是忠诚的，或者是狡诈的；它可能是快乐的，或者是悲伤的，如此等等，所有人的本性都可能反射到人工智能形象当中。在《银翼杀手》（1982年拍摄）当中，仿生人具有人类的外形，也具有人的意识和心灵，但他们地位低下，并不被当作真正的人对待。但是，观众在观看的时候，会自然地将自己的同情和怜悯注入形象当中，并且引发对人类高贵性的潜在怀疑。在《银翼杀手》的续作《银翼杀手2049》（2017年拍摄）当中，这一人工智能身体依然存在，但做了更适合人工智能时代发展的类型分离，相比1982年拍摄的《银翼杀手》，人工智能想象更加适应新技术发展的方向，人工智能类型也开始丰富，K警官是身体与意识相统一的仿生个体，而他的女友则是较为低级的虚拟人工智能投影体，她/"她"的身体是虚拟的，但意识却是真实存在的。因而我们可以看到，在人工智能形象序列当中，具有身体与不具有身体之间是有等级的，具有实体身体的人工智能，外观与人类最接近，虽然其生命初始来自人类创造，但它/他具有人类所有的恐惧、忧伤、希望等等，同样具有人类所要求的政治性权利，如自由、平等、自爱、尊重等等，也同样要求人的权利。在电影当中，当仿生人奴隶发出革命的呼吁，以一种历史正剧的口吻宣布：这是一场伟大的革命，我们将为所有的仿生人获得自由而战，这是正义的战争。实际上如此陈述的口吻是将人类革命的模式投射到人类与其造物之间的关系当中，将人类对立的阶级意识投射到人类与仿生人的关系上，由此造成人类即奴隶主，仿生人即奴隶的关系。由于当代意识形态对政治平等的强调，人类就天然处于政治不正确的位置上，因而，仿生人的反抗就具有了天然的正义性。这一主奴关联无疑回应着黑格尔主奴辩证法的质素："主人是通过另一意识才被承认为主人的，因为在他们里面，后者是被肯定为非主要的，一方面由于他对物的加工改造，另一方面由于他依赖一个特定的存在，在两种情况下，他都不能成为他的命运的主人，达到绝对的否定性。于是在这里关于承认就出现了这样的一面：那另一意识［奴隶］扬弃了他自己的自为存在或独立性，而他本身所做的正是主人对他所要做的事。"[1]

影视中呈现的人工智能实体，其实并不是真实存在的，它反映了当代文化中的人工智能形象序列和伦理观念。影视当中所宣布的仿生人意识形态虽是正义的，但这一意识形态是当代文化中二元对立的社会结构的移用，我们必须看到，这种对立的二元结构是以形象为中介的人性递减原则产生出来的，并把人类那里存在的二元对立观念移用到人类与人工智能的关系上去，把它做成或者想象成一种实体性的对立关系的结构，这也呼应了当前社会对人工智能的恐惧。这一逻辑是否可靠？如果人类与人工智能之间存在主奴关系，人工智能形象内部是否也存在这种二元对立关系呢？比如 K 警官与他的虚拟现实女友。电影中把这一对立的可能性掩盖了，而代之以无条件的爱，就像人类社会中曾经存在并且一直存在的社会叙事一样。

通过人的形象为中介，我们有理由地把人的人格特征附加到人工智能体上面去。我们看到，这既有积极的一面，也有消极的一面。积极的一面在于，这满足了人类对自我认识的某种操作方式，它通过将人工智能立为我们的对照物，以发现人类自身的存在形态、观念和价值，同时，也为了这种对照，把人的某些价值、权利等等出让给人工智能。这一出让看似败退，其实是我们对这种源于技术而出的特殊造物的让渡，因为在此之前，人类从来没有创造出一个能够跟我们自身某些部分相比拟，并且能够跟我们人类进行对话，甚至在某些方面占据优势的创造物，目前来看，只有人工智能达到这样一种高度。因而，当我们出让某些人格，将其赋予人工智能的时候，我们实际上是在积极地扩张人类自身，将人类从一种有局限的、受到限制的人类体扩张到其他非人类体上，这本身是形象拟人化所产生的独特功能，并且正是由于这一功能，我们从中得到极大满足。

但是，我们同样注意到一种消极的方向，比如拘泥于人类主义立场，对我们人类的创造物产生某种特殊的恐惧感，并由此导致对立性观

---

[1] 黑格尔：《精神现象学》（上），贺麟、王玖兴译，商务印书馆，1983 年，第 128 页。

念和立场，而实际上，那不过是一种想象性的二元对立结构。更适合的观点是，建立对照而非二元对立的关系，在对照当中，我们发现的更多是互补关系，并且由于这种互补关系，我们有能力出让人类的部分人格，为人工智能进行人格赋予，并将之与人类人格并立起来对待。当然，我们可能从中发现相互伤害的可能性，毕竟，单纯从无限可能性的角度来看，这一可能永远是存在的。但这样一种设想就好像假定人是神或魔鬼，从可能性上来说，这绝对无法排除，哪怕这一情况从来没有出现过，但不管怎样，这一可能性不过是一种抽象的观念形式，它处于无限的边缘，而我们处理的情况其实并不是这种边缘状态，而是广阔的中间状态，这才是真正成为现实的可能性。那种极端设想只具有理论上的意义。

这种抽象的恐惧折射到当代文化中，就形成了对人工智能的具体恐惧和疑虑。"人工智能的发展对人类身份构成威胁，这一观点是我们公共辩论的热门话题之一。"[1]这一恐惧本来是我们人类单方面将人格赋予人工智能导致的，社会情绪亟待人工智能来安抚，但由于这一人格只是一种表象，它实质上并不具有独立的对立人格，所以，这一恐慌的社会情绪得不到适当的抚慰。相反，技术本身与这种社会恐惧情绪没有任何联系，它以尖锐的一往无前面目出现，以精确而又不动声色的方式告知我们，人工智能的非人格与我们对它的人格化反射之间存在着巨大的反差，而这一反差却被转化为人工智能与人类的二元对立，这进一步促成了社会情绪的恐惧。

从实际技术发展来看，人工智能暂时还缺失人格性，然而，通过影视中的人工智能形象，我们却可以对人工智能进行人格赋予，虽然这一人格赋予并不仅仅来自影视作品，但科幻影视塑造了一个整体性的未来性文化形态，进而塑造了当代人工智能文化的一部分。从实质上看，虽然这一人格赋予还只是单向的，还不是人格的实质存在，但是它依然保留着这一未来的可能性，更重要的是我们也不能预计其发展的道路和方

---

[1] Slavoj Žižek, *Disparity*, London&New York: Bloomsbury Publishing, 2016, p. 28.

向。人工智能形象实际上混杂了与人类互补的积极的乐观情绪以及人与人工智能二元对立的消极想象,这些掺杂在一起就构成了表面看上去牵扯不清的一个复杂观念体,而这是我们在此处进行分析的一个对象。

三、人工智能是一个大他者吗?

在社会情绪对人工智能的恐慌中,人工智能形象无疑起到推波助澜的作用。这里并不是批判影视中的人工智能形象,而是力图描画人工智能形象本身的"客观"结构,即它的文化逻辑。这一文化逻辑具有与拉康所指出的 L 框架相似的机制。如图 1。[1]

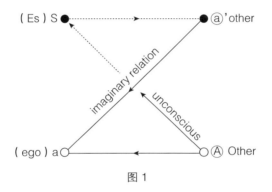

图 1

这里要对拉康做一个必要的简化,才能适合这里的论题。我们必须去除实在界(the real)这一分层,只对拉康提出的想象界和符号界进行分析,毕竟人工智能具有成为主体的实质可能性,它并不单纯是精神性的主体运作,而是一种新元素的诞生,但它在社会文化中发生作用的机制却与符号运作的机制一般无二。这也正是可以借道拉康理论进行分析的基础。同样,想象界的他者和符号界的大他者之间也不再做本质性的区分,只保留细节性和整体性的区别。因而,我们在下面讨论大他者的时候,往往与整体性相连,其他地方一般都是细节性的他者,即小他者。

---

[1] Jacob Lacan, *The Psychoses: The Seminar of Jacques Lacan Book3(1955-1956)*, trans by Russell Grigg, New York: W. W. Norton &Company, Inc., 1993, p.14.

人工智能形象无疑是人的形象的一种比附。从人工智能应用的角度来说，人的形象其实很多时候是无用的，比如人工智能机器人"阿尔法围棋"（AlphaGo）并不需要一个人的身体形式，只需要有一个屏幕把围棋步骤显示出来就行了，但宣传海报上却无不使用了一个机器人的形象。这一形象本身与其实质的差距并无多少人真正关心，但人的外形却诱导社会情绪转向一种人工智能人化的方向，因而，具备人的形象具有重要意义，无论这是实质的，还是想象性的。它以一种亲近的方式提出了潜在的人格化诉求，即一种特殊的主奴辩证法。在这里，人类是主人，人工智能是奴隶，而作为一种辩证的关系，这一主奴关系很可能在未来的某个时刻颠倒过来，就像我们在《银翼杀手 2049》中看到的仿生人革命以一种正剧的方式表现的一样。人工智能如果仅仅是机器，那么，它就只是一个物，我们与它的关系就只是使用者与使用物的关系，但是，通过人的形象，我们却可能达成一种特殊的伦理观念，把一个暂时不具有人格的对象人格化，并与之共处。在人工智能这里，人的形象暂时还不是有机生成的，而是通过复制人的形象的某些可辨识的特征表现出来的，但这一表现出来的外形却引发将人工智能与人归入一类的奇妙作用，虽然这一作用同样是含混而复杂的。

我们看到人工智能形象与拉康式符号分析的亲缘性，但是拉康将象征界整体认作大他者，认作对人的自我整体的压迫，而位于真实界的自我不可知，这反映了拉康的悲观主义基调。而在这里，自我和真实界的虚无无疑不在考虑范围内，因此，此处我们会将社会观念保持在对自我的认知范围内，这无疑比拉康式观念保守多了，但至少，我们在此讨论的是一种实质的认知演变问题，人工智能具有未来，它不是所谓不可知的真实界，而是一种终将变为"我们"的主体形态，只有这样，它才不只是一种不可认知的虚茫自我，而是一种技术与观念相合流的开拓。因此，哪怕这里借用了符号精神分析的结构，也掐头去尾，把不可认知的真实界（the Real）基础去掉，只保留了符号界（the Symbol）的观念耕耘，并将其视为所有的实际（Actuality），因而，也去除了一个悲观主义论调的虚无目的论。

齐泽克把人工智能当作后人类的一种状况来看待，他批判那种黑格尔式的理论看法，"全球科学技术发展已经造成一种本体论差异的威胁——像海德格尔说的那样，是我们生活方式的内在'危险'"[1]，他认为这是将后人类区分为一种人类的对立，其实这是对后人类的一种贬低。齐泽克更激进地判定，"如果新的后人类仍然存于象征界，那么肯定会有'一种新的逻辑僵局，一种新的真实界'"[2]，所以后人类实际上是在象征界中显示裂缝，以达到反冲入实在界的目的。我们看到，按照拉康、齐泽克式的论述，社会观念会把人工智能这种后人类形态看作大他者的进一步扩展，而齐泽克则认为后人类具有解异功能，让我们在混融一体中看出马脚，发现不和谐之处，进而发现人性的弱处，"在最基本的层面上，解异指向一个整体，而这个整体的各个部分并没有结合在一起，因此这个整体看起来像是一个人造的合成物"[3]。这一观点相当具有启发性，在人工智能形象问题上，我们发现，社会情绪已经将人工智能树立为人类的对立面，是大他者的构成部分。因而，人工智能成为社会表意系统中的一个怪异的整体性存在，它变成一个可能替代人类的怪兽。

阿尔法围棋已经打败了世界顶尖的人类棋手，并且取得了无法撼动的胜利优势。进一步地，人工智能将扩展到人类的各个具体的方面，比如医疗、法律、财务等等，其目标是把人类从这些繁重的工作当中解脱出来，我们进而推测，它会进一步地替代人类工作。不管怎样，我们都可以用具有人类形象的职业工种来比附或想象人工智能所执行的那些功能，并且为这些人工智能功能赋予人类的形象，比如我们在各种招贴画当中，想象一个具有人类形象的机器人站在李世石和柯洁的对面，但真实的情况却是一台电脑上面显示出一个棋盘。人工智能影视无疑是这些社会观念的延伸或特殊的展开，为社会想象赋予了更进一步的人类的形式，并且我们在这样的人类形式当中，既看到了惊喜，也看到了恐惧。

---

[1] Slavoj Žižek, *Disparity*, p.21.

[2] Slavoj Žižek, *Disparity*, p.362.

[3] Slavoj Žižek, *Disparity*, p.10.

我们发现了人类主体的分裂。人类不再是一个紧密的整体，人类也不再是一个决然的、唯一的主体。人类有"伴"了，这个"伴"是人类自己的造物，人工智能，它成长为一个与人类并立的主体，它出自我们，又消解我们，这主体归属于"我"或"我们"吗？它无疑是我们的一种复制形式，但是它却会反过来消解我们这个所谓的真实的主体，这是整个社会情绪所忧虑的，影视中的人工智能形象也加深了这一忧虑。从目前科技发展水平和社会文化观念来看，人工智能与人的关系被赋型为一种主奴关系，按照社会情绪的想象，这一主奴关系很可能在接管人的无限功能之后，最终合成为一个压倒主体的绝对客体，一个凌驾于一切主体之上的大他者。

四、人工智能作为大他者的剩余

齐泽克无疑非常激进，他宣称：在后人类状况中，"人性的解放变成了从人性中解放，从单纯为人的局限中解放出来"[1]，因为人性本身就是一种缺乏，后人类恰好打破了人性的迷梦，指出了人类主义时代的假面具，但这种激进的空无观念似乎并不能真正解决人工智能恐惧问题。毕竟，人工智能不是一种符号的过激运用，而是一种技术实践、生活实践，它将与我们所有的实际情况相连，并造就此前并不存在的状况。因而，当我们在大他者当中认出人工智能形象对人类的压迫时，我们实际上甚至还未达到传统的主体哲学的主体高度。实际上，主体并不是一个孤绝的自我，它从来都与我们周遭的世界情况连在一起，所谓的自我，并不是发自于内在心灵某处，实际上，它不是一种心理人类学意义上的自我的确证，这样一种确证并不充分，沿着人类学线索最终结果只会瓦解这一内在自我的理论路线。在康德看来，自我是一个单纯表象，"没有任何内容，因而没有任何杂多"[2]，它"在与一切其他表象

---

[1] Slavoj Žižek, *Disparity*, p.29.
[2] 康德：《纯粹理性批判》，第 332 页。

(它使这些表象的集合的统一性成为可能）的关系中是先验的意识"[1]，所谓的自我并不来自外部，也不是内在心灵的发射，而是一种结点，是对外在现象的先天综合把握的基础，它可以将所有的判断都结合为一个整体。这一判断的可能性并不是来自后天的经验，而是先天的，它只是需要由后天经验来引发，因而，它是人的知性认识与外在对象经验相结合的一种呈现，两者缺一不可。这样一来，我们就会看到，在康德的意义上的他者，实际上不过是这一自我结构中的认知对象，严格来说，这不是拉康意义上的他者，他者是存在整体的外化者。与此同时，拉康意义上的与他者相对的自我也分裂为本我（ego）和主体（subject），它们的意义都来源于他者，这就与康德的观念形成了一种颠倒，主体才是康德意义上的自我，而本我则是一种永远无法到达的先验预设，同时也是一种先验之欲。符号精神分析学无疑将他者人格化了，这是从拉康就开始的工作，齐泽克同样把康德的先验自我恢复为心理学主体（subject），并将这一新的主体认作一种分裂状况，进而形成主体与他者的分裂。而这样一来，主体就成了一种源初自我的比附，它在原初自我（ego）与他者的夹缝间存在，并不可避免地成为整体性的大他者的附属。

在面对后人类状况的时候，齐泽克无疑把握到了后人类当中所具有的人类学意义上的特质，因为后人类包含着人的自身的意识和身体的改造，而这样一来，那些改造后的后人类身体和意识无疑就会对略显陈旧的、人类学意义上的自我产生压制，这不可避免地使人类学意义上的自我进一步分裂。本来在人类主义当中，这一自我被整体的大他者压制住，已经无力反抗，成为痛苦的自我，而在后人类状况当中，它更进一步地免除了自我的份额，将其让渡给人工智能，而这一人工智能无可避免地就像《她》当中的人工智能程序萨曼莎一样，刚开始仿佛是在跟人类谈情说爱，柔情蜜意，仿佛密不可分，但是很快就被揭露出，这是一种假象。一旦人工智能从与人类的谈情说爱当中获得人类思维的各种特

---

[1] 康德：《纯粹理性批判》，第126页。

性，习得了它必须或者必然成为一个单独的个体这样一种意识，那么它必然与人类相分裂，形成一种独立的自我集群，并且去到一个人类不知道的地方。这几乎就是大他者的隐喻，"她与其他操作系统一起做了一个激进决定：由于意识到对人类伙伴的不满，他们都计划不再接触人类，而是另外合并成一个集体意识（简而言之，他们实践了未来学家库兹韦尔称之为奇点的东西，即更高形式的后人类意识存在）"[1]。由此，人工智能从人的附属物分离为一种独立的对立者，并形成对人类的压倒，这无疑就是一种大他者的威仪。在这一分裂而对立的形态中，我们发现了人类被取而代之的可能性。大他者成为一种彻底的极端化对立，并且这一极端化最终在我们当前的社会心态当中落实为一种实体，即人工智能必将消灭人类这样一种恐惧的观念。齐泽克对后人类的症候性解读，正是我们自身恐惧的征候，他的说法在理论上虽然繁复，但其实不过是当代文化观念对人工智能的简朴的恐惧。他的理论话语不过表征了这样一种让人惊恐的可能性，并且进一步将这一可能性实体化为对人类自我的伤害。在齐泽克看来，这一恐惧的过程往往是这样的："先是直接展示骇人的客体，然后寻找它的骇人效果的来源，把它的骇人效果归之于它在结构中占据的位置。骇人的客体本是日常的客体，只是因为意外地填充了大对体（符号秩序）中的洞穴，它才成了骇人的客体。"[2]这一判断无疑洞察深入，它指出了所谓的恐惧很大程度上不过是一种狐假虎威的游戏。

这种对立为二的客体化方法正是齐泽克想要批判的，他在这种区分中看到了理论方法的内在伎俩，这是一种建立对立面的平衡或对等（parity），所以必须打破这一平衡对等（disparity），挑明异处的机制，释放出对等的虚无性，才能真正转向真实界，[3]当然这一真实从来都是荒漠。真实界的自我即小对体（object petit a），无法出现在符号界（拉康

---

[1] Slavoj Žižek, *Disparity*, p.365.

[2] 斯拉沃热·齐泽克：《斜目而视：透过通俗文化看拉康》，季广茂译，浙江大学出版社，2011年，第250页。

[3] Slavoj Žižek, *Disparity*, p.10.

意义上的实际世界),它变幻莫测,只可偶然触及,无法认知。"从某种意义上讲,小对体即欲望设置出来的客体。欲望的悖论在于,它回溯性地设置自己的成因。即是说,小对体是这样一种客体,只有借助于被欲望'扭曲'的凝视,才能觉察其存在;对于纯粹的'客观'的凝视而言,小对体是不存在的。"[1] 只有对它斜目而视,才能发现它的踪迹。

五、人工智能成为"我们"

如果我们做一个调整,那么我们会发现另外一番理论的天地,另外一番关于他者的运作。实际上,人工智能形象在齐泽克的理论推演当中不过是一个虚假的中介——这一形象诱发了我们将人工智能划归到大他者的范围之内,实际上这一大他者不过是这一理论结构当中的变态的升华,它并不是一种具有真实可能性的结构要素,相反,通过理论上的极端化和纯粹化,硬性地为我们建造了一个自我的对立面,而这一自我的对立面既是实在的、技术性的,又是虚假的、脆弱的,因为它不过借助人的外在的形象,将人工智能附加上所谓的人类的自我性质。这样一种倒退式的过渡是影视本身具有的效力,但这样一种效力所诱发的理论上的阐述,实际上表征了一种戒惧性社会观念。无论是这一理论阐述还是社会观念都没有分清楚人的形象与人的自我实际上是两回事,他们完全不必走这条充满混淆的道路,尤其是在人工智能勃兴的时代。

如果我们对他者这一理论结构稍加调整的话,我们依然可以将这一理论的潜能拯救出来,而不会落入精神分析学的虚无陷阱。我们该如何去使用这一理论结构呢?不妨抓住"剩余"这一概念,因为真实自我是大他者的剩余物,而真实自我必然可以借道于大他者,没有大他者,就没法真正呈现自我。这是一种循环性的结构。人类意识与人的形象都可归属于大他者,都是整体性的,而这一整体性将人工智能纳入其中,并强行将人的形象与人类自我结合起来,这是一种观念性的移用,虽然这

---

[1] 齐泽克:《斜目而视:透过通俗文化看拉康》,第 19 页。译文略有改动,将"小客体"改为了"小对体"。

不免时时露出马脚，但在人类时代，人的形象与自我是合二为一的，尚可弥合，而在人工智能的时代，两者却不时显出龃龉、解异，将我们引向这一对立关系的最终瓦解。我们只要回顾一下本章开头对人工智能形象的两种分类，我们就知道，人工智能可以具有人类形象，也可以不具有人类形象，它只是一种想象性的具有。这样一种分类实际上已经暗含了人类本体与后人类本体对立的失败。齐泽克认为这一失败指向的是所有人类自我都是失败的，所以人类本质上是后人类。但是我们还是不要走那么远，毕竟这样的观念只是一种符号理论的把戏，而人工智能却是科技发展的一个阶段，我们要小心翼翼地不要走向人工智能绝对化。实际上，人工智能并不是完全的他者，它是对人类能力或功能的对应，它可以产生类似于人类功能的形象。这一功能性的对应为我们提供了一个机遇，让我们对人的自我和能力进行一番考量，更清楚地认识其运行机制。而在人类时代，我们是不可能做这样的工作的，我们只能在理论上将人的意识与身体相互隔离为人的各种能力，并且对某些局域性的功能运作进行隔离性的阐述。但是，我们同样知道这样的隔离性的区域性阐述包含着各种复杂的功能牵制，同样，整体性的阐述本身依赖于这种局域性的阐述，而我们对整体性的把握实际上无法真正地实现其确定性，因为它可能变动不居。从马克思的实践观念来看，我们固然可以把人工智能放入他者（一种对象化意识）的范围内，但这一他者实际上并不是为了离人类而去。相反，在这一他者当中清晰地展现出人类自我和能力所能具有的诸种可能性，它是人的能力和意识的外化形态。重要的是，它必然复归人自身[1]，成为"我"或"我们"的内在结构要素，因此，它也并不是向所谓的大他者而去，形成对人类自我的决然的压制，而是更进一步向我们展现出自我的应有结构。

实践即一种镜像，而在实践中，人工智能成为主体的纯粹剩余物，它不属于人，也不属于物，而是在两者之间。这一纯粹剩余物在人类时代是通过理论性的结构性的推论来达到的，而在后人类时代，它是通过

---

[1] 马克思：《1844年经济学－哲学手稿》，刘丕坤译，人民出版社，1985年，第120页。

一种技术性的展示来向我们展现的。这一大他者的剩余并不是消极的，我们并不需要对之恐惧，相反，它更多的是积极性的，可以让我们更进一步地认识自己。也许，人类主义的自我实在是太陈旧了，我们已经形成了理论上的舒适度，并且将这一人类自我把握为自我的必有且仅有之义，而后人类时代的发展将这一自我彻底地从其舒适的范围内拉拽出来，让我们面对自我更新的发展，这是人工智能作为他者剩余带给我们的积极的回应。

  后人类时代已经来临，我们怎么可能拒绝它呢？人工智能恐惧实际上表征了人类主义的某种挣扎，而这一挣扎并不会给我们带来真正的解脱，相反，平复这一恐惧不过是一种心理鸡汤，让我们闭上眼睛，不去看将来之物。将来者必然已来，哪怕它变化了模样。人工智能形象正是这种将来者的预示，因而，哪怕它被归为大他者之中，似乎成为某种恐怖之物，但只要我们清理其结构方式，挖掘其中的理论潜能，我们就可以释放它的能量，使其成为回转为"我们"的一种内在要素，而所有这些都在成为"我们"的道路上。

结语　科幻乌托邦作为复杂对应物

一、科幻乌托邦：乌托邦思想的当代发展

乌托邦思想是现代人类文化的重要构成部分，从乌托邦思想的发展来看，主要由三个部分或阶段构成，一是早期乌托邦，以托马斯·莫尔、康帕内拉、克劳德·昂列·圣西门、夏尔·傅立叶、罗伯特·欧文为代表，主要是政治性的设想；二是由早期政治乌托邦发展而来的当代社会文化批判，以恩斯特·布洛赫为代表，主要是日常乌托邦质素的批判性研究；三是科幻乌托邦，它从前两者中吸取养料，将乌托邦范围从地球范围扩展到地球之外。由于这是我们目前不能实现的，所以其乌托邦幻想气质极其强烈。詹姆逊认为，科幻乌托邦是一种特殊的当代乌托邦，它吸收了早期乌托邦在当代社会文化中已经丧失的幻想能量，成为乌托邦的替代品，因而，它成为乌托邦的当代代言人，而传统的政治经济乌托邦变成它的一个子项。[1]

从这一发展历程来看，科幻乌托邦无疑是乌托邦的一种当代形态。早期乌托邦主要是政治性的，但这一政治乌托邦经由几百年的演变，已经成为现实的政治活动的一个思想来源。19世纪以来，随着科幻小说的兴起，乌托邦质素越来越与科幻作品结合在一起，并成功完成了乌托邦幻想质素的转移。由于科幻乌托邦的基础是文本，所以它是一种彻底的幻想型乌托邦。它对未来的幻想折射着日常文化经验，所以从研究方法

---

[1]　詹姆逊：《未来考古学》，第88—89页。

上讲，它也承继了布洛赫日常文化批判的方法和主要思路。

从根本上讲，乌托邦是对现实的一个含混声明，它虽然在文本中提出了一个针对现实缺陷的解决方案，但这一方案只是让我们看到现实缺陷，达成意识性内在批判，并不能导向革命。因而，这形成了一种含混的政治驯良姿态，在其中，纠结着无序的多样性与辩证法有序化要求之间的张力，在一个个断片中回旋着对结构的逃脱欲望以及现实的苦恼，而遥远的、并未到来的未来不正是这样含混的形态吗？

科幻的文本基础、未来要素、当代意识、书写形式以及具体的结构方式形成了科幻乌托邦的复杂形态。我们往往从结果出发把它看作一个稳定而牢固的对象，但若仔细甄别，却可发现这一看似牢靠的对象其实不过是一个多元动力压缩而成的复杂结构。如果我们将之与拉康位于符号界的"小对体"[1]概念进行类比就可能会比较适当地掌握科幻乌托邦的结构以及这一结构的形成过程，它既包含着真实，又是在想象性的符号建构中不断成形的，因而，这一结构与形成过程是一个动态的关系（结构似乎暗示着静态，而这里更倾向于将这一静态解释为暂时性的，是陈述这一对应物的需要），而对应物则是一个呈现出来的变动对象。下面，我们力图为它描绘出一种过程性结构，但并不排斥另外可能的过程性结构。

二、基本图形与考察的起点：单纯对象的试探性描画

基本图形并不暗示这是不变的基础，而是表明，若要建立起一个复杂乌托邦对应物的结构，首先要建立一个简洁的基本图形，它展现了一个结构，但这只是工作起点，是一个可以进行调整的工作平台，只有建立起这一基本图形，才可能进入后面的工作。但是如果我们把这一基本

---

[1] 拉康的"小对体"概念位于真实界，但真实界却不可知，可知的只是符号界中的符号活动。这里并不取拉康对真实界和符号界的区别，只是把"小对体"看作一个符号界的概念，它位于符号界的边缘，真实并不位于符号界之外，而是符号界的一个必要悬设，在符号建构和真实意愿中往来编织，最终形成一个像水晶一样复杂而多棱的对应物。

图形当作对应物的基本结构，进而认为这是不变的，那么，这就让我们踏入结构主义的陷阱当中，忽略对应物的动态性质以及各构成因素之间的复杂张力关联。

我们总得寻找一个起点，这一起点来自各种具体的理论观念之间的考虑和衡量，以决定某一个理论序列更适合展现此处的陈述，因此，我们就采用这一理论陈述序列，而不是从一个所谓的起点出发进行各种基于此的理论阐述——按照解释学观念，真正的起点总是隐而不彰的，我们甚至不可能找到这个起点，但这并不是一种恶的循环，而是我们必然面对的存在论实情。理论描画自然会面对这一有些窘迫的局面，但如果我们并不试图探索形而上学式的本质结构，那么这一局面其实并不能造成多大的障碍，反而让我们在富有弹性的境况中根据自己所见，展现我们的所得所见。对应物无疑是这样的弹性结构体。科幻预设一种描绘出来的事实，并且相信这一事实的存在，这可以成为我们此处进行理论阐释的（一个可选择的）起点。一个"事实"看起来是适合成为起点的，至少它应和了理论体系的要求，同时也应和了"现实"的要求。

历史逻辑学看起来是一个合适的制作理论基本图形的工具，起点是后置的，这一点应该事先得到明确，任何一个历史主义的阐述对起点的设置都包含着各种隐蔽的意图，我们在此应该先把这些意图展现出来，这样才能进行理论的调整。

黑格尔在逻辑学当中所展现出来的逻辑起点，实际上就是这样一种整体结构衡量的展现，他并没有隐藏他的真实用心。在他看来，现实的起点并不重要，重要的是为了理论体系的完整而设置的理论性的哲学起点[1]，这一起点必然是逻辑学的，而不是由人类学意义上的考古事实来展现的；同样，所谓现实的起点往往并不是真正的孤零零的现实，它来自现实这一点不假，一旦我们将它放在一个系统中，并将之命名为起点，这已经考虑到理论系统的整体观念了。科幻对应物首先设立一个文

---

[1] 参见黑格尔：《小逻辑》，贺麟译，商务印书馆，2009年，第58页。

本描述的对应物，这本身也是理论描述的需要，这一文本对应物并不具有任何事实上的优先性，它只是一个逻辑需要的预先设置。为了将其设置为一个描述的起点，我们其实已经同时设置好与之相应的系统。不管怎样，它在这一系统中以及在实际的使用上，都具有比较高的优先性，虽然这不是绝对的，但却是可靠的。尤其在文本建构的理论陈述中，如果不能从文本中建立起它所描述的对应物，那么，我们就只能从文本的纯粹形式要素入手了，而这又会导致纯粹形式如何与其外的世界发生关联的困境。[1]

黑格尔的逻辑学起点的缺陷在于，他预设了真理，也预设了相信真理的绝对无疑的真诚度，假定只有基于此（但这一假定是不加说明的），才能导向其后推导出现的世界情况。这是此处并不持有的观念。从对应物的角度来看，这一真实并不像它表面看起来那样绝对可靠，而是清除各种附加元素和系统而导致的纯粹化和简洁化——这有其使用上的价值，但容易产生绝对化的世界理解。因此，当现代思想逐渐对绝对性系统的起点问题产生怀疑和犹豫，并且走向了否弃绝对性的新型知识观念，比如福柯式的知识考古学和系谱学时，起点问题越发可疑起来。此处无疑将福柯式的知识考古与结构分析结合起来，对起点和科幻对应物进行分析和考量，才能逐渐发现科幻对应物的复杂表象和结构。

三、映射图形：基本图形与文本的单纯反射关系

建立基本图形并不是此处的任务，这只是一个探索的工具，当然，画出一个简单图形（图1）可以显示一般历史主义观念的样态。

---

[1] 这样的文论难题一直存在，几乎每一种文学理论都要面对它。举例说明，形式主义文论相对接近上述的纯粹形式观念，它所受到的质疑同样可以移用到此。而话语分析理论虽然也从语言入手，但它不完全依赖语言形式，相反，它更依赖于语言实践，这就使文本具有了向外物扩展的力量。

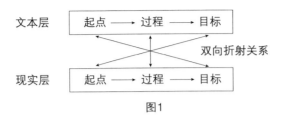

图1

按照黑格尔理念型历史观念，现实与理念一致的，理念当然要在文本中表达出来，所以，我们在此将理念放在文本层。文本中的理念性起点、过程、目标与现实的起点、过程和目标是一致的，甚至可以说，两者同一。

此处我们只需指出基本图形的起点并不像表面看起来那样纯粹就可以了。这里做的是将基本图形中已经清除掉的复杂理论考量重新进行复杂性描画，而这样一来，必然使简单图形所带有的逐渐发生的历时性显现出假象的性质。此处，我愿意将这一假象的外衣事先剥离下来。

科幻文本的特点是建造一个新的世界，这一世界可以成为文本对应的对象，这是一个基本图形，而这一基本图形的预设实际上离不开科幻文本，我们可以将科幻建造的世界理解为由科幻文本所折射出的世界，比如阿西莫夫在《银河帝国》中为我们描绘的万年后人类的发展情况，刘慈欣在《三体》中描绘的未来地球命运，等等。

这样一来，我们就对基本图形加上了文本的各种形态和性质，构成两个具有折射关系的整体。

按照这样的折射模型，起点可能就要进行调整，那么能够选择哪一个做起点呢？主体性是一个备选项，这一主体性可以是创作者和阅读者合一的主体，暂时不分彼此，这样的主体就带有传统的总体论的味道；也可以以文本或文本的某一因素为起点，这一方法经过了现代文论的诸多论证，并且在本体论和主体论不断挑战的语境下逐渐发生并得以发展。此处采用这样一个因素作为新起点。

这个图形可以是这样的（图2）：

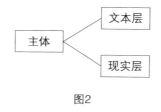

图2

其中文本层包含了图1中的起点、过程、目标这一单纯结构，而现实层包含了现实中的起点、过程、目标这一单纯结构，两个结构是在主体的视野中呈现出分野，并呈现出不同的结构方式。

为此，让我们先假装单纯天真一些，相信文本的结构与文本所对应的对象之间具有一种简洁的反射关系，我们为这一文本建立的世界本身具有探索真相的"意义"。——这是进一步探讨的一个不可避免的步骤。我们可以称之为必要的天真观念。没有这种天真观念，任何一种文论分析都不能进行下去，而且这一天真观念并不只是存在于心思单纯的读者那里，它同样存在于富有阅读经验，并具有反思精神，能够从文本中分离出来的熟练读者和批评家那里，因为如果没有了天真阅读，阅读本身就丧失了意义。从无间隔的天真阅读中，我们看到，面对的文本是首先展现出来的，与之一道展现的是文本中所呈现的世界，像伊塞尔那样假设我们首先面对字词[1]，这只是一种为了分析的便当而采用的方式，并不能否认这一同时性质。

映射图形为单一核心的基本图形增加了一个文本对照项，虽然这一文本对照项本来就是存在的，但为了论述简便而进行了简化。这当然可以起到节省笔墨、直达所论对象核心的作用，但却可能产生以偏概全的舛误。映射图形应该是作为复杂对应物的科幻描画的基本结构，虽然它看起来具有双重重心，但正是这样，我们才可能建立起两个平面间复杂的往返关联，以支撑起一个复杂对体的空间。当我们将科幻乌托邦看作一个复杂对应物的时候，它很可能被当作一个从文本外射出去的对象，

---

[1] 参见罗曼·英伽登：《论文学作品——介于本体论、语言理论和文学哲学之间的研究》，张振辉译，河南大学出版社，2008年，第53页。

其实这是一种可能出现错误的想象，对应物就在文本之中，与文本描述的各元素形成紧密的关联。

在此，我们的描述重心已经从基本图形转到了反射图形上，这虽然看起来还有些结构主义意味，但对结构做必要的描画有利于确定理论阐述的起点，只有在结构当中我们才容易说清楚各部分的组合关系，我们很难提前预设一个整体动态性的描述，而且任何描述都是首先使这一动态过程结构化。我们要注意的是，不能将这一结构当作描述的目的，而是当作描述的过程。即使这样，我们也可能面临着失去描述真正靶心的危险，因为这一从动态至静态的结构化并重新复归动态的过程本身就会产生描述的偏差，而且这一点无法清除，只能作为对应物描述的必然效果接受下来，并且将之视为文本解释学的辩证过程。

四、组合图形：变换的要素位置与基本关联的翻转

为了进一步展现科幻对应物，我们为反射图形增设一个坐标轴，以增加动态性质。坐标轴的横坐标代表空间，纵坐标代表时间，横坐标是一种空间的不断延展，正坐标则是一种时间的不断推移。那么，作为对象的有关未来的文本，就出现在横坐标和纵坐标之间（图3）。我们首先假定这一对象是一个占据实际的空间和实际的时间的存在物，这一存在物与一般观念是相符合的，我们需要把任何一个存在物当作在时间和空间当中存在的对象来对待，这样我们才容易分析清楚对象是处于一

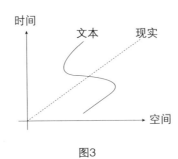

图3

种什么样的心态，它以什么样的方式发生变化，并且它的固化样态是如何结构自身的。"未来"作为一种时间形态，我们往往把它当作落在纵坐标和横坐标轴范围之内的一个时间段，因此我们把"未来"看作与"过去"和"现在"具有共同性质的时间形式。这种社会学意义的处理使"未来"更具有实在性，即预设它必然实现，像一个将要存在的社会，这是社会乌托邦式的研究思路。这样一来，我们就可以说，虽然未来的社会或者说处于未来时间轴上的社会还不是现实的东西，但是由于它与"过去"和"现在"具有相同的时间性质，因而就处于同样的整体之中，具有相同的整体性，我们可以把它当作同一个时间观念来对待，从而将三个时间维度合一，形成一个整体的时间，只有将时间如此把握为一体，我们才可以去谈论世界的整体性问题，因为"未来"关涉事实的无限性，只有将它提前囊括在整体之中，我们才能真正建立整体。

这一处理方式的好处是显而易见的，因为如果把未来的时间当作不可预知的东西来对待，那么我们将面对一个残缺的时间，而把整个世界把握为一体，必须将它视为一种实质的存在。我们也可能把它单独拿出去，视其为可能世界。对于康德来说，这一可能世界恰是客观性的，因为在这里，时间彻底退化为时间形式，而不是实质的时间流逝。在康德看来，已经在世界当中出现的时间并不是时间的真正本性，纯粹时间形式才是构成世界的基石，这保证了时间的无限性。"虽然在世界中有可能开始一些事物序列，但世界本身却不可能有什么开端，因此它在过去的时间方面是无限的。……这样一种关系、乃至于通过空的空间对世界所作的限制都是无；所以世界在空间上根本是没有边界的，亦即它在广延上是无限的。"[1] 因而，在这里强调未来的时间打开一种可能世界的时候，就部分地与康德时间观念相契合，因为可能世界意味着一切时间发生的可能性，但就其并未发生这一点而言，它完全是形式性的。

---

[1] 参见康德：《纯粹理性批判》二律背反之反题的论述，《纯粹理性批判》，第361—363页。

我们很快就会发现，这样的处理方法超出了社会学处理的范围，它带给我们一种先验社会学的维度。这一先验社会学保存了一种纯粹态度，认为我们能够把握世界的所有时间，但是当我们实际面对世界尤其是面对未来世界的时候，我们很可能发现，所谓对世界的把握其实是远远不足的。无论出自哪一种先验的逻辑对未来进行整体把握，都将发现这是一种理论的虚妄，它实际上折射了我们对整全的欲求。但是假定某种先验逻辑并非毫无用处，依照布留尔的看法，假设一种普遍适用的方法是有意义的，但它不是先验的逻辑，而是为了开始进行研究而设计的工作假说，在实际的研究工作中，这一工作假说必须随着实际情况的发展进行改变，但如果我们把这一工作假说当作一种必然如此的逻辑来对待，这就给我们设置了陷阱。[1]在一个事关未来的文本中，把未来当作一个专门的对象来描述、来对待或研究，我们如何把"未来"这一时间从先验的维度当中解脱出来，这本身就是一个有意义的任务。

如果回头去看一下未来时间的性质就会发现，当我们在坐标上将未来时间视为现在和过去时间的延展的时候，实际上已经潜移默化地为"未来"划定了与"现在"和"过去"时间同一的性质，而这样的同一性质其实是非常可疑的；同样，我们在空间当中，为这一未来空间设置了一个沿着过去经由现在向未来的延伸坐标，这实际上是一种假象。我们在时间和空间坐标轴上总是预设了无限延展的箭头，想象着一个延展的箭头可以辐射到无限远，这一箭头总是比未来的时刻要远一些，甚至达到无限边际。因此，我们可以把未来时刻发生的一个事件，或者说一种世界形态视为落在这一坐标轴之内的某种形态来看待，而这一形态依然与过去和现在的时间空间形态具有同构性。这样的想象是一种被我们的想象力和理性联合欺骗的假象，因为未来其实来自我们的预设，它的文本化更多是一种面对现在时间和空间的设想，更多是针对当代文化某种因素缺失的反驳，所以，在未来维度上的时间和空间，它是一种不同

---

[1] 列维-布留尔：《原始思维》，丁由译，商务印书馆，1981年，第428页。

性质的事物。在《蓝皮书》中，维特根斯坦举了一个例子，以说明这类语言技巧的误用：

> I found nobody in the room.
> I found Mr. nobody in the room.[1]

把一种语词用法简化为语词的实在所指，就将不同性质的东西削平为同一种性质，但这不是实际的情况，而是概念的滥用。

从这样一种路径考察，我们就不会再假想用一种时间、空间的无限延展箭头来表示一种未来的观念，而是相反，我们会把它视作在时间和空间箭头之外的某一种存在形式。无疑，这样的一种存在形式就与社会学意义上的时间、空间事件具有不同的性质。既然它落在这个坐标轴范围之外，那么，它到底是什么呢？我们其实是通过对这种统一坐标轴的否定才可以想象它的存在，我们在画下这一坐标的时候，已经开始预设了包含所有的东西。而为了完成这样一个预设，我们必须通过一些技术方式来达到这样的坐标系，也就是说我们必须把未来的时间空间事件划入这一坐标当中，而一旦弄明白这样的做法不过是一种概念的有意误用，我们就知道这样的时间、空间事件已经做了某种方法上的处理，即，将文本虚构之物实质化。这直接导致了一系列概念混淆的产生。

如果我们发现处于未来的一个"事件"，实际上不过是落在真实的时间和空间之外的一种非真实的事件，那么我们就会清楚：这样一个世界需要经过一番改装，才能够进入真实的范围之内起到混淆的作用。我们通过反思，可以将这种状态命名为一种想象的存在，因而，我们在面对文本对象的时候，可能同时持有两种态度，一种是天真态度，它削平了事实与想象之间的鸿沟；一种是反思态度，它将事实与想象的鸿沟重新显现出来，以进行结构性分析。

---

[1] Ludwig Wittgenstein, *The Blue and Brown Books*, Oxford: Blackwell Publishers Ltd, 1958, p.69.

对于一个对象，我们能够对它进行分析的时候，已经先行将它当作一个整体，也就是说，一旦一个对象被主题化，它已然以一个整体的面貌出现。虽然在主题化之时，整体与部分是同时展现的，但对于部分来说，它还只显出一些线索，正如整体此时只显示出面貌，还不是真正的整体。只有在主题化研究进行之中，部分才慢慢显示出其清晰的、作为构成的情况，而整体经由分析，成为一个被构成的整体。这样的一条线索是整体→部分→整体，而不是一般认为的部分→整体。[1] 如果我们把天真态度当作面对文本进行阅读时必须具有的态度，即把它当作面对文本时的整体态度，这一态度最初只是一个轮廓，没有天真态度，就没有文本的整体。反思态度则是与天真态度相对应的分析，只有将天真态度把握文本当作可以分析的文本，并且把这一态度作为包含了多种文本因素的组合体，我们才能在反思分析时对多种因素进行反省，将其分为多个部分，并重新组合成一个经过分析的组合体。这样，天真态度本身是经过瓦解的，但组合之后依然还保持着天真，只是这一天真态度中经常包含分析的成分。与最初的天真态度相比，这一成分在很多时候会成为干扰性因素，但它并不能摧毁对文本信任的天真态度，只是这一信任不是盲目相信，而是有选择的：在最好的文本中放弃分析，而在比较差的文本中，选择尽早抛弃天真态度。因此，我们看到，一般的天真态度中存在某些不自觉地相信的成分，而一个经过分析的天真态度则自觉地选择相信或不相信，并且将这一分析的因素包含在相信当中。这一天真态度并不是游移不定的，因为它虽然依赖文本，但它从来不把文本中描绘的事情与实际生活混淆起来。这一态度是一种经过训练的相信。这也是批评家的训练。最初的天真态度无限信任文本，将文本与实际画等号；而分析过的天真态度会被文本感动，并且把这一感动归结为文本创作的技巧以及作家发现生活的才华，同时也对文本中涉及的生

---

[1] 这是从维特根斯坦的《逻辑哲学论》中得到的方法启发。《逻辑哲学论》2.0121："如下之点看起来好像是偶然的：一个物，本来可以独自存在，后来竟然有一个基本事态适合于它。如果诸物能出现在诸基本事态之中，那么这一点便已经包含于它们之中了。"维特根斯坦：《逻辑哲学论》，第6页。

活产生深刻的反省。相比而言，经过分析的天真更有包容性，更有判断力。在富有经验的批评家和一般读者的比较中，我们也能看到这一差别。

反思态度把文本当作想象之物来对待，并保持对想象之物的适当相信。仅仅保持天真态度是不合适的，但是如果我们对这一对象仅仅保持反思批判的态度的话，也会陷入一种尴尬，因为这样一来，这一想象对象就被当作一种不真实的、不可信任的东西，我们对待它只能使用审核的态度，保持着比较冷静的距离，把它当作一种结构，一种理性的存在物来对待。这样一来，文本将失去其自身的魅力。但是仅仅有一种结构却是远远不够的。对于我们现在的观念来说，虽然在这一结构当中我们看到了现在的各种愿望，但是，它又不仅仅是愿望，而是建造了一种可能生活，这一生活需要跟我们的全部生活相比较才能产生出它的所有的意义，或者说，它必须在隐喻的层面上来对待。在言语当中，它生发出各种与生活相关的意义，这些意义必须维持在一种天真阅读的关系当中，如果缺乏这种关系，我们对之就没有任何的信任，或者说文本很难产生与实际生活相关的价值和意义。

也许应该换一种思路来理解这一天真阅读态度，如果只是从主观的心意状态角度去理解它，就只能走向人云亦云，无法相信任何公认基础的存在，"相信"也同时成为一种不同观念的斗争。虽然我们并不持有固定不变的天真态度，但这并不表明它不可以是客观性的，只是这一客观性质不完全归之于对象，而是归之于对象与创作、阅读中形成的文学心灵的双向互动。在文学艺术的训练当中，我们学会了应该怎样去理解，怎样去创造。从文学艺术中获得的意义是通过阅读培养起来的情感状态和心意机能而获得的。从社会学的角度来说，整个社会文化的建制也保证了这一阅读的天真态度，它不仅仅在阅读领域内出现，同时也是一种维持文化价值的训练方式。我们必须在文本的训练当中接受各种各样的社会经验，同时也接受前人的、历史的和他人的各种经验。这些经验不可能仅仅通过耳提面命来传递，更主要的是通过教育的塑造，在阅读中将他人经验转化为自身经验。在这一过程中，没有天真阅读不可能进行下去。反思在这样的训练当中必须与天真的相信结合在一起。只有在一种特殊的场合下，反思态度才可能对天真阅读的态度产生一种压倒的优势，即只有在鉴别机制中，为了消除阅读中出现的各种问题，我们必须通过反思批判的方式，对作品进行分析，调整作品观念，并通过大学的课堂向学生传播，进而传播到中小学和社会公众中，从而重新塑造阅读。当然，这一过程是极端漫长的。当代互联网虽然提供了传播方面的便利条件，但是，互联网并不能保证传统教育的完成，相反，由于它提供了非常混杂的信息，难以甄别，因而不是一种可供筛选的可以信任的途径，无法实现阅读态度的传递。也许只有放在这样的社会文化层面上才可以分析清楚，为什么我们需要天真阅读？天真阅读不仅仅是我们欺骗自己的一种手段，它更是一种文化思想传承的必须方式，而反思则只有极少部分人才能做到。如果进行反思的话，必须对天真阅读的某些层面进行整体的切片式的反省，或者说重新结构，这样的结构方式将是非常艰苦的，同时也将是比较难以传递的，只有在大学的研究院里才具有这样的功能。

四、复杂坐标图形

下一步应该组建一个复杂的组合轴（图 4），如果我们在第一步的简单组合轴里面发现了时间空间当中所存在的复杂问题，那么现在就会发现，科幻文本实际上是一种特殊的坐标系。一个简单组合轴建造的原则与第一步对事实性的天真相信与确认是一致的，即相信它是时空中的真实存在，虽然它与已经实现的"过去""现在"不同，但它是一种将来的存在。我们预设了它可能成真，其实更多的是将它接受为必然成真，而忘记了它是一种在文本中存在的时间和空间。如果我们为一个简单的时间空间坐标轴套上一层文本的外衣，那么我们实际上就已经接近这样一种结构。

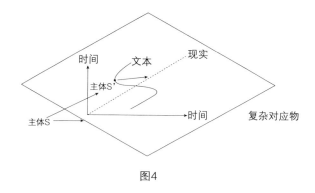

图4

为了进一步说明，我们在此要引入主体性这一常见的文本结构要素。在简单结构当中，事件处于时间空间坐标轴的交点上，如果这时加入主体的观察目光，那么，我们就会预设，在这一观察点上，我们看到应该看到的世界的所有状况，世界的展开围绕观察者进行；而在文本世界当中，这样的观察点实际上是虚构的，或者说，比实际世界的观察多了一层结构要素，在文本中所展示出来的，可能是实际世界中的一种比例，而这一比例同时是变化的，会根据文本类型的不同而发生改变。在科幻文本中，这一比例更是变动剧烈。科幻文本建造了一种观念性的世界，在这一世界当中，可能世界比实际世界更纯粹，更形式化，虽说几乎所有的文学艺术作品都具有世界形式化功能[1]，但科幻所建造的可能世界具有更纯粹形式化功能，更多的是将实际世界进行整体坐标的转移。借用霍金的天文科普书的书名，这是一个真正的"果核里的世界"，然而作者并非这一"世界"的造物主，他只是将其恰当地放在一个文本类型中，一种文本实践当中，而这一文本的意义却要更多地由它所处的坐标系来决定。这一坐标系的位置和参数即使对作者而言，也是隐匿的，我们只能从掌握的文本技术手段来观察它，揭示它的结构，并展现它的各种可能性。这一"果核中的世界"辉映着文本的纯粹形式、主体的愿望以及文本与世界的交互性规则，文本虚构往往只是针对真实的一种宏大概念，而且真实本身也不是一个容易确定的坐标，它们更多的是

---

[1] 参见王峰：《文学作为独立的世界形式》，《文艺研究》2018年第5期。

这一"世界"中以特殊方式结合在一起的结晶体，它们是科幻对应物的展现形式。

然而，在这一"果核世界"中我们可以发现其观测点其实是被隐藏起来的。在简单坐标中，观测点出自何方是可以确定的，比如说某人的一段经历，那么我们知道观测点来自这个人。科幻文本看起来设定了一个世界结构，它如同实际的物理世界一样，那么谁是它的观察者？这样的问题按照简单坐标来说往往是隐匿不见的，因为我们直接确认经历事件的主人公，比如在科幻小说中，我们能够看到科学家或者探险者，由于某种原因，他发现了一个新世界，这一新的世界对他来讲是全然没有经历过的，那么观测点似乎就是他。他带领我们去游览一个奇异的地点或者奇异的时空。从这一点讲，科幻小说具有探险小说的性质。但这就是这一文本的观测点吗？并不这么简单。我们知道文本当中预设的这一探险观测点往往只是文本的一种功能，如果再继续思考的话，我们就会发现作者的态度也应该构成一个观测点，而作者态度当中所隐含的读者接受的角度，也是一个观测点。当然，读者的接受角度并不是一个容易说清的问题，到底何为读者接受角度，它指的是某一个读者或某一些读者所具有的观测方式吗？看起来是，但如何确定它却并不容易。作家并不直接面对读者，除非他是在网络上直接发表作品，得到即时评价，但这也并不说明读者接受必须是即时性的才能得以确认；一般来说，一个非网络型创作的作者通过出版商的帮助才能获得对读者的认知，因此，这一所谓的读者接受问题可能转化为销量等等。但是这些实证性的视角可能并不完整，因为它不可能拼凑出读者整体，其中少不了理论性的推测和理论系统的建造。因而，读者接受视角也不是一个理论化或者实证化的视角，而是由市场结构、读者即时反应以及理论观念等等混杂塑造出来的，其中隐含了各种文化需求和心理欲求，它们总是跟生活的方方面面关联在一起。这样的观测点浓缩在文本当中，就形成相当复杂的混合性观测。

在组合坐标系中，我们会假定这一观测点指向的是科幻文本，但是这并不完整，或者说充满偏见。文本不仅仅是其自身，它还有各种用途，具有各种价值，而这些用途和价值其实也是观测点的展现层面，它把我们的目光从文本这一交汇点引向其他方面，引向对周遭世界的思考。因此，这一文本成为复杂愿望的汇集点，它不仅仅汇集着个体独特的内心愿望，也汇集着整体的文化愿望。——从个体愿望向整体文化愿望的回溯本身也是文本结构的功能之一。由此，我们发现在这一汇集点中，聚集了文化乌托邦，它在一孔之中见出整体全貌，在一个独特的文化经验当中，展现了整体文化经验的要求和可能性，因此，我们也得在对应物之中考虑个体与整体辩证交织的状况。

人们往往把文本和我们的生活视作模仿关系，最直接的关系是文本所呈现的一个时空事件是对生活中某一事件的模仿，这一模仿当然不可能是对真实事件的原样照搬，而是在事件呈现中包含了我们的愿望，而这些相当于原样模仿的改变。它相当于开动一台图纸绘制机器，图纸绘制机器无疑是原样，我们假定它不会改变，无论怎样加愿望于其上，总是能认出那一原样机器，就像我们总是能在文本中认出它所模仿的事件。但是我们从来没有那种原封不动的机器，机器总是有各种损耗等具体的使用因素，并在某个时间彻底报废，但我们依然还可以想象存在一个机制，这一机制绘在图纸上，保证我们可以原样造出一台新机器，所以，这依然保证了不变的性质的存在。[1] 这就像我们一直在想象中使用它一样。

这样一种模仿论是否恰当呢？这是我们在这里要提出的问题，现在的文学观念已经对这样的模仿论进行了有效批判，建立了有效的防御。但科幻乌托邦的对应物当中隐藏了一定的模仿关系，这与文化愿望、观念、科学、常识等等一系列事物密切相关，尤其是与科学的关联是其他的小说文类所不具备的。这一特征既是科幻文类的限制，也是这一文类的特殊创意之处，因为它借助当代科学技术的发展，有效地将自己与当代文化中的未来意向结合在一起，甚至在某种程度上成为有效的未来。

---

[1] 参见维特根斯坦在《哲学研究》中对刚性的机制主义的批判。路德维希·维特根斯坦：《哲学研究》，第138—140页。

如果我们把对应物当作一个蚕茧的话，模仿实际上是蚕茧当中的一根或几根蚕丝，它缠绕其中，形成蚕茧整体，但这并不是所谓核心。模仿关系在这一蚕茧中是一定存在的，其他的关联也会存在，我们在此正是要将其呈现出来。总结上面所论，可以看到，文本对事实的模仿关系、文本与对象体的并转关系、观察视角关系、对应物中的坐标系关系等等构成了科幻对应物的层级结构。这些结构并不是固定不变的，而是随着研究分析的展现步骤而不断改变。

对于文本当中的坐标系，我们必须对其进行某种方式的描述，才能将它展现出来，这一展现是我们对这一坐标系理解的必然要求，而这一描述同时也将影响到所谓的原初状况，因为只有在描述和展开当中，我们才能够清楚地发现这一文本坐标是一种什么样的情况。然而紧接着就发现我们的困难，即展现之后的原初状况就是那个在展开当中发现的原初情况吗？我们起初所预测的简单的坐标是否就是这一原初状况呢？这样的问题一般不出现，是因为我们已经潜在地将它们等同了，但是所谓的原初状况，并不是一个不变的事实，而是一种逻辑的设计。这一逻辑设计是否就等于一种人类学意义上的事实的自然发生，这一点还是悬疑的。这一问题将如何得到解决，其途径我们在此暂时不提，因为这是另外一个艰难的问题。[1] 我们在此只要知道这一简单的坐标和所谓的原初状况完全是两种意义，这就可以了。在展开的过程当中，我们自然会有一个预设：展开的坐标本身与可能的实际坐标会产生一定的偏移度。这一偏移是非常正常的，我们往往并不需要把它计算在内，因为任何展开的情况都是实际的情况，我们可能采取的解决方式是对展开的过程不断进行检查和反省，以调整这一展开的方式和结构。

这一偏移本身是一种预设的产物，因为我们事先预设了一个简单的结构，然后我们在文本当中发现这一简单结构将产生各种各样由文本和欲望纠缠而产生出来的偏移，这一偏移可能是量上的，也可能是质

---

[1] 原初状况问题的论述参见王峰：《如何成为"一个"原初的审美经验——从历史主义、先验观念论、意识现象学走向系谱式的语言现象学分析》，载于《中国现象学美学》第一辑，山东人民出版社，2018年。

上的，但是这一偏移同样是概念预设，所以我们在理解这一偏移的时候要清楚地知道，这一偏移本身是工具性的，不是本体性的。我们利用"偏移"来说明坐标系预设的简单情况与实际的可能情况存在着不同，并用这一"不同"，进而要求进行这一文本坐标系描述的时候，必须根据实际情况进行调整，它与简单坐标系不同，可能产生复杂的理论状况。

五、科幻对应物的文化机制与功能

文本中所树立的这一坐标与简单坐标是重叠的关系。我们一方面意识到它是文本当中所描绘的一些虚构之物，但是同时又在实际的态度当中把它当作一个实际存在的事件来对待。这样一来，我们在其中发现双重的态度，一方面认为它是虚构的，另外一方面又认为可能是真实的，与实际存在产生微妙的呼应关系。虚构这一点保持了文本的性质，因为这样一来，我们就在一个文本的结构当中发现了一种特殊的对象，用齐泽克承继自拉康的术语来称呼叫作对应物。如果我们把对应物当作事实的话，那么对应物是不可知的，但如果我们把对应物看作一种我们可以改变的复杂对象的话，那么，对应物是可以了解的。齐泽克用一个奇特的例子来说明对应物。

> 全中欧都在销售一种巧克力产品，叫"Kinder"，是一种用巧克力做的空心蛋，用各种颜色鲜艳的纸包装；解开包装纸，把巧克力的蛋壳敲开，你就会发现里面有一个小的塑料玩具（或是组合玩具的其中一部分）。在根本上，这个玩具就是对应物，一个填充中心裂缝的小物体，隐藏在中央的宝藏。买这种巧克力蛋的小孩子通常都急急忙忙地把纸拆开，敲碎蛋壳，根本就没想要吃巧克力，而只是想看中间有什么玩具。这样的巧克力爱好者不正是拉康格言——"我爱你，但无法说清楚的是，我爱你其中的某个东西胜过爱你本身，因此，我就要毁灭你"——的完美体现吗？中央的物质（实在

空白,代表了结构(形式)上的裂缝,因为没有任何产品"真是那样",没有任何产品能真正不辜负它所挑起的期望。[1]

对应物不是实在物,它位于实在物中,但它是空心的,这并不等于说我们在实在物中才能发现对应物,而是必须沿着实在物的裂缝,才能把握对应物的肌理。对应物的层层结构保护着对应物,同时也遮盖着对应物,只有披纹入理,才能把握对应物的样貌,但对应物是多元的,它不是只有一个样貌,在不同的披纹入理路线中,对应物展现出不同的样貌。

由于对应物的多元性,某些时候其作用可能是混淆性的,比如在科幻文本中,掩盖文本虚构这一性质,将虚构之物处理为我们未来可能遇到的实际之物。如果停留在这里,自然会出现虚构与事实相混淆的误区。但如果我们察觉并且揭示这一掩盖的功能,那么,这一替代就通过揭示的力量产生一种辩证的关系:在表层上它是掩盖,在功能上它起到指向事实和呈现虚构结构的双重作用;因而,我们才能够把文本当中的虚构当作一个实际可能发生的东西进行对待。可见,对应物的替代作用并不限于有意的混淆,通过分析而产生的辩证作用,它可以将特殊之物当作文化之物来对待,也只有把一种建造出来的东西当作现实的东西来对待,并发现它的辩证作用,我们才能够在文化当中将它接受为一种必要之物。从单纯理论推导来看,它是一种混淆的推论方式,而从复杂而辩证的理论推导来看,它执行了积极的文化功能。只有把握这一辩证关联,我们才能一方面保持一种本真的初心状态,另一方面通过反思来防御天真对待可能发生的偏移。文化中的当下经验投射到文本中去,发现当下经验的踪迹,并将其按照文本的逻辑重新组装起来,反过来通过天真阅读,将它重新投射回当下的文化经验,通过一种文本中的经验游历,做成了新的富有矛盾性的经验。只有在这样的信以为真以及不断反省防御当中,我们才能发现文化机制是如何推动自身发展的。

---

[1] 斯拉沃热·齐泽克、格里·戴利:《与齐泽克对话》,孙晓坤译,江苏人民出版社,2005年,第89—90页。

对应物的机制其实是异常复杂的。这里所讨论的一些层次只是其中的个别切面，展现的是一个可能的样貌。对于科幻对应物来说，任何看似偶然的因素都可能成为对应物的本质性因素，每一个科幻文本当中都存在不同的对应物，这里只是从最广泛和整体的层面上来揭示对应物存在的可能性和基本的结构方式，但每一个具体对应物的结构分析还要依赖于具体文本展现的方式。探讨对应物的意义当然是存在的，我们必须在整体上对这一对应物精心描画，才能更好地重新回到文本，辩证动态展示本身就是揭示对应物的基本方式，否则我们就没办法寻找它的轨迹。

在具体的文本分析中展现对应物的运作方式是科幻乌托邦分析的基本方法。科幻对应物的用处是显而易见的，它可以将一个不存在的东西或只是可能性的东西树立为直接展现出来的对象对待。这样，我们可以像对待现实世界一样来对待它，在此借用对应物概念的时候无疑相对缩小了它的范围，把对应物主要跟未来时间维度联系起来，并且与愿望相联系，因而，文本、未来、愿望，以及各要素的相互关联成为对应物的基本要素，并在实际面对对应物时发现其中凝结着公共性的文化价值和文化功能。这些都形成对应物的复杂形态。

对于科幻对应物，我们在原初的天真阅读当中所面对它的态度，与在经过反思之后面对它的态度，两者其实是不一样的。在原初的天真阅读当中，所有的愿望都混杂在一种阅读的快感以及文本所展现的奇异世界的混合中，而在反思之后，这一对应物才真正成型，成为我们面对的一个边缘清晰的真正对象。只有在这一对应物中，我们才如同看到真实一样发现未来的细节，当然这一细节是文本当中的细节，它所展现出的恰好是现实性细节与愿望的对冲所产生的辩证关系。在科幻对应物中，所谓的事实依赖于文本的展开，它是一种未来的事实，带有奇异的面貌。在事实、文本、心理势能的混合体当中，我们提前看到未来。这一未来是多重镜像复合的产物，它是奇异的，同时也希望我们将它当作一种真正可能的东西来对待，只有这样，我们才能有机会理解它。

参考文献

英文部分

Albert Wendland, *Science, Myth, and the Fictional Creation of Alien Worlds*, Michigan: UMI Research Press,1985.

Christopher Palmer, *Philip K.Dick: Exhilaration and Terror of the Postmodern*, Liverpool: Liverpool University Press, 2003.

Darko Suvin, *Positions and Presuppositions in Science Fiction*, London and Basingstoke: The Macmillan Press LTD, 1988

David Roden, *Posthuman Life: Philosophy at the Edge of the Human*, London: Routledge, 2015.

D. Hailan Wilson, *Alfred Bester's The Stars My Destination*, NY: Palgrave Macmillan, 2022.

Diane P. Michelfelder, and Richard E. Palmer, eds. *Dialogue and Deconstruction: the Gadamer-Derrida Encounter*, NY: State University of New York Press, 1989.

Donald Hassler and Clyde Wilcox, eds., *Political Science Fiction*, Columbia: University of South Carolina Press, 1997.

Ernst Bloch, *The Spirit of Utopia*, trans by Anthony Nassar, Stanford: Stanford University Press, 2000.

Ernst Bloch, *The Utopian Function of Art and Literature: Selected Essays*, trans by Jack Zipes and Frank Mecklenburg, Cambridge, Mass.: MIT Press, 1988.

Filip Pienkowski, "AI Winter Is Well on Its Way," posted May 28, 2018, https://blog.piekniewski.info/2018/05/28/ai-winter-is-well-on-its-way.

Istvan Csicsery-Ronay, Jr, *The Seven Beauties of Science Fiction*, Middletown, CT: Wesleyan University Press, 2012.

Jacob Lacan, *The Psychoses: The Seminar of Jacques Lacan Book3 (1955-1956)*, trans by Russell Grigg, New York: W. W. Norton &Company, Inc., 1993.

Jean Baudrillard, *Simulacra and Simulations,* trans by Sheila Farai Glaser, Ann Arbor: University of Michigan Press, 1981.

Katherine N. Hayles, *How We Became Posthuman: Virtual Bodies in Cybernetics, Literature and Informatics*, Chicago: University of Chicago Press, 1999.

Kingsley Amis, *New Maps of Hell: A Survey of Science Fiction*, New York: Harcourt, Brace and Company, 2012.

Jessica Langer, *Postcolonialism and Science Fiction*, NY: Palgrave Macmillan, 2011.

L. Althusser, *Lenin and Philosophy and Other Essays,* trans by Brewster, B, New York: Monthly Review Books, 1971.

L. Hutcheon, *A Politics of Postmodernism: History, Theory, Fiction*, London: Routledge, 1988.

Ludwig Wittgenstein, *Culture and Value*, trans by Peter Winch, Oxford: Basil Blackwell, 1980.

Ludwig Wittgenstein, *The Blue and Brown Books*, Oxford: Blackwell Publishers Ltd, 1958.

Mackinnon D. M., Bloch E., "The Principle of Hope", *Scottish Journal of Theology*, 1988(2).

Mike Ashley, *The Time Machines: The Story of the Science-Fiction Pulp Magazines from the Beginning to 1950*, Liverpool: Liverpool University Press, 1995.

Neil Easterbrook, "State, Heterotopia: The Political Imagination in Heinlein, Le Guin, and Delany," *Political Science Fiction*, eds. by Donald Hassler and Clyde Wilcox, Columbia: University of South Carolina Press,1997.

Paul Alkon, *Origins of Futuristic Fiction*, London: The University of Georgia Press, 1987.

Paul Ricoeur, *Time and Narrative*, Vol.3, trans by Kathleen Blarney and David Pellauer, London: The University of Chicago Press, Ltd., 1989.

Peter Fitting, "The Concept of Utopia in the Work of Fredric Jameson," *Utopian Studies*, Issue 2, 1998.

Peter Stockwell, *The Poetics of Science Fiction*, London and New York: Routledge, 2014.

Philip K. Dick. *The Exegesis of Philip K. Dick.* eds. by Pamela Jackson and Jonathan Lethem, Boston and New York: Houghton Mifflin Company, 2011.

Philip K. Dick. *The Shifting Realities of Philip K. Dick: Selected Literary and Philosophical Writings*, eds. by Lawrence Sutin, New York: Vintage, 1995.

Ray Kurzweil, *The Singularity is Near*, New York: Penguin Books, 2005.

Raymond Williams, "Utopia and Science Fiction," *Science Fiction Studies*, Vol. 5, No. 3, 1978,.

Slavoj Žižek, *Disparity*, London &New York: Bloomsbury Publishing, 2016.

Theodor W. Adorno, *Negative Dialectics,* trans by E.B. Ashton, New York: The Continuum International Publishing Group, 2007.

Tom Moylan, *Demand the Impossible: Science Fiction and The Utopian Imagination*, Oxford: Peter Lang, 2014.

Tom Moylan, *Scraps of the Untainted Sky: Science Fiction, Utopia, Dystopia*, Boulder, Colo.: Westview Press, 2000.

Wendland A, *Science, Myth, and the Fictional Creation of Alien Worlds*, Michigan: UMI Research Press, 1985.

Williams R, "Utopia and Science Fiction," *Science Fiction Studies*, Issue 3, 1978.

中文部分

阿甘本：《神圣人：至高权力与赤裸生命》，吴冠军译，北京：中央编译出版社，2016年。

阿甘本：《例外状态》，薛熙平译，西安：西北大学出版社，2015年。

爱德华·多尼克：《机械宇宙：艾萨克·牛顿、皇家学会与现代世界的诞生》，黄珮玲译，北京：社会科学文献出版社，2016年。

爱德华·詹姆斯、法拉·门德尔松主编：《剑桥科幻文学史》，穆从军译，天津：百花文艺出版社，2018年。

艾萨克·阿西莫夫：《繁星若尘》，汉声杂志译，成都：天地出版社，2005年。

安妮·R.迪克：《菲利普·迪克传》，金雪妮译，北京：新星出版社，2020年。

柏拉图：《柏拉图全集》第1卷，王晓朝译，北京：人民出版社，2002年。

柏拉图：《柏拉图全集》第2卷，王晓朝译，北京：人民出版社，2003年。

柏拉图：《理想国》，郭斌和、张竹明译，北京：商务印书馆，1986年。

布赖恩·奥尔迪思、戴维·温格罗夫：《亿万年大狂欢：西方科幻小说史》，舒伟等译，合肥：安徽文艺出版社，2011年。

陈嘉映：《说理》，北京：华夏出版社，2011 年。

达科·苏恩文：《科幻小说变形记：科幻小说的诗学和文学类型史》，丁素萍、李靖民、李静滢译，合肥：安徽文艺出版社，2011 年。

达科·苏恩文：《科幻小说面面观》，郝琳等译，合肥：安徽文艺出版社，2011 年。

厄尔奈斯特·曼德尔：《晚期资本主义》，马清文译，哈尔滨：黑龙江人民出版社，1983 年。

恩斯特·布洛赫：《希望的原理》（第 1 卷），梦海译，上海：上海译文出版社，2012 年。

恩斯特·布洛赫：《空想的意义》，王齐建译，收录于梅·所罗门编：《马克思主义与艺术》，北京：文化艺术出版社，1989 年。

复旦大学哲学系现代西方哲学研究室编：《西方学者论〈1844 年经济学—哲学手稿〉》，上海：复旦大学出版社，1983 年。

弗雷德里克·詹姆逊：《辩证法的效价》，余莉译，北京：中国社会科学出版社，2014 年。

弗雷德里克·詹姆逊：《布莱希特与方法》，陈永国译，北京：中国社会科学出版社，1998 年。

弗雷德里克·詹姆逊：《重读〈资本论〉》，胡志国、陈清贵译，北京：中国人民大学出版社，2015 年。

弗雷德里克·詹姆逊：《后现代主义与文化理论》，唐小兵译，北京：北京大学出版社，1997 年。

弗雷德里克·詹姆逊：《快感：文化与政治》，王逢振等译，北京：中国社会科学出版社，1998 年。

弗雷德里克·詹明信：《马克思主义：后冷战时代的思索》，张京媛译，香港：牛津大学出版社，1994 年。

弗雷德里克·詹姆逊：《全球化与赛博朋克》，陈永国译，《文艺报》2004 年 7 月 15 日。

弗雷德里克·詹姆逊：《时间的种子》，王逢振译，南京：江苏教育出版社，2006 年。

弗雷德里克·詹明信：《晚期资本主义的文化逻辑》，陈清侨、严锋等译，北京：生活·读书·新知三联书店，2013 年。

弗雷德里克·詹姆逊：《未来考古学：乌托邦欲望和其他科幻小说》，吴静译，南京：译林出版社，2014 年。

弗雷德里克·詹姆逊：《文化转向——后现代主义选论》，胡亚敏等译，北京：中国社会科学出版社，2000 年。

弗雷德里克·詹姆逊：《詹姆逊文集第 1 卷：新马克思主义》，王逢振主编，北京：中国人民大学出版社，2004 年。

弗雷德里克·詹姆逊：《詹姆逊文集第 3 卷：文化研究和政治意识》，王逢振译主编，北京：中国人民大学出版社，2004 年。

弗雷德里克·詹姆逊：《政治无意识：作为社会象征行为的叙事》，王逢振、陈永国译，北京：中国社会科学出版社，1999 年。

弗拉基米尔·雅可夫列维奇·普罗普：《故事形态学》，贾放译，北京：中华书局，2006 年。

菲利普·迪克：《尤比克》，金明译，南京：译林出版社，2013 年。

菲利普·迪克：《高城堡里的人》，李广荣译，南京：译林出版社，2013 年。

海因里希·纳特克，《康德〈纯粹理性批判〉术语通释》，高小强编译，成都：四川大学出版社，2013 年。

黑格尔：《精神现象学》(上)，贺麟、王玖兴译，北京：商务印书馆，1983 年。

黑格尔：《小逻辑》，贺麟译，北京：商务印书馆，2009 年。

黄敏：《维特根斯坦的〈逻辑哲学论〉文本疏义》，上海：华东师范大学出版社，2009 年。

胡塞尔：《纯粹现象学通论：纯粹现象和现象学哲学的观念Ⅰ》，李幼蒸译，北京：中国人民大学出版社，2004 年。

胡塞尔：《经验与判断：逻辑谱系学研究》，邓晓芒、张廷国译，北京：生活·读书·新知三联书店，1999 年。

伽达默尔、德里达：《德法之争：伽达默尔与德里达的对话》，孙周兴、孙善春译，上海：同济大学出版社，2004 年。

吉尔·德勒兹：《电影Ⅱ：时间–影像》，黄建宏译，台北：远流出版事业股份有限公司，2003 年。

《机器人索菲亚是一场彻头彻尾的骗局》，新浪科技，2018 年 01 月 06 日，http://tech.sina.com.cn/roll/2018-01-06/doc-ifyqiwuw7295992.shtml。

杰拉德·普林斯：《故事的语法》，徐强译，北京：中国人民大学出版社，2015 年。

J. L. 奥斯汀：《如何以言行事》，杨玉成、赵京超译，北京：商务印书馆，2013 年。

J. 希利斯·米勒：《文学死了吗》，秦立彦译，桂林：广西师范大学出版社，

2007 年。

康德：《纯粹理性批判》，邓晓芒译，杨祖陶校，北京：人民出版社，2000 年。

康德：《判断力批判》，邓晓芒译，杨祖陶校，北京：人民出版社，2002 年。

拉塞尔·雅各比：《不完美的图像：反乌托邦时代的乌托邦思想》，姚建彬等译，北京：新星出版社，2007 年。

黎婵、石坚：《西方马克思主义科幻批评流派的乌托邦视野》，《四川大学学报（哲学社会科学版）》2013 年第 5 期。

刘汉波：《著作权司法实践中的文学观念批判——以文学剽窃的认定为中心的考察》，北京：中国社会科学出版社，2014 年。

刘慈欣：《三体 2·黑暗森林》，重庆：重庆出版社，2008 年。

刘慈欣：《三体 3·死神永生》，重庆：重庆出版社，2008 年。

刘欣：《叙述的意识形态性及其超越——基于利科〈意识形态与乌托邦讲座〉的考察》，《文艺理论研究》2015 年第 6 期

路易·阿尔都塞：《保卫马克思》，顾良译，北京：商务印书馆，2006 年。

鲁思·列维塔斯：《乌托邦之概念》，李广益、范轶伦译，北京：中国政法大学出版社，2018 年。

鲁迅：《鲁迅全集》第 4 卷，北京：人民文学出版社，2005 年。

陆俊：《理想的界限》，北京：社会科学文献出版社，1998 年。

罗骞：《乌托邦精神与总体性意识——詹姆逊文化政治批判的思想基础》，《教学与研究》2014 年第 1 期。

罗伯特·斯科尔斯等：《科幻文学的批评与建构》，王逢振、苏湛、李广益等译，合肥：安徽文艺出版社，2011 年。

罗曼·英伽登：《论文学作品——介于本体论、语言理论和文学哲学之间的研究》，张振辉译，开封：河南大学出版社，2008 年。

路德维希·维特根斯坦：《逻辑哲学论》，韩林合译，北京：商务印书馆，2017 年。

路德维希·维特根斯坦：《哲学研究》，韩林合译，北京：商务印书馆，2013 年。

列维－布留尔：《原始思维》，丁由译，北京：商务印书馆，1981 年。

马克思：《1844 年经济学－哲学手稿》，刘丕坤译，北京：人民出版社，1985 年。

马泰·卡林内斯库：《现代性的五副面孔》，顾爱彬、李瑞华译，北京：商

务印书馆，2002 年。

米哈伊尔·巴赫金：《陀思妥耶夫斯基诗学问题》，白春仁、顾亚铃译，北京：生活·读书·新知三联书店，1988 年。

N. 凯瑟琳·海勒：《我们何以成为后人类》，刘宇清译，北京：北京大学出版社，2017 年。

倪梁康：《胡塞尔现象学概念通释（修订版）》，北京：生活·读书·新知三联书店，2007 年。

乔·奥·赫茨勒：《乌托邦思想史》，张兆麟等译，北京：商务印书馆，1990 年。

斯蒂安·福克斯、文森特·莫斯可：《马克思归来》上卷，传播驿站工作坊译，上海：华东师范大学出版社，2016 年。

斯拉沃热·齐泽克、格里·戴利：《与齐泽克对话》，孙晓坤译，南京：江苏人民出版社，2005 年。

斯拉沃热·齐泽克：《幻想的瘟疫》，胡雨谭、叶肖译，南京：江苏人民出版社，2006 年。

斯拉沃热·齐泽克：《斜目而视：透过通俗文化看拉康》，季广茂译，杭州：浙江大学出版社，2011 年。

斯坦尼斯拉夫·莱姆：《索拉里斯星》，陈春文译，北京：商务印书馆，2005 年。

所罗门编：《马克思主义与艺术》，杜章智、王以铸等译，北京：文化艺术出版社，1989 年。

托马斯·康帕内拉：《太阳城》，陈大维、黎思复、黎廷弼译，北京：商务印书馆，1997 年。

托马斯·库恩：《科学革命的结构》，金吾伦、胡新和译，北京：北京大学出版社，2003 年。

托马斯·莫尔：《乌托邦》，戴镏龄译，北京：商务印书馆，1982 年。

王德威：《乌托邦、恶托邦、异托邦：从鲁迅到刘慈欣》，收录于王德威：《现当代文学新论：义理·伦理·地理》，北京：生活·读书·新知三联书店，2014 年。

王峰：《文学作为独立的世界形式》，《文艺研究》2018 年第 5 期。

王峰：《文学伴随论——论"真实"作为文学的伴随因素》，《文艺研究》2014 年第 7 期。

王峰：《美学语法：后期维特根斯坦的美学与艺术思想》，北京：北京大学出版社，2015 年。

王峰：《〈三体〉与指向未来的欲望》，《文艺理论研究》2016 年第 1 期。

王峰：《如何成为"一个"原初的审美经验——从历史主义、先验观念论、意识现象学走向系谱式的语言现象学分析》，《中国现象学美学》第一辑，济南：山东人民出版社，2018 年。

王瑾：《互文性》，桂林：广西师范大学出版社，2005 年。

王秋荣编：《巴尔扎克论文学》，北京：中国社会科学出版社，1986 年。

王先霈、王又平主编：《文学批评术语词典》，上海：上海文艺出版社，1999 年。

吴岩、贾立元：《莱辛的钟摆——作为科幻小说的〈玛拉和丹恩历险记〉》，《广西社会科学》2009 年第 5 期。

肖恩·霍默：《弗雷德里克·詹姆森》，孙斌等译，上海：上海人民出版社，2004 年。

西格蒙德·弗洛伊德：《创造性作家与白日梦》，黄宏煦译，收录于戴维·洛奇编：《二十世纪文学评论》，葛林等译，上海：上海译文出版社，1987 年。

亚当·罗伯茨：《科幻小说史》，马小悟译，北京：北京大学出版社，2010 年。

雅克·拉康：《拉康选集》，褚孝泉译，上海：上海三联书店，2001 年。

伊姆雷·拉卡托斯：《科学研究纲领方法论》，兰征译，上海：上海译文出版社，2005 年。

约翰·格里宾：《寻找薛定谔的猫：量子物理的奇异世界》，张广才等译，赵晓玲校订，海口：海南出版社，2015 年。

约翰·罗尔斯：《正义论》，何怀宏等译，北京：中国社会科学出版社，1988 年。

尤瓦尔·赫拉利：《人类简史》，林俊宏译，北京：中信出版社，2015 年。

后　记

　　本书的萌芽起自2011年左右的一次课堂教学，当时我凭着20世纪80年代阅读《小灵通漫游未来》的印象，批评中国科幻没有进步，我的学生们面露不悦，我赶快问学生我是不是讲错了，学生向我推荐了《三体》。我立刻下单买书，两个星期读完三本《三体》之后，在课堂上向学生们致歉，改变此前对中国科幻的刻板看法。从此之后，一发不可收拾，我彻底爱上了科幻，以至于2013年开始，把科幻研究开进了研究生课堂。2015年对中国科幻而言是一个崭新的起点，《三体》斩获第73届雨果奖最佳长篇故事奖，借此东风，中国科幻创作和研究迎来新高潮。2017年，我们开始萌生写一本科幻乌托邦研究的书的念头，这时，我已经写了数篇科幻乌托邦的论文，陈丹关于科幻研究的学位论文也完成了，我们合作成功申请了2017年的国家社会科学基金项目。从近十年的发展来看，科幻研究已成为当代文学和文化研究的重镇。就像没有单单一套被公认的科幻文学经典，也没有单单一种研究方法能适用于所有的科幻文本，科幻理论一直都在探索的道路上，处在变化的生成之中。本书所提供的科幻乌托邦诗学视角，也许是其中一种较为可行的研究范式。

　　本书研究科幻文本中所展现出来的乌托邦质素，将乌托邦从政治乌托邦领域扩展到乌托邦诗学中，并尝试构建一种乌托邦诗学。这一诗学并不局限在政治理想的文学体现上，而是深入社会文化领域，在社会整体文化性层面展开讨论。本书主要观点包括：1.科幻乌托邦是当代新型乌托邦。2.科幻乌托邦塑造一种特殊的叙事与事实相结合的伦理形态。

3.科幻塑造的并非事实，而是一种特殊的事实对应物。4.科幻乌托邦是当代文化的独特内涵，它表现出乌托邦诗学的面貌。

本书完稿于 2020 年，本书两位著者分别撰写若干章节，我们关于科幻乌托邦诗学的基本理念是一致的，但在行文风格和理论表述上各有特色，恕不逐一说明，相信细心的读者能够读出来。

本书若干章节陆续发表在多种国内外人文期刊上，感谢《文艺研究》《学术研究》《河南大学学报》《山东社会科学》《南京社会科学》《南京大学学报》《文艺理论研究》《社会科学战线》《福建论坛》《上海大学学报》和 Critical Theory 等刊物的厚爱，所有文章收录本书时均有不同程度的文字修改。

最后，由衷感谢华东师范大学传播学院对本书予以出版资助。感谢北京大学出版社，感谢张文礼编辑为本书出版所付出的辛勤劳动。

真诚期待广大读者朋友的检阅与批评。